琦君散文精选

琦君 著

 长江文艺出版社

图书在版编目（ＣＩＰ）数据

　　琦君散文精选：插图升级版 / 琦君著. -- 武汉：长江文艺出版社，2019.10
　　ISBN 978-7-5702-1110-4

　　Ⅰ. ①琦… Ⅱ. ①琦… Ⅲ. ①散文集－中国－当代 Ⅳ. ①I267

中国版本图书馆 CIP 数据核字(2019)第 110007 号

责任编辑：张远林	责任校对：毛　娟
封面设计：壹　诺	责任印制：邱　莉　杨　帆

出版：长江出版传媒　　长江文艺出版社
地址：武汉市雄楚大街 268 号　　邮编：430070
发行：长江文艺出版社
http://www.cjlap.com
印刷：武汉中科兴业印务有限公司

开本：640 毫米×970 毫米　　1/16　　印张：16.75　　插页：1 页
版次：2019 年 10 月第 1 版　　2019 年 10 月第 1 次印刷
字数：181 千字

定价：32.00 元

版权所有，盗版必究（举报电话：027—87679308　87679310）
（图书出现印装问题，本社负责调换）

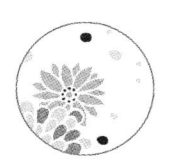 目 录

母亲的金手表

妈妈的手 / 003

妈妈的小脚 / 007

一对金手镯 / 009

妈妈罚我跪 / 016

秋花远比春花净 / 019

母亲的书 / 021

母亲的金手表 / 025

妈妈银行 / 029

头发与麦芽糖 / 034

母　亲 / 036

金盒子

压岁钱 / 047

一饼度中秋 / 053

幼儿看戏 / 057

梦中的饼干屋 / 059

爸爸教我们读诗 / 062

奶奶的洋娃娃 / 065

爷爷的味儿 / 069

外　公 / 071

父　亲 / 074

金盒子 / 085

青灯有味似儿时

玳瑁发夹 / 091

春节忆儿时 / 098

看　戏 / 110

桂花雨 / 121

青灯有味似儿时 / 124

玉兰酥 / 131

粽子里的乡愁 / 134

中个女状元 / 137

故乡的婚礼 / 139

春　酒 / 143

万水千山师友情

师与友 / 149

字典的故事 / 153

万水千山师友情 / 155

鹧鸪天 / 162

一袭青衫 / 165

守时精神 / 176

长风不断任吹衣 / 178

圣诞夜 / 182

敬爱的"号兵" / 192

笑的故事 / 200

读书琐忆

自己的书房 / 207

读书琐忆 / 211

四十年来的写作 / 215

三更有梦书当枕

　　——我的读书回忆 / 220

留予他年说梦痕 / 235

云居书屋 / 243

读书记趣 / 248

旧日情怀 / 252

泪珠与珍珠 / 256

中年读书 / 259

母亲的金手表

琦君散文精选

母亲生气时,并不责备我,只会自己掉眼泪,我看她掉眼泪,心里抱歉,却又不肯认错。

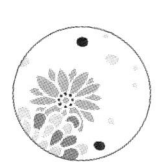 # 妈妈的手

忙完了一天的家务,感到手臂一阵阵的酸痛,靠在椅子里,一边看报,一边用右手捶着自己的左肩膀。儿子就坐在我身边,他全神贯注在电视的荧光幕上,何曾注意到我。我说:"替我捶几下吧!"

"几下呢?"他问我。

"随你的便。"我生气地说。

"好,五十下,你得给我五毛钱。"

于是他双拳在我肩上像擂鼓似的,嘴里数着"一、二、三、四、五……"像放连珠炮,不到十秒钟,已满五十下,把手掌一伸:"五毛钱。"

我是给呢,还是不给呢?笑骂他:"你这样也值五毛钱吗?"他说:"那就再加五十下,我就要去写功课了。"我说:"免了、免了,五毛钱我也不能给你,我不要你觉得挣钱是这样容易的事。尤其是,给长辈做一点点事,不能老是要报酬。"

他噘着嘴走了。我叹了口气,想想这一代的孩子,再也不同于上一代了。要他们鞠躬如也地对长辈杖履追随,已经是不可能的事。所以,作为二十世纪七十年代的中老年人,第一是身体健康,吃得下,睡得着,做得动,跑得快,事事不要依仗小辈。不然的话,你会感到

无限的孤单、寂寞、失望、悲哀。我却又想起，自己当年可曾尽一日做儿女的孝心？从我有记忆开始，母亲的一双手就是粗糙多骨的。她整日地忙碌，从厨房忙到稻田，从父亲的一日三餐照顾到长工的"接力"。一双放大的小脚没有停过。手上满是裂痕，西风起了，裂痕张开红红的小嘴。那时哪来像现在主妇们用的"沙拉脱、新奇洗洁精"等等的中性去污剂，洗刷厨房用的是强烈的碱水，母亲在碱水里搓抹布，有时疼得皱下眉，却从不停止工作。洗刷完毕，喂完了猪，这才用木盆子打一盆滚烫的水，把双手浸在里面，浸好久好久，脸上挂着满足的笑，这就是她最大的享受。泡够了，拿起来，拉起青布围裙擦干。抹的可没有像现在这么讲究的化妆水、保养霜，她抹的是她认为最好的滋润膏——鸡油。然后坐在吱吱咯咯的竹椅里，就着菜油灯，眯起近视眼，看她的《花名宝卷》。这是她一天里最悠闲的时刻。微弱而摇晃的菜油灯，黄黄的纸片上细细麻麻的小字，就她来说实在是非常吃力，我有时问她："妈，你为什么不点洋油灯呢？"她摇摇头说："太贵了。"我又说："那你为什么不去爸爸书房里照着明亮的洋油灯看书呢？"她更摇摇头说："你爸爸和朋友们作诗谈学问。我只是看小书消遣，怎么好去打搅他们。"

她永远把最好的享受让给爸爸，给他安排最清静舒适的环境，自己在背地里忙个没完，从未听她发出一声怨言。有时，她真太累了，坐在板凳上，捶几下胳膊与双腿，然后叹口气对我说："小春，别尽在我跟前绕来绕去，快去读书吧。时间过得太快，你看妈一下子就已经老了，老得太快，想读书已经来不及了。"

我就真的走开了，回到自己的书房里，照样看我的《红楼梦》《黛玉笔记》。老师不逼，绝不背《论语》《孟子》。我又何曾想到母亲勉励我的一番苦心，更何曾想到留在母亲身边，给她捶捶酸痛的手臂？

　　四十年岁月如梦一般消逝，浮现在泪光中的，是母亲憔悴的容颜与坚忍的眼神。今天，我也到了母亲那时的年龄，而处在高度工业化的现代，接触面是如此的广，生活是如此的匆忙，在多方面难以兼顾之下，便不免变得脾气暴躁，再也不会有母亲那样的容忍，终日和颜悦色对待家人了。

　　有一次，我在洗碗，儿子说："妈妈，你的手背上的筋一根根的，就像地图上的河流。"

　　他真会形容，我停下工作，摸摸手背，可不是一根根隆起，显得又瘦又老。这双手曾经是软软、细细、白白的，从什么时候开始，它变得这么难看了呢？也有朋友好心地劝我："用个女工吧，何必如此劳累呢？你知道吗？劳累是最容易催人老的啊！"可不是，我的手已经不像五年前、十年前了。抹上什么露什么霜也无法使它们丰润如少女的手了。不免想，为什么让自己老得这么快？为什么不雇个女工，给自己多点休息的时间，保养一下皮肤，让自己看起来年轻些。

　　可是，每当我在厨房炒菜，外子下班回来，一进门就夸一声："好香啊！"孩子放下书包，就跑进厨房喊："妈妈，今晚有什么好菜，我肚子饿得咕嘟嘟直叫。"我就把一盘热腾腾的菜捧上饭桌，看父子俩吃得如此津津有味，那一分满足与快乐，从心底涌上来，一双手再粗糙点，又算得了什么呢？

　　有一次，我切肉不小心割破了手，父子俩连忙为我敷药膏包扎，还为我轮流洗盘碗，我应该感到很满意了。想想母亲那时，一切都只有她一个人忙，割破手指，流再多的血，她也不会喊出声来。累累的刀痕，谁又注意到了？那些刀痕，不仅留在她手上，也戳在她心上，她难言的隐痛是我幼小的心灵所不能了解的。我还时常坐在泥地上撒赖啼哭，她总是把我抱起来，用脸贴着我满是眼泪鼻涕的脸，她的眼泪流得比我更多。母亲啊！我当时何曾懂得您为什么哭。

我生病，母亲用手揉着我火烫的额角，按摩我酸痛的四肢，我梦中都拉着她的手不放——那双粗糙而温柔的手啊！

如今，电视中出现各种洗衣机的广告，如果母亲还在世的话，她看见了"海龙""妈妈乐"等洗衣机，一按钮子，左旋转，右旋转，脱水，很快就可穿在身上。她一定会眯起近视眼笑着说："花样真多，今天的妈妈可真乐呢！"可是母亲是一位永不肯偷懒的勤劳女性，我即使买一台洗衣机给她，她一定连连摇手说："别买别买，按电钮究竟不及按人钮方便，机器哪抵得双手万能呢！"

可不是吗？万能的电脑，能像妈妈的手，炒出一盘色、香、味俱佳的菜吗？

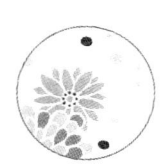 ## 妈妈的小脚

母亲在少女时代,最最遗憾的就是没有一双秀气的三寸金莲。因为她是长女,要带着弟弟帮双亲在田间工作。缠脚稍晚,就收不小了。自从她十六岁订婚以后,新郎在外地求学,迟迟不归。她默默地担着心事,左等右等,等到十九岁才成婚。她心里想,新郎一定是嫌她的脚不够秀气的。

没想到母亲结婚以后,父亲第一件事就是先劝她解掉十多尺长的裹脚纱,把小脚放大。免得走路摇摇晃晃,一副吃力的样子。可惜母亲虽然把裹脚纱解开了,脚却再也长不大。因为脚趾骨已折断,不能恢复原状。就算套上松松的尖头袜子,走起路来仍旧摇摇晃晃、弱不禁风的样子。

其实母亲并不是真的弱不禁风。她整天、整年地忙进忙出,侍奉公婆和丈夫,安排长工们田间的工作,照顾他们的饮食。每天上午十时、下午四时的接力(点心),总是别出心裁地有变化。连顽皮捣蛋的哥哥和刚会走路的我都吃得肚子鼓鼓的,像蜜蜂,飞来飞去扰着她。她一双变形的小脚,负荷起一家的重担,从没喊过一声疼。

我逐渐长大以后,时常帮她提着一木桶饲料,跟在她后面,学着她摇摇晃晃的姿态,去猪栏边喂猪;也时常看她忙完一天的家务,在

硬邦邦的长凳上坐下来,揉着脚后跟轻声地说:"好疼啊!"我也在高门槛上坐下来,学着她揉着脚后跟说:"好疼啊!"她轻轻拍了下我的肩膀,笑眯眯地说:"你若是知道疼就好了。"

过了几年,父亲从北平下任归来,带回一位"如花美眷",她是旗人,有一双长长的天足。一进门,母亲用吃惊的眼神,把她从头看到脚。一声不响地回到自己房间里,对着镜子照了半天,叹息了一声,怅惘地对我说:"原来你爸爸是喜欢大脚的。我当初不缠脚就好了。"

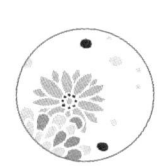 # 一对金手镯

我心中一直有一对手镯,是软软的十足赤金的,一只在我自己手腕上,另一只套在一位异姓姊姊却亲如同胞的手腕上。

她是我乳娘的女儿阿月,和我同年同月生,她是月半,我是月底,所以她就取名阿月。母亲告诉我说:周岁前后,这一对"双胞胎"就被拥抱在同一位慈母怀中,挥舞着四只小拳头,对踢着两双小胖腿,吮吸丰富的乳汁。是因为母亲没有奶水,把我托付给三十里外邻村的乳娘,吃奶以外,每天一人半个咸鸭蛋,一大碗厚粥,长得又黑又胖。一岁半以后,伯母坚持把我抱回来,不久就随母亲被接到杭州。这一对"双胞姊妹"就此分了手。临行时,母亲把舅母送我的一对金手镯取出来,一只套在阿月手上,一只套在我手上,母亲说:"两姊妹都长命百岁。"

到了杭州,大伯看我像块黑炭团,塌鼻梁加上斗鸡眼,问伯母是不是错把乳娘的女儿抱回来了。伯母生气地说:"她亲娘隔半个月都去看她一次,怎么会错?谁舍得把亲生女儿给了别人?"母亲解释说:"小东西天天坐在泥地里吹风晒太阳,怎么不黑?斗鸡眼嘛,一定是两个对坐着,白天看公鸡打架,晚上看菜油灯花,把眼睛看斗了,阿月也是斗的呀。"说得大家都笑了。我渐渐长大,皮肤不那么黑了,

眼睛也不斗了，伯母得意地说："女大十八变，说不定将来还会变观音面哩。"可是我究竟是我还是阿月，仍常常被伯母和母亲当笑话谈论着。每回一说起，我就吵着要回家乡看双胞姊姊阿月。

　　七岁时，母亲带我回家乡，第一件事就是去看阿月，把我们两个人谁是谁搞个清楚。乳娘一见我，眼泪扑簌簌直掉，我心里纳闷，你为什么哭，难道我真是你的女儿吗？我和阿月各自依在母亲怀中，远远地对望着，彼此都完全不认识了。我把她从头看到脚，觉得她没我穿得漂亮，皮肤比我黑，鼻子比我还扁，只是一双眼睛比我大，直瞪着我看。乳娘过来抱我，问我记不记得吃奶的事，还絮絮叨叨说了好多话，我都记不得了。那时心里只有一个疑团，一定要直接跟阿月讲。吃了鸡蛋粉丝，两个人不再那么陌生了，阿月拉着我到后门外矮墙头坐下来。她摸摸我的粗辫子说："你的头发好乌啊。"我也摸摸她细细黄黄的辫子说："你的辫子像泥鳅。"她啜了下嘴说："我没有生发油抹呀。"我连忙从口袋里摸出个小小瓶子递给她说："呶，给你，香水精。"她问："是抹头发的吗？"我说："头发、脸上、手上都抹，好香啊。"她笑了，她的门牙也掉了两颗，跟我一样。我顿时高兴起来，拉着她的手说："阿月，妈妈常说我们两个换错了，你是我，我是你。"她愣愣地说："你说什么我不懂。"我说："我们一对不是像双胞胎吗？大妈和乳娘都搞不清谁是谁了，也许你应当到我家去。"她呆了好半天，忽然大声地喊："你胡说，你胡说，我不跟你玩了。"就掉头飞奔而去，把我丢在后门外，我骇得哭起来了。母亲跑来带我进去，怪我做客人怎么跟姊姊吵架，我愈想愈伤心，哭得抽抽噎噎地说不出话来。乳娘也怪阿月，并说："你看小春如今是官家小姐了，多斯文呀。"听她这么说，我心里好急，我不要做官家小姐，我只要跟阿月好。阿月鼓着腮，还是好生气的样子。母亲把她和我都拉到怀里，捏捏阿月的胖手，她手上戴的是一只银镯子，我戴的是一对金手镯，母亲从我手上脱下一只，套在阿月手上说："你们是亲姊妹，这对金手镯，还是一人一只。"我当然已经不记得第一对金手镯了。乳娘说："以前那只金手镯，我收起来等她出嫁时给她戴。"阿月低下头，摸摸金手镯，它撞着银手镯叮叮作响。乳娘从蓝衫里面掏了半天，掏出一个黑布包，打开取出一块亮晃晃的银元，递给我说："小春，乳娘给你买糖吃。"我接在手心里，还是暖烘烘的，眼睛看着阿月，阿月忽然笑了。我好开心，两个人再手牵手出去玩，我再也不敢提"两个人搞错"那句话了。

　　我在家乡待到十二岁才再去杭州，但和阿月却并不能时常在一起玩。一来因为路远，二来她要帮妈妈种田、砍柴、挑水、喂猪，做好多好多的事，而我天天要背古文、《论语》、《孟子》，不能自由自在地跑去找阿月玩。不过逢年过节，不是她来就是我去。我们两个肚子都吃得鼓鼓的跟蜜蜂似的，彼此互赠了好多礼物，她送我用花布包着树枝的坑姑娘（乡下女孩子自制的玩偶）、小溪里捡来均匀的圆卵石、细竹枝编的戒指与项圈。我送她大英牌香烟盒、水钻发夹、印花手帕，她教我用指甲花捣出汁来染指甲。两个人难得在一起，真是玩不厌的玩，说不完的说。可是我一回到杭州以后，彼此就断了音信。她不认得字，不会写信。我有了新同学也就很少想到她。有一次听英文老师讲马克·吐温的双胞弟弟掉在水里淹死了，马克·吐温说："淹死的不知是我还是弟弟。"全课堂都笑了。我忽然想起阿月来，写封信给她也没有回音。分开太久，是不容易一直记挂着一个人的。但每当整理抽屉，看见阿月送我的那些小玩意时，心里就有点怅怅惘惘的。年纪一天天长大，尤其自己没有年龄接近的姊妹，就不由得时时想起她来。母亲那时早已一个人回到故乡，过着寂寞幽居的生活。我十八岁重回故乡,母亲双鬓已斑,乳娘更显得白发苍颜。乳娘紧握我双手,她的手是那么的粗糙,那么的温暖。她眼中泪水又涔涔滚落,只是喃喃地说:"回来了好,回来了好,总算我还能看到你。"我鼻子一酸,也忍不住哭了。阿月早已远嫁,正值农忙,不能马上来看我。十多天后,我才见到渴望中的阿月。她背上背一个孩子,怀中一个孩子,一袭花布衫裤,像泥鳅似的辫子已经翘翘地盘在后脑。原来十八岁的女孩已经是两个孩子的母亲了。我一眼看见她左手腕上戴着那只金手镯。而我却嫌土气没有戴,心里很惭愧。她竟喊了我一声:"大小姐,多年不见了。"我连忙说:"我们是姊妹,你怎么喊我大小姐?"乳娘说:"长大了要有规矩。"我说:"我们不一样,我们是吃您奶长大的。"乳娘说:"阿月的命没你好,她十四岁就做了养媳妇,如今都是两个女儿的娘了。只巴望她肚子争气,快快生个儿子。"我听了,心里好难过,不知怎么回答才好,只得说请她们随我母亲一同去杭州玩。乳娘连连摇头说:"种田人家哪里走得开?也没这笔盘缠呀!"我回头看看母亲,母亲叹口气,也摇了下头,原来连母亲自己也不想再去杭州,我感到一阵茫然。

当晚我和阿月并肩躺在大床上,把两个孩子放在当中。我们一面拍着孩子,一面琐琐屑屑地聊着别后的情形。她讲起婆婆嫌她只会生女儿就掉眼泪,讲起丈夫,倒露出一脸含情脉脉的娇羞,真祝望她婚姻美满。我也讲学校里一些有趣顽皮的故事给她听,她有时咯咯地笑,有时眨着一双大眼睛出神,好像没听进去。我忽然觉得我们虽然靠得那么近,却完全生活在两个世界里。我们不可能再像第一次回家乡时那样一同玩乐了。我跟她说话的时候,都得想一些比较普通,不那么文绉绉的字眼来说,不能像同学一样,嘻嘻哈哈,说什么马上就懂。我呆呆地看着她的金手镯,在橙黄的菜油灯光里微微闪着亮光。

她爱惜地摸了下手镯，自言自语着："这只手镯，是你小时回来那次，太太给我的。周岁给的那只已经卖掉了。因为爸爸生病，没钱买药。"她说的太太指的是我母亲。我听她这样称呼，觉得我们之间的距离又远了，只是呆呆地望着她没做声。她又说："爸爸还是救不活，那时你已去了杭州，只想告诉你却不会写信。"他爸爸什么样子，我一点印象都没有，只是替阿月难过。我问她："你为什么这么早就出嫁？"她笑了笑说："不是出嫁，是我妈叫我过去的。公公婆婆借钱给妈做坟，婆婆看我还会帮着做事，就要了我。"说这些话的时候，她的眼睛一直是半开半闭的，好像在讲一个故事。过了一会儿，她睁开眼来，看看我的手说："你的那只金手镯呢？为什么不戴？"我有点愧赧，讪讪地说："收着呢，因为上学不能戴，也就不戴了。"她叹了口气说："你真命好去上学，我是个乡下女人。妈说得一点不错，一个人注下的命，就像钉下的秤，一点没得反悔的。"我说："命好不好是由自己争的。"她说："怎么跟命争呢？"她神情有点黯淡，却仍旧笑嘻嘻的。我想如果不是我一同吃她母亲的奶，她也不会有这种比较的心理，所以还是别把这一类的话跟她说得太多，免得她知道太多了，以后心里会不快乐的。人生的际遇各自不同，我们虽同在一个怀抱中吃奶，我却因家庭背景不同，有机会受教育。她呢？能安安分分、快快乐乐地做个孝顺媳妇、勤劳妻子、生儿育女的慈爱母亲，就是她一生的幸福了。我虽知道和她生活环境距离将日益遥远，但我们的心还是紧紧靠在一起，彼此相通的。因为我们是"双胞姊妹"，我们吮吸过同一位母亲的乳汁，我们的身体里流着相同成分的血液，我们承受的是同等的爱。想着这些，我忽然止不住泪水纷纷地滚落。因为我即将回到杭州续学，虽然有许多同学，却没有一个曾经拳头碰拳头、脚碰脚的同胞姊妹。可是我又有什么能力接阿月母女到杭州同住呢？

婴儿啼哭了，阿月把她抱在怀里，解开大襟给她喂奶。一手轻轻拍着，眼睛全心全意地注视着婴儿，一脸满足的神情。我真难以相信，眼前这个比我只大半个月的少女，曾几何时，已经是一位完完全全成熟的母亲。而我呢？除了啃书本，就只会跟母亲闹别扭，跟自己生气，我感到满心的惭愧。

阿月已很疲倦，拍着孩子睡着了。乡下没有电灯，屋子里暗洞洞的。只有床边菜油灯微弱的灯花摇曳着，照着阿月手腕上黄澄澄的金手镯。我想起母亲常常说的，两个孩子对着灯花把眼睛看斗了的笑话，也想起小时回故乡，母亲把我手上一只金手镯脱下，套在阿月手上的慈祥的神情，真觉得我和阿月是紧紧扣在一起的。我望着菜油灯灯盏里两根灯草芯，紧紧靠在一起，一同吸着油，燃出一朵灯花，无论多么微小，也是一朵完整的灯花。我觉得和阿月正是那朵灯花，持久地散发着温和的光和热。

阿月第二天就带着孩子匆匆回去了。仍旧背上背着大的，怀里搂着小的，一个小小的妇人，显得那么坚强那么能负重任。我摸摸两个孩子的脸，大的向我咧嘴一笑，婴儿睡得好甜，我把脸颊亲过去，一股子奶香，陡然使我感到自己也长大了。我说："阿月，等我大学毕业，做事挣了钱，一定接你去杭州玩一趟。"阿月笑笑，大眼睛润湿了。母亲忽然想起一件事来，急急跑上楼，取来一样东西，原来是一个小小的银质铃铛，她用一段红头绳把它系在婴儿手臂上。说："这是小春小时候戴的，给她吧！等你生了儿子，再给你打个金锁片。"母亲永远是那般仁慈、细心。

我再回到杭州以后，就不时取出金手镯，套在手臂上对着镜子看一回，又取下来收在盒子里。这时候，金手镯对我来说，已不仅仅是一件纪念物，而是紧紧扣住我和阿月这一对"双胞姊妹"的一样摸得着、看得见的东西。我怎么能不宝爱它呢？

可是战时肄业大学，学费无着，以及毕业后的转徙流离，为了生活，万不得已中，金手镯竟被我一分分、一钱钱地剪去变卖，化作金钱救急。到台湾之初，我花去了金手镯的最后一钱，记得当我拿到银楼去换现款的时候，竟是一点感触也没有，难道是离乱丧亡，已使此心麻木不仁了？

与阿月一别已将半个世纪，母亲去世已三十五年，乳娘想亦不在人间，金手镯也化为乌有了。可是年光老去，忘不掉的是点滴旧事，忘不掉的是梦寐中的亲人。阿月，她现在究竟在哪里？她过的是什么样的日子呢？她的孩子又怎样了呢？她那只金手镯还能戴在手上吗？

但是，无论如何，我心中总有一对金手镯，一只套在我自己手上，一只套在阿月手上，那是母亲为我们套上的。

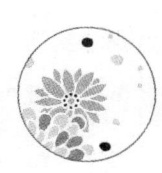 ## 妈妈罚我跪

小时候,只要我过分顽皮惹妈妈生气,她就绷起脸说那三个字:"去跪下。"我就"蹬蹬蹬"跑到佛堂前的小蒲团上跪下。那是外公特别用软软的蒲草给我编的,他说那才是真正的蒲团,在佛堂里越跪久越会长大,佛菩萨会保佑我聪明又健康。所以我一点也不怕妈妈罚我跪。

有一天,我因为偷吃了一块妈妈刚刚做好供佛的红豆枣泥糕,不等她开口,我就主动要去佛堂罚跪。妈妈偏说:"不要去佛堂,就在厨房里跪。"我知道佛堂里供有一大盘香喷喷热腾腾的枣泥糕,妈妈生怕我再偷吃。其实我就是不吃,跪着闻闻那香味也是好的。可是妈妈令出如山,我若是不听话,连中午特别为我蒸的新鲜黄鱼中段也不给我吃了。我只好扮出一副苦脸央求:"厨房的地太凉太潮湿,跪久了会得风湿病的。"妈妈想了想,忍住笑说:"那就在厨房里罚站吧。"罚站呀,妈妈又想出新招来了。都是我自己不好,告诉妈妈邻居小朋友王玉在乡村小学念书,背书背不出来,老师罚她对着墙壁站五分钟,因为学校的水门汀地都是灰土,而且女孩子跪着也不好看。王玉对我说时还眉飞色舞,好像觉得男生罚跪,她罚站,高他们一大截的样子呢。妈妈听了还笑眯眯地夸老师处罚得当,夸王玉诚实懂事。现

在她也要罚我站，算是让我升级了。我又娇声娇气地说："王玉是对着墙壁站，我们厨房的墙壁灰土土的，还挂着咸鱼，有一股子腥味，我就对着灶神爷站好吗？"妈妈觉得也有道理，就点点头，这时她已笑眯眯，一点怒气也没有了。我毕恭毕敬地站着，却又忍不住问："妈妈，您小时候，外公外婆罚您跪吗？"妈妈瞪我一眼："罚站时不许说话。"过了一下，再叹口气说："你又不是不知道你外婆过世得早，是你外公把我带大的。你去问外公吧，问他有没有罚过我跪，我小时候是不是像你这样不听话。"外公那时在廊前晒太阳，我马上朝灶神爷拜了三拜说："我这就去问外公。"就马上溜出厨房，一次严重的罚站就这么结束了。我跑到廊前，扑在外公暖烘烘的怀里喊："外公，妈妈要罚我跪，后来又改了只罚我站，站得脚板心好疼哟。"外公敲着旱烟筒问："你做错了什么事呀？"我说："没做错事，只不过吃了块供佛的红豆枣泥糕。"外公问："妈妈看见你拿去吃的吗？"我摇摇头，外公说："不先问妈妈，自己拿来吃就是偷。"我委屈地说："我肚子好饿，妈妈老是要我等，等供了佛和祖先、等外公和阿荣伯都坐上饭桌，再分给我吃。我还小，禁不得饿的呀。"外公呵呵地笑了，把我搂得紧紧地说："哦，小春还小，小春已经很听话很乖了。"我仰起头，摸着外公的灰白胡须问："外公，妈妈小时候，您有没有罚她跪呢？"外公摇摇头说："没有，你妈妈从小就懂事，从不惹我生气。她没你命好，没娘疼她，外婆过世得太早啊。"外公不再说话了，脸上像很忧伤的样子，我就不敢多问了。但我知道，"罚跪"是一种很重的惩罚，罚过跪，一定要牢记心头，不要再犯错。妈妈因为疼我，要我学好，才罚我跪的。

可是运气真不好，那天老师要我背一段《孟子》，我一眼看见他佛堂里供的也是妈妈送过来的红豆枣泥糕，我闻着香味，《孟子》竟结结巴巴地背不齐全了。老师生气地一拍桌子说:"跪下。"我哭丧着脸说:"早上已经在厨房里被妈妈罚过了。"我没说罚"站",因为老师佛堂前的蒲团很软很舒服,我宁可"跪"。

老师仍很生气地说:"你妈妈罚你是另一回事,我罚你是因为你书背不出来。"我就乖乖儿地走到佛堂前,跪在蒲团上。没想到老师又大声地说:"跪在地板上,蒲团是我拜佛跪的。"我说:"老师,我边跪边拜佛好吗?我会念心经、大悲咒,妈妈教我的。"大概是我那一脸的虔诚,感动了严厉的老师,他沉着脸点点头说:"好吧,你就跪在蒲团上念心经大悲咒,佛会保佑你聪明健康的。"他把佛堂里的一串念佛珠取来挂在我脖子上,我就闭目凝神地念起来,越念越高兴。想想老师尽管对我那么凶巴巴的,心里一定还是很疼我的。不然为什么要菩萨保佑我呢?我双膝跪在软绵绵的蒲团上,眼睛注视着香炉里升起的袅袅青烟,想着每天清早随妈妈并排儿跪着念经拜佛时,妈妈一脸的虔诚,使我有一份说不出的安全感。才知道跪并不是一种惩罚,而是让我静下心来慢慢地想,那就是老师常常教我的"反省"吧……

岁月悠悠逝去,而当年罚跪情景,如在目前。想起慈爱又辛劳的母亲,想起温而厉的老师,领悟到他们对我的罚跪,含有多么深的爱和期望啊!

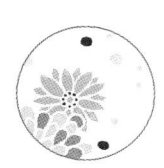 ## 秋花远比春花净

我出生于简朴的农村,母亲是一位勤劳节俭的妇女。稍长后到杭州受完中学教育,抗战中在上海完成大学教育。他乡游子,无一日不思念家乡,思念慈母。卒业后千辛万苦冒险赶回故乡,慈母竟已逝世半年了。我于万分悲恸中默默回忆自幼偎依在慈母身边的情景,历历如在目前。

我最记得桂花是母亲最爱的花。她说任何娇艳的春花,都不及桂花的淡雅高洁。桂花于开过后还可以晒干,一钵钵收起来,和在茶叶中,喝起茶来清香扑鼻。母亲边说边折一枝桂花供佛,满脸浮现着欣慰的微笑。

桂花是农历八月盛开的。开放的时间相当长。母亲在清淡的桂花香中,忙家务也特别的心神怡悦。她也最爱中秋前后皎洁的月色。她说:"月光多明亮啊!连绣花针掉在地上都亮闪闪的,看得清清楚楚哪。"

她认不得多少字,却牢牢记得父亲作的两句得意的诗:

秋花远比春花净,春月何如秋月明。

台湾很少有桂花，有一次我走过一条幽静巷子，忽然闻到一阵淡淡的桂花香，似从人家围墙里飘来，我驻足良久，却又看不到桂花树从那围墙上面伸出来，怅然若失地回到家中，就提笔写下了《故乡的桂花雨》一文，以寄我无限思亲怀旧之情。

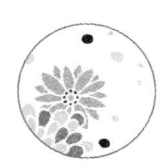 # 母亲的书

母亲在忙完一天的煮饭，洗衣，喂猪、鸡、鸭之后，就会喊着我说："小春呀，去把妈的书拿来。"

我就会问："哪本书呀？"

"那本橡皮纸的。"

我就知道妈妈今儿晚上心里高兴，要在书房里陪伴我，就着一盏菜油灯光，给爸爸绣拖鞋面了。

橡皮纸的书上没有一个字，实在是一本"无字天书"。里面夹的是红红绿绿彩色缤纷的丝线，白纸剪的朵朵花样。还有外婆给母亲绣的一双水绿缎子鞋面，没有做成鞋子，母亲就这么一直夹在书里，夹了将近十年。外婆早过世了，水绿缎子上绣的樱桃仍旧鲜红得可以摘来吃似的。一对小小的喜鹊，一只张着嘴，一只合着嘴，母亲告诉过我，那只张着嘴的是公的，合着嘴的是母的。喜鹊也跟人一样，男女性格有别。母亲每回翻开书，总先翻到夹得最最厚的这一页。对着一双喜鹊端详老半天，嘴角似笑非笑，眼神定定的，像在专心欣赏，又像在想什么心事。然后再翻到另一页，用心地选出丝线，绣起花来。好像这双鞋面上的喜鹊樱桃，是母亲永久的样本，她心里什么图案和颜色，都仿佛从这上面变化出来的。

母亲为什么叫这本书为橡皮纸书呢？是因为书页的纸张又厚又硬，像树皮的颜色，也不知是什么材料做的，非常的坚韧，再怎么翻也不会撕破，又可以防潮湿。母亲就给它一个新式的名称——橡皮纸。其实是一种非常古老的纸，是太外婆亲手裁订起来给外婆，外婆再传给母亲的。

书页是双层对折，中间的夹层里，有时会夹着母亲心中的至宝，那就是父亲从北平的来信，这才是"无字天书"中真正的"书"了。母亲当着我，从不抽出来重读，直到花儿绣累了，菜油灯花也微弱了，我背《论语》《孟子》背得伏在书桌上睡着了，她就会悄悄地抽出信来，和父亲隔着千山万水，低诉知心话。

还有一本母亲喜爱的书，也是我记忆中非常深刻的，那就是触目惊心的"十殿阎王"。粗糙的黄标纸上，印着简单的图画。是阴间十座阎王殿里，面目狰狞的阎王，牛头马面，以及形形色色的鬼魂。依着他们在世为人的善恶，接受不同的奖赏与惩罚。惩罚的方式最恐怖，有上尖刀山，落油锅，被猛兽追扑等等。然后从一个圆圆的轮回中转出来，有升为大官或大富翁的，有变为乞丐的，也有降为猪狗、鸡鸭、蚊蝇的。母亲对这些图画好像百看不厌，有时指着它对我说："阴间与阳间的隔离，就只在一口气。活着还有这口气，就要做好人，行好事。"母亲常爱说的一句话是："不要扯谎，小心拔舌耕犁啊。""拔舌耕犁"也是这本书里的一幅图画，画着一个披头散发女鬼，舌头被拉出来，刺一个窟窿，套着犁头由牛拉着耕田，是对说谎者最重的惩罚。所以她常拿来警告人。外公说十殿阎王是人心里想出来的，所以天堂与地狱都在人心中。但因果报应是一定有的，佛经上说得明明白白的啰。

母亲生活上离不了手的另一本书是黄历。她在床头小几抽屉里，厨房碗橱抽屉里，都各放一本，随时取出来翻查，看今天是什么样的日子。日子的好坏，对母亲来说是太重要了。她万事细心，什么事都要图个吉利。买猪仔，修理牛栏猪栓，插秧、割稻都要拣好日子。腊月里做酒、蒸糕更不用说了。只有母鸡孵出一窝小鸡来，由不得她拣在哪一天，但她也要看一下黄历。如果逢上大吉大利的好日子，她就好高兴，想着这一窝鸡就会一帆风顺地长大，如果不巧是个不太好的日子，她就会叫我格外当心走路，别踩到小鸡，在天井里要提防老鹰攫去。有一次，一只大老鹰飞扑下来，母亲放下锅铲，奔出来赶老鹰，还是被衔走了一只小鸡。母亲跑得太急，一不小心，脚踩着一只小鸡，把它的小翅膀踩断了。小鸡叫得好凄惨，母鸡在我们身边团团转，咯咯咯地悲鸣。母亲身子一歪，还差点摔了一跤。我扶她坐在长凳上，她手掌心里捧着受伤的小鸡，又后悔不该踩到它，又心痛被老鹰衔走的小鸡，眼泪一直地流，我也要哭了。因为小鸡身上全是血，那情形实在悲惨。外公赶忙倒点麻油，抹在它的伤口，可怜的小鸡，叫声越来越微弱，终于停止了。母亲边抹眼泪边念往生咒，外公说："这样也好，六道轮回，这只小鸡已经又转过一道，孽也早一点偿清，可以早点转世为人了。"我又想起"十殿阎王"里那张图画，小小心灵里，忽然感觉到人生一切不能自主的悲哀。

　　黄历上一年二十四个节气，母亲背得滚瓜烂熟。每次翻开黄历，要查眼前这个节气在哪一天，她总是从头念起，一直念到当月的那个节气为止。我也跟着背："正月立春、雨水，二月惊蛰、春分，三月清明、谷雨……"但每回念到八月的白露、秋分时，不知为什么，心里总有一丝凄凄凉凉的感觉。小小年纪，就兴起"一年容易又秋风"的慨叹。也许是因为八月里有个中秋节，诗里面形容中秋节月亮的句子那么多。中秋节是应当全家团圆的，而一年盼一年，父亲和大哥总是在北平迟迟不归。还有老师教过我《诗经》里的《蒹葭》篇："蒹葭苍苍，白露为霜，所谓伊人，在水一方。溯回从之，道阻且长，溯游从之，宛在水中央。"我当时觉得"宛在水中央"不大懂，而且有点滑稽。最喜欢的是头两句。"白露为霜"使我联想起"鬓边霜"，老师教过我那是比喻白发。我时常抬头看一下母亲的额角，是否已有"鬓边霜"了。

母亲当然还有其他好多书，像《花名宝卷》《本草纲目》《绘图列女传》《心经》《弥陀经》等的经书。她最最恭敬的当然是佛经。每天点了香烛，跪在蒲团上念经。一页一页地翻过去，有时一卷都念完了，也没看她翻，原来她早已会背了。我坐在经堂左角的书桌边，专心致志地听她念经，音调忽高忽低，忽慢忽快，却是每一个字念得清清楚楚，正正确确。看她闭目凝神的那份虔诚，我也静静地坐着一动不动。念完最后一卷经，她还要再念一段像结语那样的几句。最末两句是"四十八愿渡众身，九品咸令登彼岸"。念完这两句，母亲宁静的脸上浮起微笑，仿佛已经渡了众身，登了彼岸了。我望着烛光摇曳，炉烟缭绕，觉得母女二人在空荡荡的经堂里，总有点冷冷清清。

《本草纲目》是母亲做学问的书，那里面那么多木字旁、草字头的字，母亲实在也认不得几个。但她总把它端端正正摆在床头几上，偶然翻一阵，说来也头头是道。其实都是外公这位山乡郎中口头传授给她的，母亲只知道出典都在这本书里就是了。

母亲没有正式认过字，读过书，但在我心中，她却是博古通今的。

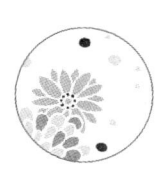 # 母亲的金手表

母亲那个时代,没有"自动表"、"电子表"这种新式手表,就连一只上发条的手表,对于一个乡村妇女来说,都是非常稀有的宝物。尤其母亲是那么俭省的人,好不容易父亲从杭州带回一只金手表给她,她真不知怎么个宝爱它才好。

那只圆圆的金手表,以今天的眼光看起来是非常笨拙的,可是那个时候,它是我们全村最漂亮的手表。左邻右舍、亲戚朋友到我家来,听说父亲给母亲带回一只金手表,都会要看一下开开眼界。母亲就会把一双油腻的手,用稻草灰泡出来的碱水洗得干干净净,才上楼去从枕头下郑重其事地捧出那只长长的丝绒盒子,轻轻地放在桌面上,打开来给大家看。然后眯起(近视眼)来看半天,笑嘻嘻地说:"也不晓得现在是几点钟了。"我就说:"您不上发条,早就停了。"母亲说:"停了就停了,我哪有时间看手表?看看太阳晒到哪里,听听鸡叫就晓得时辰了。"我真想说:"妈妈不戴就给我戴。"但我也不敢说,知道母亲绝对舍不得的。只有趁母亲在厨房里忙碌的时候,才偷偷地去取出来戴一下,在镜子里左照右照一阵又脱下来,小心放好。我也并不管它的长短针指在哪一时哪一刻。跟母亲一样,金手表对我们来说,不是报时,而是全家紧紧扣在一起的一种保证,一份象

征。我虽幼小，却完全懂得母亲宝爱金手表的心意。

后来我长大了，要去上海读书。临行前夕，母亲泪眼婆娑地要把这只金手表给我戴上，说读书赶上课要有一只好的手表。我坚持不肯戴，我说："上海有的是既漂亮又便宜的手表，我可以省吃俭用买一只。这只手表是父亲留给您的最宝贵的纪念品啊！"因为那时父亲已经去世一年了。

我也是流着眼泪婉谢母亲这份好意的。到上海后不久，就由同学介绍熟悉的表店，买了一只价廉物美的不锈钢手表。每回深夜伏在小桌上写信给母亲时，就会看着手表写下时刻。我写道："妈妈，现在是深夜一时，您睡得好吗？枕头底下的金手表，您要时常上发条，不然的话，停止摆动太久，它会生锈的哟。"母亲的来信总是叔叔代写，从不提手表的事。我知道她只是把它默默地藏在心中，不愿意对任何人说的。

大学四年中，我也知道母亲身体不太好。她竟然得了不治之症，我一点都不知道，她生怕我读书分心，叫叔叔瞒着我。我大学毕业留校工作，第一个月薪水就买了一只手表，要送给母亲，也是金色的。不过比父亲送的那只江西老表要新式多了。

那时正值对日抗战，海上封锁，水路不通，我于天寒地冻的严冬，千辛万苦从旱路赶了半个多月才回到家中，只为拜见母亲，把礼物献上。没想到她老人家早已在两个月前，默默地逝世了。

这分锥心的忏悔，实在是百身莫赎。孔子说："父母在，不远游。"我是不该在兵荒马乱中，离开衰病的母亲远去上海念书的。她挂念我，却不愿我知道她的病情。慈母之爱，昊天罔极。几十年来，我只能努力好好做人，但又何能报答亲恩于万一呢？

我含泪整理母亲遗物，发现那只她最宝爱的金手表，无恙地躺在丝绒盒中，放在床边抽屉里。指针停在一个时刻上，但绝不是母亲逝世的时间。因为她平时就不记得给手表上发条，何况在沉重的病中！

手表早就停摆了，母亲也弃我而去了。有很长一段时间，我不忍心去开发条，拨动指针。因为那究竟是母亲在日，它为她走过的一段旅程，记下的时刻啊。

没有了母亲以后的那一段日子，我恍恍惚惚的，只让宝贵光阴悠悠逝去。在每天二十四小时中，竟不曾好好把握一分一刻。有一天，我忽然省悟，徒悲无益，这绝不是母亲隐瞒自己病情，让我专心完成学业的深意，我必须振作起来，稳定步子向前走。

于是我抹去眼泪，取出金手表，开紧起发条，拨准指针，把它放在耳边，仔细听它柔和有韵律的嘀嗒之音。仿佛慈母在对我频频叮咛，心也渐渐平静下来。

我把从上海为母亲买回的表和它放在一起，两只表都很准确。不过都不是自动表，每天都得上发条。有时忘记上它们，就会停摆。

时隔四十多年，随着时局的紊乱和人事的变迁，两只手表都历尽沧桑，终于都不幸地离开了我的身边，不知去向了。

现在我手上戴的是一只普普通通的不锈钢自动表，式样简单，报时还算准确。但愿它伴我平平安安地走完以后的一段旅程吧！

去年我的生日，外子却为我买来一只精致的金表，是电子表。他开玩笑说我性子急，脉搏跳得快，表戴在手上一定也越走越快。而且我记性又不好，一般的自动表脱下后忘了戴回去，过一阵子就停了，再戴时又得校正时间，才特地给我买这个表，几年里都不必照顾它，也不会停摆，让我省事点。他的美意，我真是感谢。

自动表也好，电子表也好，我时常怀念的还是那只失落了的母亲的金手表。

有时想想，时光如真能随着不上发条就停摆的金手表停留住，该有多么好呢？

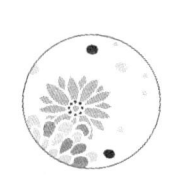

妈妈银行

小时候,常听大人们说"钱庄、钱庄",心想钱庄就是专门装钱的一间屋子,一定是角子洋钱挤得满满的,像我家专门装谷子的谷仓一样。

有一回,一位住在城里的叔叔来乡下玩,我听他对母亲说:"大嫂,你有钱该存银行,不要存钱庄。"母亲笑笑没有做声。

我问她:"妈妈,钱庄和银行有什么两样?"

母亲很快地说:"钱少的叫钱庄,钱多的叫银行。"

我又问:"妈妈的钱为什么不存银行呢?"

她敲了下我的脑袋瓜说:"我的钱都存在你的肚子里了。你不是要吃中段黄鱼和奶油饼干吗?那都要钱买的呀。"

我想想也对,就很感激地说:"那么我以后的压岁钱都给妈妈买黄鱼和奶油饼干,妈妈的钱就好存银行了。"

母亲点点头说:"走开走开,我忙着呢!你的压岁钱都给你买氢气球和鞭炮花光了,再等过年还早得很呢。"

于是我就把抽屉里、枕头底下所有的钱统统捧出来。有的是中间有个四方孔的铜钱,那是厨房里的五叔婆给的。旧兮兮的一点亮光没有,不值钱的,只能包在破布里当毽子踢。幸得有不少枚银角子。银角子有两种，小而薄的是小洋角子，要十二枚才换一块银洋钱。大的是大洋角子，十枚就可以换一块洋钱了。

我数来数去，越数越糊涂，就一把抓给母亲说："妈妈，存在你那里。"母亲高兴地说："好，我是你的银行。"我一听到银行就高兴，仿佛钱放在银行里就会像白米饭似的，胀成满满一锅。

母亲把我的钱放在针线盒的第二格，对我说："不许动，这就是妈妈的银行，要等凑满两块银洋钱，就给你去存钱庄。"

我马上说："我不要存钱庄，我要存银行。"

母亲说："钱庄就在镇上，我们可以自己走去，银行在城里，我一两年也难得去一回呀。"

我想起那个城里的叔叔，就说："那我们就请叔叔代存好吗？"

母亲想了一下，好像真有什么新主意似的，就去问五叔婆："你有钱没有？我们一起托阿叔存城里的银行好不好？"

五叔婆瘪瘪嘴说："我才不相信他呢！他一年到头香烟不离嘴，说不定会把我们的钱拿去买香烟抽。我不存，我宁可放在自己贴肉口袋里，最放心。"说着，她双手拍拍鼓起的粗腰，我知道她一年四季缠着的腰带里都是钱。

钱给了母亲，我得守信用不动用它。只能常常捧出针线盒，打开来摸摸数数，听听叮叮当当的声音。

有一次，乡长来捐款赈水灾，母亲从身边摸出五个银角子给他。我连忙问："这是你的还是我的？"

母亲说："当然是我的。对了，你也该捐一点呀！"

我起先有点舍不得，但想想赈灾是善事，"人要发挥广大的同情心"，老师说的。我就跑到楼上，从针线盒里拿出一个银角子，在手心里捏着，捏得热烘烘的，才万分不舍地递给乡长。他拍拍我的头说："好心有好报。"就收下了。

我得意地回头看看五叔婆,她横了我一眼,才慢吞吞地从腰带里挖出一个银角子。过了半天,再挖出一个,不言不语地递给乡长,乡长还没来得及说话呢,我马上抢着说:"五叔婆,您好心有好报。"她再横了我一眼。我第一次觉得五叔婆心肠也是蛮好的。

妈妈的银行给我心理上一份安全感,觉得有妈妈作保,钱一定不会丢,不会少。尤其是,原该三十个铜板换一枚银角子的,我只要积到廿七八个,就要跟妈妈换银角子了。好开心啊,钱存不存银行都没关系,何况银行是个什么样,我根本不知道。妈妈的银行——那个针线盒,才是实实在在的。

也不知什么时候,母亲真把我的钱和她自己的钱都交给城里的叔叔去存银行了。我摇摇针线盒没有叮叮当当的声音了,总有点不放心,就对母亲说:"我现在想想还是存在钱庄好,我们可以一同到镇上,自己存进去。"母亲说:"你放心,叔叔有存折给我的,有多少都记在上面,少不了的。"我也就放心了。

又不知过了多久,有一天,母亲把折子拿给我的老师看,问他:"这里面一共是多少钱?看我的心算跟总数合不合呢!"

老师看了下,奇怪地说:"大嫂,你弄错了吧,这里面的钱都已取光啦。"

"你说什么?"母亲知道老师是正正经经的人,不会跟她开玩笑的,她已经在发抖了。

"这是一本空折子,钱都一次次提光了。你是托谁存取的呀!"老师一脸的茫然。"是托阿叔的呀!只有一圆圆地存进去,从没取出来过,里,里面还有小春的钱呢。"

"没有了,老早没有了。你捏着的是一本空折子。"

我在一边马上大哭起来,跺着脚喊:"妈妈,我要我的钱,叔叔拐了我的钱,他好坏,他是贼。"

我越哭越伤心,母亲脸都气白了。半晌才大声喝道:"不要哭,也不许骂人。自己好好读书,多认几个字,把算盘学好,就不会给别人欺侮了。"

她已泪流满面,我只好忍住哭,拉着她的衣角说:"妈妈,你也不要哭了。我们再从头来过。这回我们就把洋钱角子统统放在针线盒里,不要存银行,也不要存钱庄,把针线盒天天放在枕头边,就放心了。"

老师叹口气说:"存银行存钱庄都一样,就是要托个可靠的人。小春,你要快快长大,帮你妈妈的忙。"

我心想,我已会背九九表,妈妈会心算,但又有什么用呢,钱已经没有了呀!我常常把九九表背得七颠八倒,母亲总带笑地纠正我。从那以后我不敢背了,怕她想起被叔叔拐走的钱会心痛。

我问她为什么不向叔叔算账,她说:"女人家辛辛苦苦积蓄点私房钱,有什么好声张的?我那点只是从买菜和粜谷子里省下来的。我若是跟他算账,他就会写信告诉你爸爸,算了吧,反正我也不花钱。"

我却是心中愤愤不平,山里的外公来时,母亲嘱咐我不要讲,我还是悄悄地一五一十告诉了外公。外公说:"钱不花,放在针线盒里、枕头底下,跟存在银行里一样。小春,你以后还是把滚铜板、踢毽子赢来的钱统统给你妈妈,她喜欢听叮叮当当的声音,你也有新鲜黄鱼和奶油饼干吃,多好啊!"

因此,我还是最最喜欢那个可以捧在手里,摇起来叮当响的针线盒,我就叫它"妈妈银行"。

我长大以后,父亲把我带到杭州读中学。母亲有很长一段时间仍住在乡间,我就把压岁钱托人带回给她,随便她存钱庄还是仍放在"妈妈银行"里。我是希望她买点补品吃。

暑假回乡时,老师告诉我:"你妈妈每回收到你的银洋钱,都要叮叮地敲一阵、凑在耳朵边听一阵,听了再敲,敲了再听,弄得五叔婆好羡慕,就怨她儿子不孝顺,没带银洋钱给她。"

我想起那个拐我们钱的城里叔叔,问母亲他后来怎样了。母亲叹口气说:"他苦得很,讨了个城里的女人,两个人都抽上了大烟,连乡下的房子都卖掉了。"

我也十分感慨,一个不忠实的人,再加上恶疾,终归落得一生潦倒。

有一次他回到乡间来,母亲看他衣衫褴褛、鞋袜都前通后通了,忍不住就给他钱去买衣服。我想起当年母亲辛苦积蓄被他拐走的心痛神情,仍不免泫然。但母亲一点也不计较他对她的不诚实,反而在困难时再接济他。

好心的母亲啊!如果您是个百万富豪,真的开一家"妈妈银行",您将会救济多少贫寒之人呢?

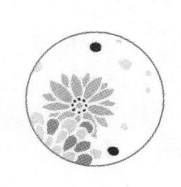

头发与麦芽糖

每回梳头发梳得不顺心，梳到右边偏偏翘向左边时，就直想拿把大剪子，"咔嚓"一下，把一绺不听话的头发剪下，也马上想起满口甜甜软软的麦芽糖来。

麦芽糖跟头发有什么关系呢？是我贪吃麦芽糖，把它粘在头发上了吗？不是的，是因为小时候，我常常剪下头发换麦芽糖吃的。

每回听到卖糖的"咚咚咚"地摇着拨浪鼓来了，我就急急忙忙跑到后房，在母亲堆破烂的箧篓里掏，掏出破布、蜡烛头、旧牙刷、玻璃药瓶等等，塞在口袋里，再急急忙忙跑到后门口，统统捧给卖糖的老伯伯。他一样样当宝贝似的收下，然后用小铁锤在刀背上一敲，割下一片麦芽糖递给我，糖薄得跟纸似的，一放进嘴里，就贴在上颚的"天花板"上，让它慢慢溶化，眼前总是盯着那一大块圆圆的糖饼，舍不得走开，看他竹箩里塞满了乱七八糟的东西，都是用糖换来的。有一天，我问他："伯伯，你要这些东西做什么？"

"换钱呀！都是有用的东西啊！破布可以做拖把，搓绳子，蜡烛头也可以熔开来再做蜡烛，玻璃瓶卖回工厂去。"他摸摸我的头说："头发和猪毛我也要，猪毛做刷子，头发结发网。"

这一下我有主意了。每回母亲梳头时，我都耐心地在边上等，等她梳完头，我就帮她把梳子上的头发一丝丝理下来，用纸包好，等着换糖吃。母亲看我变得这般勤快起来，还直高兴，岂知我是另有用心呢。

可是母亲的头发并没掉多少，要累积好多次才能换来一小片糖。我老是问："妈妈，你怎么不掉头发嘛？"母亲奇怪地说："你这个丫头，难道你要妈妈快点老呀？"我连忙说："不是的啦，是因为……"还是不说的好，怕母亲觉得不吉利，母亲的忌讳是很多的。

于是我想起自己一头猪鬃似的头发，又粗又硬，披到东边，翘到西边，好难看啊。就躲在房间里，对着镜子从里面剪下一撮，再把外面的盖下来，是看不出来的。可是一次次剪得多了，短头发就像茅草根似的冒出来。母亲看到了，觉得好奇怪，问我："你的头发怎么了？"我结结巴巴地说："太多了，好痒，剪掉一些。我看二婶也是这样从里面剪的。"她大笑说："傻瓜，二婶梳头，嫌头发太多不好梳，你是小孩子短头发，怎么能这样剪呢？再剪要变成癞痢头了。"我只好供出来，是为了要换麦芽糖吃。母亲想了想说："不能再剪头发，我来找东西给他。"于是找出我小时候的旧衣服、鞋袜等等，包在一起交给我，我好高兴啊！

卖糖的又摇着拨浪鼓来了，母亲叫我把东西给他，自己却又捧了一大碗满满的米，走到后门递给他说："再给找一片，我要供佛。"老伯伯说："小妹妹，这一包东西就很多了，不要米了。"母亲说："要的，要的。这是大米，熬粥给孩子们吃才香呢。"

老伯伯切了三片厚厚的麦芽糖给我们，高高兴兴地走了。母亲望着他的背影说："那点破旧东西能换几个铜板呢？看他好辛苦啊！"

我咬一口糖含在嘴里，另两块捧到佛堂里供佛。想起老伯伯接下母亲那一碗米时，脸上快乐的笑容，觉得嘴里的麦芽糖也格外香甜了。

母 亲

每当我把一锅香喷喷的牛肉烧成焦炭,或是一下子拉上房门,却将钥匙忘在里面时,我就一筹莫展,只恨自己的坏记性,总是把家事搞得一团糟。这时,就有一个极柔和的声音,在耳边响起:"小春,别懊恼,谁都会有这种可笑的情形。别尽着埋怨自己。试试看,再来过。"

那就是慈爱的母亲,在和我轻轻地说话。母亲离开人间已三十五年。可是只要我闭上眼睛想她,心里喊着她,她就会出现在我眼前,微微摇摆着身体,慢慢儿走动着。在我的记忆里,母亲总是这么慢慢儿摇摆着,走来走去,从早做到晚,不慌不忙。她好像总不生气,也没有埋怨过别人或自己。有一次,她为外公蒸枣泥糕,和多了水,蒸成了一团糯糊。她笑眯着眼说:"不要紧,再来过。"外公却说:"我没有牙,枣泥糊不是更好吗?"他老人家一边吃,一边夸不绝口。我想母亲的好性情一定是外公夸出来的。因此,我在懊丧时,只要一想到母亲说的:"不要紧,再来过。"我就重整旗鼓,兴高采烈起来了。

在静悄悄的清晨或午后,一个人坐在屋子里,什么事都不做,只是"一往情深"地思念着母亲,内心充满安慰和感谢。对我来说,真是人生莫大的快乐。我常常在心里轻声地说:妈妈,如果您现在还在世的话，我们将是最最知心的朋友啊！

母亲是位简朴的农村妇女，她并没读过多少诗书。可是由于外公外婆的教导，和她善良的本性，她那旧时代女性的美德，真可作全村妇女的模范。我幼年随母亲住在简朴的乡间，对于"日出而作，日入而息"的农村生活，至今记忆犹新。

那时的乡间，没有电台、电视报时报气候。母亲每天清晨，东方一露曙光就起床。推开窗子，探头望天色，嘴里便念念有词："天上云黄，大水满池塘。靠晚云黄，没水煎糖。"她就会预知今天是个什么天气。如果忘了是什么节候，她就会在床头小抽屉中取出一本旧兮兮的黄历，眯着近视眼边看边念："正月立春雨水，二月惊蛰春分，三月清明谷雨……"我就抢着念下去，母亲说："别念那么多，还没有到那节候呢。"

母亲用熟练的手法，把一条乌油油的辫子，在脑后盘成一个翘翘的螺丝髻，就匆匆进厨房给长工们做早饭。我总要在热被窝里再赖一阵才起来，到厨房里，看母亲掀开锅盖，盛第一碗热腾腾的饭在灶神前供一会，就端到饭桌上给我吃。饭盛得好满，桌上四四方方地排着九样菜，给长工吃的，天天如此。母亲说："要饱早上饱，要好祖上好。"她一定也要我吃一大碗饭。我慢吞吞地吃着，抬头看墙壁上被烟熏黄了的古老自鸣钟，钟摆有气无力地摆动着，灰扑扑的钟面上，指针突然会掉下一大截，我就喊："钟跑快了。"母亲从来也不看那口钟的，晴天时，她看太阳晒到台阶儿的第几档就知道是什么时辰了。雨天呢，她就听鸡叫。鸡常常是咚咚咚地绕在她脚边散步。她把桌上的饭粒掸在手心里，放到地上给鸡啄。母亲说饭就是珍珠宝贝，所以不许我在碗里剩饭。老师也教过我"谁知盘中餐，粒粒皆辛苦"的诗，我也知道吃白米饭的不容易。

做完饭，喂完猪，母亲就会打一木盆热水，把一双粗糙的手在里面泡一阵，然后用围裙擦干，手上的裂缝像一张张红红的小口，母亲抹上鸡油，（那就是她最好的冷霜了。）脸上露出满足的微笑，看自己的手，因为这双手为她做了那么多事。我曾说："妈妈，阿荣伯说您从前的手好细好白，是一双有福气的玉手。"母亲叹息似的说："什么叫有福气呢？庄稼人就靠勤俭。靠一双玉手又有什么用？"我又说："妈妈，婶婶说您的手没有从前细了，裂口会把绣花丝线勾得毛毛的，绣出来的梅花喜鹊、麒麟送子，都没有从前漂亮了。"母亲不服气地说："哪里？上回给你爸爸寄到北平去的那双绣龙凤的拖鞋面，不是一样的又光亮又新鲜吗？你爸爸来信不是说很喜欢吗？"

　　母亲在忙完一天的工作之后，总是坐在我身边，就着一盏菜油灯做活，织带子啦、纳鞋底啦、缝缝补补啦。亮闪的针在她手指缝中间跳跃着。我不由停下功课，看着她左手无名指上的赤金戒指，由于天天浸水洗刷，倒是晶亮的。那是父亲给母亲的订婚礼物，她天天戴在手上，外婆留给她的镶珍珠、宝石的戒指，都舍不得戴。于是我又想起母亲的朱红首饰箱来，索性捧出来一样样翻弄。里面有父亲从外国带回送她的一只金表，指针一年到头停在老地方，母亲不让我转发条，怕转坏了。每年正月初一，去庙里烧香，母亲才转了发条戴上，平常就放在盒子里睡觉，我说发条不转会长锈的，母亲说："这是你爸爸买给我最好的德国表，不会长锈的。"我又说："表不用，有什么意思。"母亲说："用旧了可惜，我心里有个表。"真的，母亲心里有个表，做事从不会错过时间。除了手表和宝石戒指以外，就是哥哥和我两条刻着"长命富贵"的金锁片。我取出来统统挂在脖子上。母亲停下针线，凝视着金锁片说："怎么就没让你哥哥戴着去北平呢？"我就知道她又在想念在北平的哥哥了，连忙收回盒子里。

母亲对父亲真个是千依百顺，这不仅是由于她婉顺的天性，也因为她敬爱父亲，父亲是她心目中的奇男子。他跟别的男孩子不一样，说话文雅，对人和气，又孝顺父母，满腹的文章，更无与伦比。后来父亲求得功名，做了大官，公公婆婆都夸母亲命里有帮夫运，格外疼这个孝顺的儿媳妇了。

尽管母亲有帮夫运，使父亲在仕途上一帆风顺，她却一直自甘淡泊地住在乡间，为父亲料理田地、果园。她年年把最大的杨梅、桃子、橘子等拣出来邮寄到杭州给父亲吃，只要父亲的信里说一句："水果都很甜，辛苦你了。"母亲就笑逐颜开，做事精神百倍。母亲常说："年少夫妻老来伴。"而她和父亲总是会少离多。但无论如何，在母亲心中，父亲永远是他们新婚时穿宝蓝湖绉长衫的潇洒新郎。

我逐渐长大以后，也多少懂得母亲的心事，想尽量逗母亲快乐。但我毕竟是个任性的孩子，还是惹她生气的时候居多。母亲生气时，并不责备我，只会自己掉眼泪，我看她掉眼泪，心里抱歉，却又不肯认错。事实上，对我所犯的小小过错，母亲总是原谅的，而且给我改过以及再接再厉的机会。比如我不小心打破了一个饭碗，她就会再给我一个饭碗去盛饭，严厉地说："这回拿好，打破了别吃饭。"如果因贪玩忘了喂猪，她就要我多做一件事以示惩罚。但我如犯了大错，她就再也不会纵容。她的态度是严厉的，话是斩钉截铁的，责备完以后，丢下我一个人去哭，非得我哭够了自己出来，她是不会理我的。

母亲像一潭静止的水，表面上从看不出激动的时候，她的口中，从不出恶毒之言，旁人向她打听什么，她就说："我不知道呀。"或是："我记性最坏，什么都忘了。"有人说长论短，或出口伤人，她就连连摇手说："可别这么说，将来进了阴间，阎王会将你舌头拉出来，架上牛耕田的啊！"我笑她太迷信。她说："别管有没有，一个人如不说好话，不做正当事，心里自会不平安，临终之时，就到不了西方极乐世界。"母亲的最后理想，就是往生西方极乐世界。她在烦恼悲伤时，都是以此自慰。她是位虔诚的佛教徒，自幼跟外公学了不少经，《金刚经》《弥陀经》，她都背得很熟。逢年过节不得不杀鸡、猪，母亲就跪在佛堂里念《大悲咒》《往生咒》。我看她一脸的庄严慈悲，就像一尊菩萨。还有每当她拿米和金钱帮助穷苦的邻居时，总是和颜悦色，喜溢眉梢。后门口小贩一声吆喝，母亲就去买鱼肉，从不讨价还价，外公摸着胡子得意地说："你妈小时候，我教过她朱伯庐先生治家格言，她真的做到了。"我听了外公的话，也到大厅里看屏风上的治家格言："与肩挑贸易，毋占便宜；见贫苦亲邻，须加温恤。"母亲真的样样做到了。

母亲并没认多少字，读多少书，她的学识和许多忠孝节义的故事，都是从花名宝卷、庙会时的野台戏，以及瞎子的鼓儿词里学来的，她和婶母们一边做事，一边讲着故事，讲得有头有尾，这也是她最最快乐的时光了。她说话时慢条斯理，轻声轻气，对于字眼的声音十分注意，有时讲究到咬文嚼字的程度，听来却非常有趣。比如数目中的"二"字，她一定说"一对"，显得吉利。"四"字呢，一定说"两双"。因为"四"、"死"同音，是非常非常忌讳的，尤其逢年过节或过生日的时候。数到"十一"她就说"出头啦"，因为十一是个单数。又比如"没有"，她一定说"不有"，因为"没"、"殁"同音，是绝对不能说的。这都是她小时候外婆教她的。

冬天的夜晚，我躺在暖烘烘的被窝里，听母亲讲"宝卷"上"落难公子中状元，私订终身后花园"的故事。讲到男女相悦的爱情场面时，母亲双颊泛起红晕笑靥，仿佛是在叙述自己的恋爱故事呢。讲着讲着，她便会低低地唱起来，像吟诵一首古诗，声音十分悦耳。每一首词儿，我都耳熟能详，却是越听越想听。我至今牢牢记得她唱的"十八岁姑娘"：

十八岁姑娘学抽烟，银打的烟盒儿金镶边。不好的烟丝她不要抽，抽的桔梗兰花烟。姑娘河边洗丝帕，丝帕漂水永生花。"撑船的哥儿帮我挑一把，今晚到小妹家里喝香茶。""我怎知姑娘住哪里？朱红的门儿矮墙里，上有琉璃瓦，下有碧纱窗，小院角落里有株牡丹花。""姑娘呀！我粗糠哪配高粱米，粗布哪配细绸绫。""阿哥阿哥休这样讲，十个单指头伸出来有长短，山林树木有高低。"

现在看看这段词儿，当年农村少男少女的恋爱，不也非常热情奔放吗？

月亮好的夜晚，母亲就为我唱《月光经》。她放下手中的活儿，双手合掌，一脸的肃穆神情，《月光经》的词儿是这样的：

太阴菩萨上东来，天堂地狱九层开。十万八千诸菩萨，诸位菩萨两边排。脚踏芙蓉地，莲花遍地开。头顶七层宝塔，月光婆婆世界。一来报答天和地，二来报答父母恩，三来报答阎罗天子地狱门。弟子诚心念一遍，永世不入地狱门。临终之时生净土，七祖九族尽超生。

母亲闭目凝神，念完一遍，俯身拜一拜。那份虔诚的尊敬，充分表现了母亲坚定的宗教信仰。其他还有《干菜经》《灶神经》，每一首经的音调，都给人一种沉静稳定的力量。每一首的词儿，也都令人回味无穷。例如《灶神经》中最精彩的句子："不论荤素口，万里去修行。八月初三卯时辰，手做生活口念经。一天念得三四卷，胜过家中积金银。黄金白银带不去，只带灶神一卷经。"细细咀嚼，使你安心知足。这也许就是母亲能一生安贫守拙、淡泊自甘的主要原因吧！

母亲最后总是以一首《孩儿经》催我入梦：

孩儿孩儿经，亲生孩儿有套经，抱在怀中亲又亲。轻轻手儿放上床，轻轻脚儿下踏凳，轻轻手儿关房门。门外何人高声喊，摇摇手请莫高声。只怕孩儿受惊罣，只愁孩儿睡不沉。孩儿带到一周岁，衣衫件件破前襟。孩儿养到起七八岁，请来老师教诗文。孩儿长到十七八，拜托媒人来说亲。娶了亲，结了婚，亲爹亲娘是路人。有话轻轻讲，莫让堂上爹娘得知音。爹娘吃素凭你面，没块豆腐到如今。娇妻怀胎未满三个月，买来橘饼又人参。爹娘要你买块青丝帕，声声口口回无银。娇妻要买红丝帕，打开银包千两银。

《孩儿经》是我从襁褓之时听起，渐渐长大以后，听一回有一回的深切感受。父亲去世以后，我拜别母亲，去上海求学孤孤单单住在学校宿舍里，无论是月白风清，或雨暗灯昏的夜晚，我总是拥着被子，一遍又一遍地念着《孩儿经》。感念亲情似海，不知何以为报。常常是眼泪湿透了半个枕头。

我虽远离母亲，求学他乡，而多年的忧患，使母女的心靠得更近。我也已成人懂事。想起母亲一生辛劳，从没享过一天清福，哥哥的突然去世，父亲的冷淡与久客不归，尤给与母亲锥心的痛楚，她发过心气痛，咯过血，却坚忍地支持过来。我常常想，究竟是什么力量使母亲挣扎着活下去的呢？是外公的劝慰吗？是她对菩萨虔诚的信赖吗？还是为了我这个爱女呢？我夜深靠在枕上读书，常常思绪纷乱，披着母亲为我编织的毛衣，到小小的天井里散步。那时因战事交通阻隔，一封家书常常要一两个月才到达。母亲每封由叔叔代笔的信，都告诉我她身体很硬朗，叫我专心学业。

  我毕业以后赶回家中，母亲竟已不在人间。那片广阔寂寞的橘园，就是她暂时安息之所。她生前那么照顾这片果园，她去后，橘子依旧长得硕大鲜红。采下橘子供母亲的时候，不禁思绪潮涌。我打开她的首饰箱，取出那只金手表，指针停在一个时间上，但不知母亲最后一次转发条是在哪一天，哪一个时辰。对母亲来说，时间本来就是静止的，在她心里哪有什么春去秋来的时序之分呢？她全副心意都在丈夫和儿女身上，我相信父亲实在是深深地爱着母亲的，这就是她生活力量的泉源。

金盒子

琦君散文精选

幼年的我
琦君

几十年来的生活变迁，许多心爱的纪念品都散失了。玳瑁发夹固已不复存在，而这个形状相似的塑料仿制的蝴蝶夹，仍使我想起少女时代的顽皮憨态。

压岁钱

又要分压岁钱了。我把一张张崭新十元新台币装进红封套,生活水准愈来愈高,十元、五十元、一百元捏在手里都一样是轻飘飘的,哪里像我们小时候,爸爸妈妈各给一块亮晶晶沉甸甸的大洋钱,外公给十二枚银角子——也就是一块银元。外公说十二枚银角子比一块银元分量重,所以他总是给我银角子。洋钱角子一起收在肚兜里,走一步,双脚跳一下,叮叮当当直响,好开心啊!晚上睡觉的时候,母亲才把它取出来,收在一只双仙和合的绣荷包里,绣荷包装不下了,就收在母亲的珠红雕花首饰盒里。收着收着,就不记得有多少了。到明年,打开首饰盒,一块洋钱也没有了,母亲说替我存入银行,供我长大上外面读书。那日子还远得很,我只要母亲给我肚兜里留几块洋钱与角子买鞭炮就够了。

我真懊恼,来台湾竟没有保留一块银元,我已记不得十块银元叠起来有多高,五十块有多高。只记得父亲说的,他从故乡赶旱路到杭州读书,草鞋夹在胁下,口袋里就只两块银元,是曾祖父卖了半亩田给他当盘缠的。他已是同伴中最富有的一个了。可见银元对大人们来说,是多么有分量的一笔财产。对孩子们来说,也是多么神通广大的一样玩意儿呢!

外公不但在大年初一给我银角子,整个正月里,他老给。比如我替他通旱烟管,通一次就是一枚银角子,装一次烟是一个铜板。外公常常讲一些陈年故事,讲了又讲,我都听厌了,我说:"外公,我听一遍,你得给我一个铜板。"外公连说好,于是我就黏着他赚钱。我有个在城里念女子中学的四姑,她会用五彩毛线钩手提袋。她给我钩了个小钱包,分两层,一层放角子,一层放铜板。有一天,大门口叫卖桂花糕、烂脚糖(四四方方,当中圆圆一块黑豆沙像膏药,乡下人叫它烂脚糖)的来了,我正牵着小表弟在玩,为了表示做姐姐的慷慨,我掏出毛线钱包,取出一个铜板,给他买了一块桂花糕,他却嚷着要吃烂脚糖,烂脚糖得两个铜板,我有点舍不得,正犹疑着,我怕得像老虎似的二妈从大门口进来了,我赶紧把钱包收在口袋里,牵着小表弟就走,小表弟吃不成烂脚糖就大哭起来,二妈走过来,伸手在我口袋里拿出钱包说:"哪来的钱?"我说:"是外公给的压岁钱。"她说:"压岁钱怎么会是铜板?还有,你怎么可以自己买东西吃?你爸爸不是告诉你不许吗?"她把钱包塞在狐皮手笼里,转身走了。这回大哭的是我,因为小表弟已经吓呆了。我抽抽噎噎地把详情告诉外公和母亲,母亲抿紧了嘴唇一声不响,眼中噙着泪水,外公喷着烟,仍旧笑嘻嘻的。我既心疼角子铜板被没收,还有一股受辱的气愤,却不知母亲心里是什么滋味。半响外公敲着烟筒说:"小春,别懊恼,她拿去就拿去,你会赚,给我端碗红枣桂圆汤来,我再给你一大枚。"我委委屈屈地说:"她不该不相信我的钱是您和妈给的。"外公说:"她哪儿不相信?她相信的,只因她自己没有女儿,没有压岁钱好给,心里不快乐就是了。"从那以后,我总是老远躲着二妈,不让她看见我开心的样子。我却是纳闷,她没有女儿好给压岁钱,为什么不给我呢?这个疑问,直到十几年后我长大了才想通。到我不再盼望压岁钱的时候，二妈却每年笑吟吟地给我五块银元。我不得不接下来，接下来说声："恭喜新年。"心里却是凄凄冷冷的，一点儿新年的欢乐感觉都没有。若是她在我小时候，不没收我的毛线钱包，或是高高兴兴地拿两个铜板买一块烂脚糖给小表弟吃，我将会多么快乐，多么喜欢她。

我有一个小叔叔，吊儿郎当，却是我的好朋友。他比我大好多岁，我把他佩服得不得了。外公也夸他聪明，只是不学好。比如他喜欢吃鸭肫肝，母亲给他偏不要，背地里却去储藏室偷，一偷就是一大串，起码四五个。有时还加一只香喷喷的酱鸭。坐在后门外矮墙边，拿柴火边烤边吃，还叫我替他偷父亲的加利克香烟。叔婆疼我，大年初一，我给她磕头拜年，她从贴肉肚兜里掏出蓝布包，打开一层又一层，拿起一块洋钱递给我说："呶，给你买鞭炮。"母亲不准我拿叔婆的辛苦钱，可是小叔在她后面做鬼脸要我拿，我伸伸舌头收下了。叔婆一走开，小叔叔就说："我教你一套新戏法，你把一块钱给我。"我马上就给他了，他教了我一套洋火梗折断了又还原的戏法。他拿了洋钱，去了半天回来又对我说："再借我一块钱，我去捞赌本，赢了加倍还你。"我口袋里只放两块洋钱，借了他一块，只一块独自就不会叮叮当当地响了。我打算不借他，他说不跟我滚铜子儿玩，不陪我看庙戏了，没奈何我又借了他。第二天他回来对我摊摊手说："运气不来，以后再还你。"却从口袋里摸出个大橘子给我，说是庙里供菩萨偷来的，吃了长命百岁。我把橘子使劲扔进水沟里，又把剩下的一块洋钱和一些角子统统抓出来，捧到他鼻子尖前面，大声地说："你拿去赌，把它统统输光好了，就赌这一次，永远别再赌了。"他吃惊地望着我说："小春，你生我的气了。"我说："我气你，叔婆也气你，我外公和妈都要不喜欢你了，你老做坏事情。"他坐在台阶上，从泥地上捡起一片烂叶子说:"我就像这片烂叶子,飘掉了,树上也看不出少了一片叶子。"我说:"你为什么不做长在树上的青叶子呢?"他望了我半晌说:"好,你就再借我一块钱,我去还了赌债,从此不赌了。"他拿了我的钱,十分有决心地走了。可是一去四五天不见,直等有一天长工把他背回来,他的脖子挂在长工肩膀上荡来荡去,像一只宰掉的鸭子,醉得一点知觉没有。叔婆见了他哭,我也哭。我不是心痛压岁钱,而是心痛他说了话不算数。从那以后,他再对我自怨自艾、赌咒发誓,我都不信了。后来我去了杭州,寒假回家,看见他还是那副吊儿郎当的样子。彼此都长大了,距离也远了,好像没什么话好谈。他给我提来一篓红红的橘子。我问他都干些什么,他说给人打点零工,写写春联。他凄惨地笑了一笑说:"你出门读书以后,我就没处拐压岁钱了。"我听了心情黯然,却又找不出话安慰他,他又叹息地说:"我终归是一片烂叶子,谁也没法把它粘回到树上了。"

母亲的一个朋友,我喊他二干娘。她排行第二,三十岁还没结婚,所以大家背地里都喊她三十头。母亲却非常敬重她,说她孝顺、俭省、勤恳。为了风瘫的父亲,宁可让姐妹们都一个个结婚了,自己终身不嫁,当护士挣钱侍候老人。她真是好俭省,热天里老是一件淡蓝竹布单衫,冷天里老是一件藏青哔叽旗袍,头上戴一顶黑丝绒帽子,把个鼓鼓的发髻包在里面,看去好老气。可是她长得细皮白肉的,眉毛好长好长,眼睛很亮,见了人总是笑眯眯的。我很喜欢她。她每年新年来拜年,总是给我一块银元压岁钱。可是有一年,她只给我一包用花纸包着的糖,没有马上摸出压岁钱来。我特地给她摇摇晃晃地端上一盏红枣莲子汤,她用小银匙挑了一粒莲子,放在嘴里,然后打开扁扁的黑皮包,取出手帕来抹了下嘴角,还是没有拿出压岁钱来。我靠在母亲身边,眼巴巴地望着她,对于一包糖,我是不够满足的。坐了一回,她起身告辞了,我忍不住跟母亲说:"妈,她还没给我压岁钱呢。"母亲使劲拧了我一把,她却仍是笑嘻嘻的,好像没听见。等她走出大门,我也不由得喊了她一声:三十头,小气鬼。

很多年后,有一个正月,她来我家,还是那件藏青哗叽旗袍,一顶灰扑扑的绒线帽子,压到长眉毛边,帽檐下露出几绺稀疏的白发。三十头已老了好多好多,她不再细皮白肉,两颊瘦削,眼睛也不那么亮了。她见了我,紧紧捏着我的手,问长问短。她告诉我老父已经去世好几年,她仍没有结婚,却领了妹妹一个孩子来养,伴伴老境。可是最近病了一大场,把为孩子积蓄的学费全病光了,说到这里,她忽然停住了,半晌又叹一口气说:"可惜你母亲不在杭州。"她打开扁扁的皮包,取出手帕擦眼睛。我想起自己小时候骂她三十头小气鬼的事,不由坐到她身边,亲切地说:"二干娘,你别心焦,我有点压岁钱,先给你,我再写信请妈寄钱给你。"她抬起婆娑的泪眼望着我说:"你太好心了,可是我不能借你孩子的钱,我还是另外去想办法吧!"我已三步两脚上了楼,捧出我的福建漆保险箱,把全部几十元银元都取出来,用手帕包好,下楼来递给了她,她犹疑了好一阵子,却只取了一半说:"这就差不多了。"她又凄然一笑说:"你小时候,我都没有年年给你压岁钱,现在反而借用你的压岁钱了。你真像你妈,有一颗好心。祝福你妈和你都有好福气。"听了她的话,不知怎的,心里一阵酸楚。想起母亲常常叹自己命苦。她现在远在故乡,过着孤寂的乡居生活,我又为学业不能回去陪伴她,她能算是有福气吗?心里想念母亲,不由得紧紧捏着二干娘的手,牵着她走出大门,灰蒙蒙的天空已飘起雪来。她把帽檐压得更低,拉起旧围巾把身子裹得紧紧的,眼圈红红的望着我说:"给你妈写信时,说我好想念她。"她低下头,佝偻着身子走了。雪天的长街好宽阔好冷清。雪花大朵大朵地飘落在她的黑绒帽上、旧围巾上，她一步步蹒跚地向前走去。前面的路还有多长呢？这样冷的天，她连大衣都不穿，在寒风中挣扎。她侍奉完了长辈，再抚育小辈，一生都不曾为自己打算。她好像就没有少女时代，一开始就被喊作三十头。三十、四十只是转瞬之间，她已经老了。她老了，我母亲也老了。而我这个只知道讨压岁钱的傻丫头却长大了。我摸摸口袋里剩下的银元，叮叮当当地发出柔和而凄清之音。童年的岁月，离我很远很远了。

现在，孩子向我讨压岁钱，我给他两张十元新台币，他满足地笑一笑，蹦跳着去买鞭炮了。而我呢？我但愿有一位长辈，给我一块亮晶晶沉甸甸的银洋钱或几枚银角子，让我再听听叮当的撞击之音。

一饼度中秋

　　一位朋友的女儿在电话里对我说:"明天是中秋节啦,祝阿姨中秋节快乐。"难得的是长大在国外的年轻人,还能如此重视中国节日。我呢?来美才两个月,过的是漂浮不定的寄居生活,连星期几都记不清,莫说中秋节了。原本是大陆性的美国气候,此时正该是"金风送爽,玉露生香"的好时光,却反常地由华氏六十多度突升到九十多度。他们因而称之为第二个夏天,连秋老虎都没这般凶呢!在汗出如浆中(住处不便开冷气),丝毫也没有"露从今夜白"的美感,也就没有"月是故乡明"的伤感了。

　　去年中秋节在台北,他公司照例放假半天。中午回家时,他喜滋滋地捧着一盒月饼,对我说:"特地买的名牌月饼,四色不同。有你爱吃的五仁、豆沙,有我爱吃的金腿、莲蓉。"我马上抱怨:"你又买月饼,年年买月饼,既贵又腻口,还不如我自己做的红豆核桃枣糕呢。"他嗤之以鼻地说:"又是你的乡下土糕。你的糕是方的,我的月饼是圆的呀。"我大笑说:"你真笨,用圆的容器蒸,不就是圆的了吗?"他只好点头:"好好,你吃你的枣糕,我吃我的月饼。"

　　不等我端出中午的饭菜来,他就打开盒子想吃。我提醒他:"要先供祖先呀。"他抱歉地说:"差点忘了。"他凡事都非常自我中心,只有供拜祖先这件事，他总是从善如流。这也是我二人在生活上、思想上最为融洽、最最快乐的时刻了。

说来没人相信，那一盒四个月饼，我们就像小老鼠似的，啃啃停停，一个多月才啃完三个，剩下一个豆沙的，再也没胃口吃了，就把它收在冰冻箱里冷藏起来。开玩笑地说："明年中秋节再吃吧。"那个月饼，就这么从去年中秋摆到今年端午，再从端午摆到盛夏。我也好几次想利用它里面的豆沙做汤团吃掉，但总没有心情与时间。直到来美之前，撤清冰箱，才取出这个"硕果"月饼，搁在手心里摸了好久，犹豫了好久，难道还能把它带到美国去吗？只好狠个心扔进了垃圾桶。沉甸甸的"噗通"一声，又感到好心疼。

真是无论如何也没想到，又会来美国过中秋，而且过得如此的意兴阑珊。按说以今日朝发夕至的交通，远渡重洋原不算一回事。可是我是个恋旧得近乎固执的人，好端端的，又把一个家搬到海外，再住上几年，对我来说，真有一种连根拔的痛苦感觉。但有什么办法呢？女人嘛，总得顾到"三从四德"吧。

他今晨笑嘻嘻地对我说："今天公司里会每人发一个月饼，给大家欢度中秋。就不知道主办人在中国城能不能买到跟台北一样香甜的月饼，也不知我分到的是一种什么馅儿的，只有碰运气了。"对于吃月饼，对于月饼馅儿的认真识别，他真是童心不改。他最最爱吃那种皮子纸一样薄，满肚子馅儿的广东月饼，嘴里好像老留有幼年时在外婆家吃第一个广东月饼的香甜滋味呢。我呢？小时候为了偷吃了一角老师供佛的素月饼，被罚写大字三张，所以我的那段记忆远不及他的快乐。也许因此种下了不爱吃月饼的心理状态吧？

他上班后，我在想是不是再来蒸一盘红豆枣糕应应景？何况是我最爱吃的。可是米粉呢？红豆、枣子呢？都得远去中国城买，得换三次车才到，哪里像在台北时跨出大门，过一条大街，五分钟就买回来了。还有蒸锅盘碗等等，都得向房东借，太麻烦了。只得嗒然放弃一时的兴头，专心等他带回那一个月饼了。

他下午比平时早一小时回到家，手里小心翼翼地捏着一个锡箔纸小包，兴冲冲地递给我说："呶，月饼。今儿大家提前下班回家过中秋。"他喜滋滋的笑容，就跟在台北时捧着一盒名牌月饼进门时一模一样。我打开纸一看说："啊，是苏式翻毛月饼嘛，我倒比较喜欢苏式的，你呢？"他说："苏式、广式还不都是饼，我们吃的是月，不是饼呀。你看这雪白的样子，不是更像月亮吗？"他真懂得享受人生，懂得随遇而安的乐趣。

我只做了一菜一汤（居处未定，一切从简）。洗一碟葡萄，再摆上唯一的月饼。恭恭敬敬地向我们在天的父母拜了节，就开始吃我们丰盛的晚餐了。月饼虽非台北名牌出品，但豆蓉不那么甜得腻人。馅儿像猪肉又像牛肉末子，反比金腿可口，也不知是"物以稀为贵"呢，还是人在他乡，心情不同？总之，吃起来别有一番滋味在心头。

饭后原打算出去散一会儿步，可是天气骤变，霎时间下起滂沱大雨来。气温也直线下降（宝岛的海洋性气候都望尘莫及呢）。"中秋无月"，遇上杜甫或苏东坡等古人，就得吟诗一番，以表遗憾。可是现代人对于月球坑坑洞洞的脸儿，已经不稀罕，中秋有月无月，也就不再关怀了。

何况一阵豪雨过后，暑气全消，这才是"已凉天气未寒时"的光景。天公究竟识时务，不会让你一直过秋天里的夏天的。我宁愿在灯下阅读，静静地度一个冷落清秋节，又何必举头望"美国的月亮"呢。

一道菜、一个月饼，就度过了异国的中秋节。可是我还是好怀念在台北临行前夕，从冰冻箱里取出来那个石头样僵硬的豆沙月饼，我万不得已地把它扔进了垃圾桶，那沉甸甸的"噗通"一声，还一直敲在我的心头呢！

幼儿看戏

有一次看评剧,台上演的是芦花荡,周瑜与赵云正杀得难解难分。听后排一个小男孩问他爸爸:"这两个哪个是好人,哪个是坏人呀?"做爸爸的回答:"两个都是好人呀!"小孩又问:"两个好人为什么要打架呢?"爸爸说:"好人跟好人有时也会打架的,你不是有时也常常跟哥哥打架吗?"孩子不作声了。过了一下又说:"爸爸,我不要跟哥哥打架了,我是好人,哥哥也是好人嘛。"

我听得乐不可支。过一阵,周瑜又与黄忠打起来。小孩又问了:"爸爸,那个穿黄衣服的年轻人,胡子为什么这么白呀?"爸爸说:"那是假胡子,他要扮老人呀!"小孩说:"不要扮老人嘛,难看死了。"

我忍不住笑出声来,回头朝他看。他正用一条白围巾蒙住自己的下半边脸,模仿台上黄忠的白胡子,发现我在看他,不好意思地放下围巾,噘起小嘴说:"我不要白胡子,我不要当老人。"他的一派天真可爱使我再也无心看台上的戏了。我也不禁想起自己幼年时坐在外公的怀里看戏的情景。我最喜欢看诸葛亮与关公,他们一出来,我就合掌拜拜。关公的马童一翻筋斗,我就拍手。我不喜欢周仓、张飞,因为他们的脸太大太黑了。

外公边看边讲笑话，他说关公在台上把桌子一拍，喊一声："周仓在哪里？"周仓正在台下摘下胡子吃馄饨，听关公喊他，连忙上台，却忘了戴胡子。关公一看他下巴光溜溜的，又把桌子一拍说："叫你爸爸来。"周仓一摸下巴，连忙下去把胡子戴了再上来，喊一声"周仓来也"。

外公说完了，边上的人都哈哈大笑，我好高兴外公出了风头。

最高兴的是第二天，戏班子全体到我家来游花园。我看出好几个人脸上的油彩都没洗干净，就问哪个是关公。那个演关公的就指着自己的鼻子尖说："是我、是我。"我说："你是忠臣，我最讨厌曹操，他是奸臣。"那个演曹操的大笑说："我是演奸臣的，你看我是好人还是坏人？"我看他一脸和气，摇摇头说："我不知道。"他说："我也是好人呀。"我说："你不要演坏人嘛！"他说："都要演好人，坏人谁演呢？"我有点迷惘了。外公说："台上的坏人好人你分得清，台下的好人坏人，就分不清啰。"我越发糊涂了。

七八岁的童子，怎么懂得外公话里的意思。那时的我，不就跟现在后排那个孩子一样天真吗？

梦中的饼干屋

美国食品店里的饼干,种类繁多,却没一种是对我胃口的。每回吞咽着怪味饼干时,就会想起童年时代母亲做的香脆麦饼,母亲称之为土饼干。

我那时随母亲住在乡间,母亲做的土饼干,就是我的最爱。有一次,父亲从北京托人带回一罐马占山饼干,母亲笑眯眯地捧在胸前,看了又看,摸了又摸,舍不得打开,我急得要命,央求说:"妈妈,快打开供佛呀,供了佛就给我吃,菩萨保佑我身体健康,读书聪明呀。"母亲才又笑眯眯地打开来,小心翼翼地抽出两片放在小木盘里供佛,我就在佛堂里绕来绕去,等吃饼干。母亲只许我一天吃两片,我却偷偷再吃一片,用手指掰开来,一粒粒放在嘴里慢慢地品尝,也分一点点给我的好朋友小黄狗和咯咯鸡吃。觉得马占山饼干并没什么特别味道,只不过是北京寄来,稀奇点就是了。我要母亲寄点麦饼给哥哥吃,母亲说路太远,寄去会霉掉。那时如果有限时专送该多好呢?

哥哥从北京写信来告诉我,他一天到晚吃饼干,吃得舌头都起泡了。因为二妈天天出去打牌,三餐都不定时,他肚子常常饿得咕咕叫,只好吃饼干。我看了信心里好难过,却不敢告诉母亲,怕她担忧。哥哥说饼干吃得实在太厌了，就拿它当积木玩，搭一幢小房子，叫作饼干屋，给蚂蚁住。

我好羡慕哥哥，情愿自己变成蚂蚁，住在哥哥搭的饼干屋里，就一年到头有吃不完的新鲜饼干了。

有一天，我做梦真的住进饼干屋，瓦片、墙壁、桌椅板凳，全是又香又脆的奶油巧克力饼干。我就拼命地吃，觉得比马占山饼干好吃多了。可是吃到后来，房子塌下来了，满身堆着饼干，我再拼命地吃，吃得肚子好撑，嘴巴好干，就醒过来了。原来枕头边还剩着没吃完的半块土饼干——母亲做的麦饼，饼干屋却不见了。

我仔细回想梦中情景，赶紧写信告诉哥哥。哥哥回信说他生病了，什么东西都吃不下，连饼干都不想吃了。母亲和我好担忧，哥哥究竟生的什么病呢？也许只是因为想念妈妈和我，吃不下东西吧。我又赶紧写信给哥哥，劝他不要忧愁，好好听医生的话吃药，也写信求父亲带哥哥回来，有妈妈的爱，哥哥的病一定马上会好的。可是父亲的信三言两语，一点也没写清楚哥哥究竟生的是什么病，也没提半句要带哥哥回来的话，母亲和我又忧焦又失望。那些日子，我好像一下子长大了，长得和母亲一样的年纪。我们母女天天跪在佛堂里，求菩萨保佑哥哥的病快快好。我们一边默祷，一边流泪，感到我们母女是那么的无助、无依。

哥哥的病一直没好起来，在病中，他用包药的粉红小纸，描了空心体的"松柏长青"四个字，又写了短短一封信给我说："妹妹，我好想念妈妈和你，可是路太远了，爸爸不带我回家乡，因为二妈不肯回来，我只好在梦里飞回来和你们相聚了。"我边看边哭，觉得"梦魂飞回来"这句话不吉利，就不敢念给母亲听。我写信给哥哥，劝他安心，我的灵魂也会飞去和他相聚的。就这样，我们通着信，可是那时的信好慢好慢，每周只有两天才有邮差从城里来。我每次在后门口伸长脖子等信，总是等得失望的时候居多。看母亲总是茶饭无心，我更是忍泪装欢，盼望着绿衣人带来哥哥的信。那一盒北京带回的饼干，却是再也无心打开来吃了。

很久以后，才盼到父亲一封信，里面附着哥哥一张短短的纸条，写得歪歪斜斜几个字："妈妈、妹妹，我病了，没有力气，手举不动了。饼干不能吃，饼干屋也没有了。"

我哭，我喊哥哥，可是路那么远，哥哥听不见，母亲抹去眼泪说："哭有什么用呢？哭不回你爸爸的心，哭不好你哥哥的病啊！"我们母女就像掉落在汪洋大海里，四顾茫茫，父亲在哪里，哥哥在哪里呢？

我们日夜悲泣，可是真的哭不回父亲的心，哭不好哥哥的病。哥哥走了，永远离开我们了。我再也收不到他用没力气的手所写歪歪斜斜的信了。北京虽远，究竟还是同一个世界，现在他到另一个世界去了，我怎么再给他写信呢？

我捧起那盒马占山饼干，呜咽地默祷："哥哥啊，你寄来的饼干还剩大半盒，我哪里还有心思吃呢？你的灵魂快回来吧，我们一同来搭饼干屋，世界上，有哪里能比我们自己搭的饼干屋更可爱、更温暖呢？哥哥，你回来吧！"

可是哥哥永不能再回来了。没有了哥哥，梦中的饼干屋也永远倒塌了。

爸爸教我们读诗

爸爸是个军人。幼年时,每回看他穿着笔挺的军装,腰佩银光闪闪的指挥刀,踩着"喀嚓、喀嚓"的马靴,威风凛凛地去司令部开会,我心里很害怕,生怕爸爸又要去打仗了。我对大我三岁的哥哥说:"爸爸为什么不穿长袍马褂呢?"

爸爸一穿上长袍马褂,就会坐轿子回家,在大厅停下来,笑容满面地从轿子里出来,牵起哥哥和我的手,到书房里唱诗给我们听,讲故事给我们听。

一讲起打仗的故事,我就半捂起耳朵,把头埋在爸爸怀里,眼睛瞄着哥哥。哥哥边听边表演:"'砰砰砰',孙传芳的兵倒下去了。"爸爸拍手大笑,我却跺脚喊:"不要'砰砰砰'的开枪嘛!我要爸爸讲白鹤聪明勇敢的故事给我听。"

"白鹤"是爸爸的坐骑白马。它英俊挺拔,一身雪白的毛,爸爸骑了它飞奔起来,像腾云驾雾一般。所以爸爸非常宠爱它,给它取名叫白鹤。

一提白鹤,哥哥当然高兴万分。马上背起爸爸教他的对子:"天半朱霞,云中白鹤,湖边青雀,陌上紫骝。"我不喜欢背对子,也没见过青雀与紫骝是什么样子。我喜欢听爸爸唱诗,也学着他唱:

慈母手中线，游子身上衣……
床前明月光，疑是地上霜……

我偏着头想了一下，问爸爸："床前明月怎么会像霜呢？屋子里怎么会下霜呢？"

爸爸摸摸我的头，笑嘻嘻地说："屋子里会下霜，霜有时还会积在老人额角上呢。你看二叔婆额角上，不是有雪白的霜吗？"

哥哥抢着说："我知道，那叫作鬓边霜，是比方老人家头发白了跟霜一样呀！"

爸爸听得好高兴，拍拍哥哥说："你真聪明，我再教你们两句诗：'风吹古木晴天雨，月照沙洲夏夜霜。'"

他解释道："风吹在老树上，发出沙沙的声音，就像下雨一般。月光照在沙洲上，把沙照得雪白一片，就像霜。但那不是真正的雨，真正的霜。所以诗人说是晴天雨，夏夜霜。你们说有趣不有趣？"

哥哥连连点头，深深领会的样子，我却听得像只呆头鹅。我说："原来读诗像猜谜，好好玩啊！我长大以后，也要作谜语一样的诗给别人猜。"

爸爸却接着说："作诗并不是作谜语。而是把眼里看到的，心里想的，用很美的文字写出来，却又不明白说穿，只让别人慢慢地去想，愈读愈想愈喜欢，这就是好诗了。"

我听不大懂。十岁的哥哥却比我能领会得多。他就摇头晃脑地唱起来了。调子唱得跟爸爸的一模一样。

在我心眼里，哥哥是位天才。可惜他只活到十三岁就去世了。如果他能长大成人的话，一定是位大诗人呢！

光阴已经逝去了半个多世纪。爸爸和哥哥在天堂里，一定时常一同吟诗唱和，不会感到寂寞吧！

　　我是多么多么地想念他们啊！

奶奶的洋娃娃

邻居七岁的小女孩玲玲，捧了个大纸箱放在我身边，喜滋滋地说："奶奶，我要跟你玩洋娃娃，我有好多洋娃娃哟！"

我高兴地说："好呀！"

玲玲掀开纸箱盖子，把娃娃一个个抱出来。我一看，都是瘦瘦长长的姑娘，双手双脚却都像柴棍似的，硬邦邦地撑开来，头发乱七八糟地披散着。我摇摇头说："怎么这些女娃儿都这样瘦巴巴的，一点儿也不漂亮呀？"

玲玲有点儿失望，马上说："我给她们换上新衣服，梳了头，打扮起来就漂亮了。"

我只好耐心地看玲玲给姑娘们打扮，她拿起纸盒里一把小梳子，抓起女娃娃的长发就使劲地梳，有的编条辫子，有的盘个高髻，梳得不中意又拆了重梳。衣服穿上了又剥下，再把她们的双手扳得朝天，双腿转得一只向前，一只向后，像舞蹈的姿势，玩厌了，就把她们统统扔在地板上，横一个，竖一个。有的仰，有的卧。

我看了很不忍地说："你看你这么折腾她们，她们会生气的呀！"

玲玲说："她们不会生气，她们喜欢我跟她们玩呢。"她就把一个娃娃拿到我耳朵边，用手指在娃娃胸前一按，说："奶奶，你听听。"

我竟听见娃娃轻轻地说了声"谢谢你!"逗得我笑了,心里想:"现在的孩子可真享福,我小时候,做梦也别想有这么多娃娃,想有一个都难呢!"我对玲玲说:"你要好好疼娃娃们,给她们每个人取个名字,中文的、英文的都好,她们听见自己的名字会更高兴哩。你抱她们在手里,要讲故事给她们听呀!"

玲玲仰起头问:"讲什么故事呢?"

我说:"你学校老师讲给你听的,就讲给她们分享呀!"

玲玲说:"好,我明天就讲,奶奶现在先讲个故事给我听好吗?我听,娃娃们不也听了吗?"

"好,我就讲一个我小时候抱娃娃的故事给你听。"

我就开讲了:

我像你这么大的时候,跟妈妈住在乡下。邻居的小女孩阿玉是我的好朋友。有一天,她爷爷给她从城里买来一个胖嘟嘟的洋娃娃,抱来给我看。她说:"你可以抱一下就还给我。"

我问她:"一下子是多久呢?"

她说:"你双手捧着,我数到一百下你就要还给我。"

我心想,一百下蛮久的嘛!就抱着娃娃让她数。谁知她放鞭炮似的数得好快。一二三四五六……一下子就数到一百了。我仍然抱着不放,说:"太快了,再数一百下好吗?"

她说:"好。"就又放鞭炮似的数了一百下。

我心慌意乱,也有点儿生气,把娃娃还给她说:"还给你,明天我也要妈妈给我买个比你大好多的洋娃娃,给你抱着玩,我数一千下你才还给我。"

她大笑说:"你哪里数得来一千下?一百下你都数不清。"

我说:"那我就不用数数,你抱着娃娃,从我家后门走到前门,再从前门走到后门。才把娃娃还我。我家房子好大,你走去走回就要走好半天了。"

她又大笑说:"抱着娃娃走来走去有什么好玩?我们把两个娃娃放在一起,一个扮新郎,一个扮新娘,不是很开心吗?"

我高兴得直拍手说:"好呀!好呀!"

可是,我的大娃娃在哪里呢?我跑到妈妈身边,拉着她的衣角央求:"妈妈,给我买个洋娃娃。"

妈妈说:"洋娃娃头发乱蓬蓬的像鸡窝,眼睛睁得老大,有什么好玩?我空下来给你缝个布娃娃,软绵绵的,晚上放在你枕头边听你唱歌,多好呀!"

我想想也对,就去告诉阿玉,妈妈要给我缝个布娃娃。

阿玉说:"布娃娃一下子就脏了,洗了又不会干,不好玩。"

我有点儿失望,不敢再去烦妈妈,就求阿荣伯在镇上买了个蜡做的娃娃。红短衫,绿短裤,都是用颜色涂的,眼睛鼻子都挤在一堆,看也看不清楚,比起阿玉的差远了。

我拿给阿玉看,她把鼻子一翘,说:"好丑啊!男不男,女不女,我不要我的娃娃和他配对。"

我感到好伤心,想想妈妈真小气,连个娃娃都舍不得给我买。阿荣伯买的又是那么丑、那么土,连我自己也好丑好土。阿玉的爷爷常带她到城里玩,我却连镇上都不能去,因为妈妈生怕我看见店里的东西就想买,她叫我要俭省。

我就这么一天到晚梦想有个洋娃娃。直到爸爸从北京回来,不久就带我去城里,但并不是去玩,而是去割扁桃腺。爸爸答应我割了扁桃腺,就给我买个洋娃娃。我好开心,喉咙割过扁桃腺也不觉得痛了。

出院时，我抱着洋娃娃回家，马上抱给阿玉看，阿玉这才高兴地说："我们现在可以结亲家了；希望一对洋娃娃白头偕老，我们俩也永结同心。"

阿玉的爷爷教了她好多成语，她就统统搬出来用上了。这回轮到我大笑起来，说："你说错了，两个女娃娃怎么能白头偕老，我们两个女孩子也不能永结同心呀！"

阿玉问："为什么？"

我说："老师对我说的，像这种情形，叫作情投意合。"

阿玉说："那不就是两个人同一条心吗？"

阿玉说得也对呀！

我讲小时候的事儿，讲着讲着，不禁想起和我一条心的阿玉。玲玲奇怪地问："奶奶，你怎么不说话啦？"

"我在想念我的小朋友阿玉。"我说。

玲玲问："阿玉是不是跟我一样大？"

我笑笑说："傻孩子，阿玉是奶奶的朋友，她也跟奶奶一样，老得满头都是白发啰。"

玲玲说："我也好想老，老了就好当奶奶了。"我笑得合不拢嘴，把她紧紧搂在怀里。心里想念着海天一角的阿玉，六十多年不通音信，当年玩洋娃娃的她，如今也已两鬓飞霜，耳聋眼花了。我默默地祝福阿玉身体健康，享受儿孙绕膝的快乐。

我拍着玲玲，玲玲在我怀中睡着了。恍惚中，我又回到抱着洋娃娃的童年了。

爷爷的味儿

十岁的侄孙望着窗外远处,忽然若有所思地说:"好久好久没有闻到爷爷的味儿了。"

"爷爷的味儿?"我没听懂他的意思。

他奶奶解释道:"他在想念他的爷爷啦。因为他从小喜欢钻在爷爷怀里睡。爷爷爱用粗肥皂洗澡,所以有一股子味儿。"

"原来如此,"我就问侄孙,"爷爷的味儿是什么样的呢?"

"好好闻啊,暖烘烘的,有点香,也有点臭。"

"那你快写信去催爷爷来嘛。"

"我写啦,但是爷爷好差劲,都不回我信。奶奶说他太忙了,说他是个科技专家,还被请到俄罗斯去商谈技术合作呢。奶奶说西伯利亚好冷好冷,爷爷睡在被窝里,是不是还有那股子味儿呢?"

他胖嘟嘟的圆脸,一对乌黑的眼神中,看出他是多么想念远在地球那一边中国大陆的爷爷啊!

爷爷的味儿确实好温暖,我也想起自己幼年时,爷爷去世太早,是由慈爱的外公牵着我小手长大的。外公是种地的农夫,高高瘦瘦的个子,四肢灵活,走起路来,健步如飞。他每年腊月都来我家过年,背上背一个大布袋,里面是他自己做的百果糕和山楂果,命妈妈祭了祖先灶神后再分给孩子们吃,保佑我们长命百岁。外公一来,就叫老师放我年假,那半个月,是我一年中最快乐的日子。坐在外公怀里,听他讲那些讲了几百遍的故事。外公的厚棉袄里,散发出一阵阵的味儿,暖烘烘的,好好闻,闻着闻着就安心地睡着了。外公说自己是吃山薯长大的,所以身上有一股子山薯的香味。他爱喝酒、喝茶,所以又有酒香、茶香。妈妈说外公长年不洗澡,因而还有一股子汗香,外公听了张开缺牙的嘴呵呵大笑,笑起来更有一股子旱烟香。但他抱着我的时候是不抽烟的,生怕烫到我。

如今回想起来,外公的各种味儿,不也就是侄孙想念的"爷爷的味儿"吗?

外子每回听侄孙念着爷爷,就会想起他弟弟幼年时活泼顽皮的神态。年光飞逝,如今那顽皮孩子都已做了爷爷了。我们两次回大陆,都与他相见畅叙。他虽也已两鬓飞霜,而手足重逢,欢慰中仍显露出一脸的纯真憨态。他兴高采烈地对他哥哥说着他的工作计划,一停下来却就拍着膝头"呢呢唔唔"地念起来:"我的小白猪,我可爱的小白猪。"因为他白胖的孙儿是属猪的,我对他说:"小白猪好想念你啊!你的小外孙女也好想念你啊!快快结束你的工作,到美国去一家团聚,让小白猪和小外孙女多闻闻爷爷的味儿吧。"

他笑咧着嘴说:"可不是吗?尽管我那小外孙女儿爱干净,我还是要搂着她,让她皱起眉头,闻闻爷爷的味儿呢!"

对着他那一脸笑逐颜开的神情,我不由得想象他童年时的天真憨态。他们兄弟俩,是不是也爱投在爷爷怀里,闻爷爷的味儿呢?

外　公

　　幼年过春节时，我最最盼望的是住在深山里的外公，一定会在腊月二十三日送灶神前一天赶到，过了正月初十才回去。

　　外公不坐轿子，是自己背着一个大布袋走山路来的，他走到时连大气都不喘一口。大布袋里除了他亲手种的甜山薯以外，就是在山上采的各种草药，一捆捆像枯藤似的。他说百草治百病，说我母亲忙得脚后跟痛，要吃草药补一下，我越长越瘦，也要吃药补一下。草药熬成汤，加一种树胶和红糖结成冻，每天早晚喝一汤匙，百病消除。

　　母亲忙得老是忘记喝，我却绝不会忘记，因为草药甜甜的真好吃。母亲说："过年过节的，吃什么药呀？"外公说："这是仙丹，不是药。"于是外公放下大布袋，就找柴刀砍草药。长工阿荣伯连忙帮他砍，他好喜欢外公，因为他们下棋有伴了。

　　阿荣伯找了个大瓦罐，生起荧荧的炭火，帮外公熬草药。旁边摆一张小桌，他俩就对坐下来下乞丐棋。我一会儿靠在外公怀里，一会儿靠在阿荣伯怀里。瓦罐里的药香一阵阵透出来，母亲蒸红枣糖年糕的香味也一阵阵透出来，两种香味和在一起，使我感到好温暖、好快乐。

　　我连连问母亲可以吃几块糖年糕，母亲说："是祭祖的，不许问。"

外公笑嘻嘻地说："先喝了仙丹草药，再吃糖年糕，就不会隔食（不消化）了。"

阿荣伯不爱吃蒸的年糕，总是啃冷年糕，边啃边下棋，但每盘都输给外公。口袋里的铜钱都跑到外公面前，不一会儿，外公的铜钱又都跑到我口袋里了——不是我偷的，是外公悄悄地放到我口袋里的。他在我耳朵边轻声地说："去买鞭炮来放，放一串，长一寸，连仙丹草药都不用吃了。"

阿荣伯偏偏说外公的草药不灵，没想到他边说肚子就边痛起来，痛得棋子都滚落在泥地上找不到了。他只得弯腰屈背地向外公求救。外公马上倒一大碗草药给他灌下去，不到半个钟头就不痛了。他只好承认外公是神仙，草药是仙丹。

家庭教师说："两位老人相对下棋，边上摆一个瓦罐熬药，真像是一对神仙。神仙下一盘棋，凡界就是几百年、几千年哩。"

外公摸摸胡子说："凡界与神仙有什么两样？活得健旺、快乐，心肠好，就是神仙。活得八病九痛的，心里愁这愁那，就是凡界了。"

母亲听了皱起眉头说："我心肠蛮好的，却是东痛西痛，做不了神仙，是什么道理？"

外公说："因为你太会愁了。愁北京我的女婿没信来，愁我老了走不动山路，愁女儿吃不下饭长不大。这样的多愁，怎么做得神仙？"

阿荣伯接口说："她还愁猪圈里的猪娘生猪仔赶不上好时辰呢。"听得外公呵呵大笑。

母亲笑骂阿荣伯："你不要笑我，你做酒不是也要拣好日子吗？你那回扭了腰，不是要我念观世音菩萨保佑你快快好吗？"

阿荣伯连连点头说："对、对。"

外公还有满肚子的笑话要讲给我听。他坐在荧荧的火盆边，吃着香喷喷的烤山薯，就开始讲故事。全家大小都围着他，连长工们都没心思赌钱，放下骰子和骨牌，一起来听外公讲故事和笑话。

有的笑话，我都听过好多遍了，但我仍咯咯地笑得前仰后合，绝不说："这个我听过了。"因为外公对我说过："别人讲故事，不管你有没有听过，你都要好好地听，因为还有还没听过的人呢！你若说自己听过了，说的人就没意思讲下去了。你的老师不是对你讲过吗？好的书要读了又读，背了又背，才会明白里面的道理，听故事和笑话也是一样啊！"

外公用他的山乡调子讲，听来特别有味道，我也会学着他的调子讲一遍，听得外公笑呵呵。

那时外公七十多岁，我才七岁。如今我也七十多岁了，而我那时偎依在外公身边，围炉听故事的情景，好像就在眼前。

外公讲的故事和笑话，我统统都还记得，我有时讲给朋友听，有时讲给老伴听。他常说："听过了，听过了。"我说："听过了也要听，外公说的，听一遍有一遍的道理。"他说："有的故事，真的好好听，你为什么不讲给邻居的小朋友们听呢？"

我想对呀！于是我就把邻居几位要好的小朋友们请来。小洋人们坐在地毯上，团团地围着我，我就卷起舌头，用浅近的英语连说带比地把最最有趣的几个故事讲给他们听，逗得他们笑得好开心。

想起自己小时候，听外公讲故事，我咯咯咯笑得咧开缺了大门牙的嘴，那副快乐情景，就在眼前。如今，却变成我这个老奶奶，在给小朋友们讲故事了。心里一阵温馨，觉得自己一点也没老呢！

父 亲

我幼年时,有一段短短的时日,和哥哥随母亲离开故乡,作客似的,住在父亲的任所杭州,在我们的小脑筋中,父亲是一位好大好大的官,比外祖父说的"状元"还要大得多的官。每回听到马弁们一声吆喝:"师长回府啦!"哥哥就拉着我的手,躲到大厅红木嵌大理石屏风后面,从镂花缝隙中向外偷看。每扇门都左右洞开,一直可以望见大门外停下来巍峨的马车,四个马弁拥着父亲咔嚓咔嚓地走进来。笔挺的军装,胸前的流苏和肩徽都是金光闪闪的,帽顶上矗立着一朵雪白的缨。哥哥每回都要轻轻地喊一声:"噢!爸爸好神气!"我呢,看到他腰间的长长指挥刀就有点害怕。一个叫胡云皋的马弁把帽子和指挥刀接过去,等父亲坐下来,为他脱下长靴,换上便鞋,父亲就一声不响地进书房去了。跟进书房的一定是那个叫陈胜德的马弁。书房的钥匙都由他管,那是我们的禁地。哥哥说书房里有各种司蒂克(手杖),里面都藏着细细长长的钢刀,有的是督军赠的,有的是部下送的。还有长长短短的手枪呢。听得我汗毛凛凛的,就算开着门我都不敢进去,因此见到父亲也怕得直躲。父亲也从来没有摸过我们的头。倒是那两个贴身马弁,胡云皋和陈胜德,非常的疼我们。只要他们一有空,我们兄妹就像牛皮糖似的黏着他们,要他们讲故事。陈胜德小矮个子斯斯文文的，会写一手好小楷。母亲有时还让他记菜账。为父亲炖好的参汤、燕窝也都由他端进书房。他专照顾父亲在司令部和在家的茶烟、点心、水果。他不抽烟，父亲办公桌上抽剩的加里克、三炮台等等香烟，都拿给胡云皋。吃剩的雪梨、水蜜桃、蜜枣就拿给我们。他说他管文的，胡云皋管武的，都是父亲最忠实的仆人。这话一点不错，在我记忆中，父亲退休以后，陈胜德一直替父亲擦水烟筒、打扫书房，胡云皋专管擦指挥刀、勋章等等，擦得亮晶晶的，再收起来，嘴里直嘀咕："这些都不用，真可惜。"父亲出外散步，他就左右不离地跟着，叫他别跟都不肯。对父亲讲话总是喊"报告师长"。陈胜德就改称"老爷"了。

陈胜德常常讲父亲接见宾客时的神气给我们听，还学着父亲的蓝青官话拍桌子骂部下。我说："爸爸这么凶呀？"他说："不是凶，是威严。当军官第一要有威严，但他不是乱发脾气的，部下做错了事他才骂，而且再怎么生气，从来不骂粗话，顶多说'你给我滚蛋'。过一会儿也就没事了。这是因为他本来是个有学问的读书人，当初老太爷一定教导得很好，又是陆军大学第一期毕业，又是日本留学生，所以他跟其他的军长、师长，都不一样。"哥哥听了好得意，摇头晃脑地说："将来我也要当爸爸一样的军官。"胡云皋比起大拇指说："行，一定行。不过你得先学骑马、打枪。"他说父亲枪法好准，骑马功夫高人一等，能够不用马鞍，还能站在马背上跑。我从来没看见过父亲骑马的英姿，只看见那匹牵在胡云皋手里驯良的浅灰色大马。胡云皋把哥哥抱在马背上骑着过瘾，又把我的小手拉去放在马嘴里让它啃，它用舌头拌着、舔着，舔得湿漉漉、痒酥酥的，却一点也不疼。胡云皋说："好马一定要好主人才能骑。别看你爸爸威风八面，心非常仁慈，对人好，对马也好，所以这匹马被他骑得服服帖帖的，连鞭子都不用一下，因为你爸爸是信佛的。"哥哥却问："爸爸到了战场上，是不是也要开枪杀人呢?"胡云皋说："在战场上打仗，杀的是敌人，你不杀他，他就杀你。"哥哥伸伸舌头，我呢，最不喜欢听打仗的事了。

　　幸亏父亲很快就退休下来，退休以后，不再穿硬绷绷的军服、戴亮晶晶的肩徽。在家都穿一袭蓝灰色的长袍。手里还时常套一串十八罗汉念佛珠。剪一个平顶头，鼻子下面留了短短八字胡，看去非常和气，跟从前穿长筒靴、佩指挥刀的神气完全不一样了。看见我们在做游戏，他就会喊："长春、小春过来，爸爸有美国糖给你们吃。"一听说"美国糖"，我们就像苍蝇似的飞到他身边。哥哥曾经仰着头问："爸爸，你为什么不再当军官、不再打仗、杀敌人了呢?"父亲慢慢儿拨着念佛珠说："这种军官当得没有意思，打的县内仗，杀的不是敌人，而是自己的同胞，这是十分不对的，所以爸爸不再当军官了。"檀香木念佛珠的芬芳扑鼻而来，和母亲经堂里香炉中点的香一个味道，我就问："那么爸爸以后也念经啰。"父亲点点头说："哦，还有读书、写字。"后来父亲买了好多好多的书和字画，都归陈胜德管理，他要哥哥和我把这些书统统读完，做一个有学问的人。

　　可是，读书对于幼年的哥哥和我来说，实在是件很不快乐的事。老师教完一课书，只放我们出去玩一下，时间一到，就要回书房。我很怕老师，不时地望着看不大懂的自鸣钟催哥哥快回去，哥哥总是说："再玩一下，时间还没到。"有一次，我自怨自艾地说："我好笨啊，连钟都不会看。"父亲刚巧走过，笑着把我牵进书房，取下桌上小台钟，一圈圈地转着长短针，一个个钟头教我认，一下子就教会了。他说："你哥哥比你懒惰，你要催他，遵守时刻是很重要的。"打那以后，哥哥再也骗不了我说时间没到了。只要老师限定的休息时间一过，我就尖起嗓门喊："哥哥，上课去啦。"神气活现的样子。哥哥只好噘着嘴走回书桌前坐下来，书房里也有一口钟，哥哥命令我说："看好钟，一到下课时间就喊'老师，下课啦！'"所以老师对父亲说我们兄妹俩都很守时。

　　没多久，父亲不知为什么决定要去北平，就把哥哥带走了，让我跟着母亲回故乡。那时我才六岁，哥哥八岁。活生生地拆开了我们兄妹，我们心里都很难过，后悔以前不应该时常吵架。哥哥能去北平，还是有点兴奋，劝我不要伤心，他会说服父亲接母亲和我也去的。母亲最舍不得哥哥远离身边，却是很坚定地带我回到故乡。她对我说："你爸爸是对的，男孩子应当在父亲身边，好多学点做人的道理，也当见见更大的世面，将来才好做大事业。"我却有点不服气，同时也实在思念哥哥。

　　老师和我们一起回到故乡，专门盯着我一个人教，教得我更苦了。壁上的老挂钟又不准确，走着走着，长针就跳一下，掉下一大截，休息时间明明到了，老师还是说："长针走得太快，不能下课。"我好气写信告诉父亲和哥哥，父亲来信说，等回来时一定买只金手表，戴在我手腕上，让我一天二十四个钟头都看着长短针走。于是我天天盼着父亲和哥哥回来，天天盼着那只金手表。哥哥告诉我，北平天气冷，早晨上学总起不了床，父亲给他买了个闹钟放在床头几上，可是闹过了还是起不来，时常挨父亲的骂，父亲说懒惰就是没有志气的表现。他又时常伤风要吃药，吃药也得按时间，钟一闹非吞药粉不可，药粉好苦，他好讨厌闹钟的声音。也好盼望我去和他做伴，做他的小闹钟。我看了信，心里实在难过，觉得父亲不带母亲和我去北平是不公平的。可是老师说，大人有大人的决定，是不容孩子多问的。我写信对哥哥说，如果我也在北平的话，早晨一定会轻轻地喊："哥哥，我们上学啦。"一点也不会吵醒爸爸。吃药时间一到，我也会喊：

"哥哥，吃药啰。"声音就不至像闹钟那么讨人嫌了。

哥哥的身体愈来愈弱，到父亲决心接我们北上时，已经为时太晚。电报突然到来，哥哥竟因急性肾脏炎不治去世，我们不必北上，父亲就要南归故里了。兄妹分别才两年，也就成了永别。我那时才八岁，我牢牢记得，父亲到的那天，母亲要我走到轿子边上，伸双手牵出父亲。要面带笑容。我好怕，也好伤心，连一声爸爸都喊不响。父亲还是穿的蓝灰色长袍，牵着我的手走到大厅里坐下来，叫我靠在他怀里，摸摸我的脸、我的辫子，把我的双手紧紧捏在他掌心里说："怎么这样瘦？饭吃得下吗？"这是他到家后，对我说的第一句话，声音是那般的低沉，我呆呆地说："吃得下。"父亲又抬头看看站在边上的老师说："读书不要逼得太紧，还是身体重要。"不知怎的，我忽然忍不住哭了起来，不完全是哭哥哥，好像自己也有无限的委屈，父亲也掩面而泣。好久好久，他问："你妈妈呢？"我才发现母亲不在旁边，原来她一个人躲在房中悄悄地落泪。这一幕伤怀的情景，我毕生不会忘记。尤其是他捏着我的手问的第一句话，包含了多少爱怜和歉疚。他不能抚育哥哥长大成人，内心该有多么沉痛，我那时究竟还幼小，不会说安慰他的话，长大懂事以后，又但愿他忘掉哥哥，不忍再提。

几天后，父亲取出那口小闹钟，递给我说："小春，留着做个纪念。你哥哥最不喜欢看钟，我却硬要他看钟，要他守时。他去世的时候是清晨五点，请大夫都来不及，看钟又有什么用？"父亲眼中满是泪水，我捧了小闹钟一直哭，想起哥哥信里的话，我永不能催他起床上学了，我也不喜欢听闹钟的声音了。

哥哥去世后，父亲的爱集于我一身，我也体弱多病，每一发烧就到三十九度。父亲是惊弓之鸟，格外担心，坚持带我去城里割扁桃腺。住院一周，父亲每天不离我床边，讲历史故事给我听，买会哭、会吃奶、会撒尿的洋娃娃给我，我享尽了福，也撒尽了娇。但因当时大夫手术不高明，有一半扁桃腺割不彻底，反而时常容易发炎，到今天每回犯敏感，就会想起当时住院的情景。

父亲爱我，无微不至，我想看他手上的夜光表，他就脱下来给我，我打碎了他心爱的花瓶、玉杯，他也不责骂。钓鱼、散步，总带着我一起，只是不喜欢热闹的场合。有一次二月初一庙会，我和姑妈、姨妈等人说好一起出去逛的，等我匆匆抄好作文，换了新衣服赶出来，她们已经走远了。我好气，也不管漂亮的新旗袍，一屁股坐在台阶上哭。父亲从书房走出来说："别哭，我正想去走走，陪我去吧！"他牵着我的手边走边讲道理给我听。我感到父亲的手好大好温暖，跟外公和阿荣伯的一样，我不禁问："爸爸，你的手从前是打枪的，现在只会拿拐杖和旱烟筒了。"他笑笑说："这就叫作放下屠刀，立地成佛。"我想父亲的信佛，和母亲的吃素念经是很有关系的。其实父亲当军人时也是仁慈的军人，马弁胡云皋就曾说过的。许多年后，有一位"化敌为友"的父执曾对我说："你爸爸不但带打胜仗的军队带得好，对打败仗的军队带得更好，这可不简单啊！你不知道打败仗的军队，维持军纪有多难。你父亲治军纪律极严，绝不扰民，他真不愧为一位儒将。"这话出诸一位曾经与他为敌的人口中，当然是千真万确的，我对父亲也愈加敬爱了。

到杭州进中学以后，父亲对我管教渐严，时常要我背英文给他听，其实我背错了他也不知道，不比古文、唐诗，一个字也错不得。他还要看我的作文、日记，连和同学们通的信都要看，使我对他起了畏惧之心。那时当然没有代沟、代差等新名词，但小女孩在成长期中，总有些和同学们的悄悄话，不愿为长辈所知。有一次，我在日记中发了点牢骚，父亲看后引了圣贤之言，把我训斥一顿，我一气把日记撕了。父亲大为震怒，命我以工楷抄《心经》一遍反省。那时我好"恨"父亲，回想在故乡时牵着我的手去看庙会的慈爱，如同隔世；父亲好像愈来愈不了解我了。

他对我期望过分殷切，好像真要把我培养成个才女。说女孩子要能诗能画，还要能音乐。从初中起，就硬要我学钢琴。学校里有个别教学与合组教学两种，他不惜每学期花十二块银元要我接受个别教学。偏偏我没有一丁点音乐细胞，加以英文、数学、理化已压得我喘不过气，对学钢琴实在毫无兴趣。每学期开始，都苦苦哀求父亲准许我免学，父亲总是摇头不答应。勉强拖到高二下学期，钢琴课成绩坏到连授课老师都认为我有放弃的必要。正好又得准备高三的毕业会考，好心的钢琴老师是美国人，她自动到我家来，用生硬的杭州话对父亲说："你的女儿音乐舔莱（天才）不耗（好）。请你不要比（逼）她学钢醛（琴）。"父亲这才同意我放弃了。一根弦足足绷了五年，这一放弃，五线谱上的豆芽菜一下就忘得一干二净，父亲当然很生气，可是我却好轻松、好痛快。假使世界上真有"对牛弹琴"这回事的话，我就是那条笨牛了。直到今天，我一听到叮叮冬冬的钢琴声，就会想起那五年浪费的"苦练"而感到心痛，因为我不能遂父亲心愿，实在太对不起他老人家了。

进入大学，我也懂事多了，父女的感情，竟有点近乎师友之间。中文系主任对我的夸奖也使父亲对我另眼看待。他喜欢作诗，每回作了诗都要和我商讨。我也不知天高地厚地喜欢改。有时瞎子打拳似的，击中一下，改出了"画龙点睛"的字来，父亲就抚掌大大称许一番，其实我明明知道他是试我，也是鼓励我，但于此中却享受无尽的亲情和乐趣。

父亲不喝酒、不打牌，连烟都因咳嗽而少抽。他最大的嗜好就是读书、买书。各种好版本，打开来欣赏欣赏版本，闻闻那股子樟脑香，对他便是无上乐趣。因此杭州与故乡永嘉二处的藏书也算得相当丰富。每年三伏天，我帮母亲晒皮袍、帮父亲晒书。父亲总是语重心长地要我好好保存这些丛书和名贵的版本。至于字画古董，父亲不大辨真伪，也不计较真伪，有时明知是赝品也买。他说卖字画的人常识丰富，说来头头是道，即使是一种骗术，听听也很令人快意。况且赝品的作者，也未始没下一番功夫，只要看来赏心悦目，有何不好呢？可说别有境界。他也喜欢端砚与松烟好墨。他有一块王阳明的写经叶，想来也是赝品，却是非常玲珑可爱，有时濡墨作诗，或圈点诗文，常常吟哦竟日，足不出书房一步。他说古人谓："我自注书书注我，非人磨墨墨磨人。"正是这番光景。

二十六年中日战争爆发，举家不得不避乱回故乡。临行前，父亲打开书橱，抚摸着每册心爱的书，唏嘘地对我说："乱离中一切财物都不足惜，只这数十卷的书和两部藏经，总是叫人不能释然于怀，但不知能否再回来，再读这些书？"父亲一向乐观，忽然说这样伤感的话，不由使我暗暗心惊。忠仆陈胜德自愿留守杭州寓所，照顾书籍，父亲也只得同意了。回到故乡以后，父亲因肺疾与痔疮间发，僻处乡间，没有良医和特效药，健康一日不如一日。另一位忠仆胡云皋到处打听偏方灵丹，常常翻山越岭采草药煎给父亲喝，诚意可感，可是究竟毫无效果，不久忽然传来谣言，说杭州寓所被日军焚毁，陈胜德也遇难，父亲听了忧心如焚，后悔不当为身外之物，留下陈胜德冒险看顾。重大的打击，使他咳嗽加剧。次日忽然发现胡云皋走了，他留下一信禀告父亲，为了替父亲杭州的住宅一探究竟，也为了亲如兄弟的陈胜德存亡确讯，他一定要回杭州去看看，希望能带了平安消息归来。可是他一走就音讯杳然,据传亦被日军所害,从那以后,我永远没有再见陈胜德和胡云皋这两位忠实的朋友。幼年时代,他们照顾提携过哥哥和我,哥哥才十岁就弃我而去,他们二人都死于战乱,眼看父亲身体又日益衰弱,忧愁和悲伤使我感到人世的无常。但父亲尽管病骨支离,对我的教诲却是愈益严厉。病榻之间,他常口授《左传》《史记》《通览》等书,要我不仅记忆史实,更要体会其义理精神,并勉我背诵《论孟》《传习录》《日知录》,可以终身受用不尽。《曾国藩家书》与《饮冰室文集》亦要熟读;他说为人为学是一贯道理,而端品励行尤重于学业。他说自己身为军人,戎马倥偬中,总不离这几部书,而一生兢兢业业,幸未为小人之归者,亦由于能时时以此自勉。父亲的教诲,使我于后来多年的流离颠沛中,总像有一股力量在支撑我,不至颠仆。可是我不是个潜心做学问的人,又缺乏悟性,碌碌大半生,终不能如先人之所望,内心实感沉痛。

　　父亲是一位是非感强烈,而且极具判断力的人。记得在抗战之初,他对我们说,这是一场长期而且艰苦的奋斗,正义终必获胜,叫我们不要悲观、恐惧。他对于我国所采的战略之正确以及日本军阀的必不能持久,早有独到的看法。父亲的一位好友,叹佩父亲实在是位不可多得的军事家。我忽然想起念中学时,历史课本上曾有父亲的名字(父亲讳围纲,字鉴宗)。父亲叹了口气,调侃似的说:"这实在是一生恨事。幸得在整个的一段战争史上,我究竟只是个微不足道的人物。"他想起只有一件事,倒是使他私心稍感安慰的。国父曾嘱蒋介石派一位军官,和父亲商议,希望在革命军北伐时,他能协助顺利通过他驻守的防线,父亲慨然答应,并深悟兄弟阋墙对革命的阻力而毅然退休。父亲真可说是从善如流的勇者。他逝世时,蒋介石(当时任委员长,驻跸江西南昌)曾赐题"我思故人"四字,并赠挽联云:

"大将令终天所靳,急流勇退古称难。"父亲正确的抉择,使他晚年得到心灵上的平安。我也上体父亲一生急公好义之心,于战乱中秉承他老人家遗命,将故乡与杭州寓所两处藏书,于仓皇中分别捐赠永嘉籀园图书馆与杭州浙江大学,俾藉大众之力,得以保全。但如今这近万卷的藏书,命运如何,就不得而知了。

父亲为顾念亲族与邻里中子弟的学业,特在山乡庙后老家的祠堂里办了一所小学,供全村儿童免费上学,连书本都是奉送的。老师个个教学认真,庙后小学驰名遐迩,还得到永嘉县政府的褒奖,我妹妹就是该小学毕业的高才生。

父亲在病榻上曾对我说:"乱离中最宝爱的东西是心情上最重的负担,但到了不得不割舍的时候也只有割舍。比如书吧!那是比珠宝金银都宝贵万万倍的,但也是最先必须割舍的。你如肯读书,将来安定以后,可量力再买,如不爱读书,即使拥有满屋图书,也都不是真正属于你的。"

父亲去世于抗战翌年农历六月初六日,正和他的生辰同一天,真是不幸的巧合。当天清晨,他于呼吸困难中低声地问,佛堂前和祖宗神龛前香烛是否都已点燃,母亲答以都点了,他又说你们都高声念经吧!再没吩咐什么,就溘然长逝了。父亲的好友说他虽享年不及六十,但能与荷花同生日,依佛家说法,仍有难得的因缘与福分。所以,他的挽联有云:"六六生六六逝,佛说前因。"母亲因悲痛过甚,亦于三年后追随父亲而去。

那一片凄凉苍白,至今犹在眼前,而我的锥心之痛,却是与日俱增。因为大陆上双亲灵柩,竟是至今未能安葬。托亲友由国外辗转打听来消息,父亲棺木竟被大水冲走。灵骨是否由至亲收藏,都不能确知。因父亲被视为恶霸和斗争的对象,近亲远戚都不敢出面过问。想父亲一生待人仁厚，处处中正和平，逝世数十年，竟至窀穸未安，这都是我们做人子女者的不孝和罪孽。在抗战胜利之初，何以未能使先人入土为安？只因父亲生前比较重视住宅的舒适，所以想觅一块风景好的坟地，建筑一座他老人家满意的坟墓，亦是慎终追远之意；谁知战争又起，一时措手不及，便仓皇来台。

将近三十年来，我和小我十六岁的妹妹为此事寝食难安，却又无可奈何。我姊妹西望故乡，泣涕如雨。

金盒子

记得五岁的时候,我与长我三岁的哥哥就开始收集各色各样的香烟片了。经过长久的努力,终于把封神榜香烟片几乎全部收齐了。我们就把它收藏在一只金盒子里——这是父亲给我们的小小保管箱,外面挂着一把玲珑的小锁。小钥匙就由我与哥哥保管。每当父亲公余闲坐时,我们就要捧出金盒子,放在父亲的膝上,把香烟片一张张取出来,要父亲仔仔细细给我们讲画面上纣王比干的故事。要不是严厉的老师频频促我们上课去,我们真不舍得离开父亲的膝下呢!

有一次,父亲要出发打仗了。他拉了我俩的小手问道:"孩子,爸爸要打仗去了。回来给你们带些什么玩意儿呢!"哥哥偏着头想了想,拍着手跳起来说:"我要大兵,我要丘八老爷。"我却很不高兴地摇摇头说:"我才不要,他们是要杀人的呢!"父亲摸摸我的头笑了。可是当他回来时果然带了一百名大兵来了。他们一个个都雄赳赳地,穿着军装,背着长枪。幸得他们都是烂泥做的,只有一寸长短,或立或卧,或跑或俯,煞是好玩。父亲分给我们每人五十名带领。这玩意儿多么新鲜,我们就天天临阵作战。只因过于认真了,双方的部队都互有损伤。一两个星期以后,他们都折了臂断了脚,残废得不堪再作战了,我们就把他们收容在金盒子里作长期的休养。

我六岁那一年，父亲退休了。他要带哥哥北上住些日子，叫母亲先带我南归故里。这突如其来的分别，真给我们兄妹十二分的不快。我们觉得难以割舍的还有那唯一的金盒子，与那整套的封神榜香烟片。它们究竟该托付给谁呢？两人经过一天的商议，还是哥哥慷慨地说："金盒子还是交给你保管吧！我到北平以后，爸爸一定会给我买许多玩意儿的！"

金盒子被我带回故乡。在故乡寂寞的岁月里，又受着家庭教育严厉的管束，童稚的心，已渐渐感到孤独与烦躁。幸得我已经慢慢了解封神榜香烟片背后的故事说明了。我又用烂泥把那些伤兵一个个修补起来。我写信告诉哥哥说金盒子是我寂寞中唯一的良伴，他的回信充满了同情与思念。他说：明年春天回来时定给我带许多好东西，使我们的金盒子更丰富起来。

第三年的春天到了，我天天在等待哥哥的归来。可是突然一个晴天霹雳似的电报告诉我们，哥哥竟在将要动身的前一星期，患急性肾脏炎去世了。我已不记得当这噩耗传来的时候，是怎样哭昏过去的，只觉得醒来时，已躺在母亲的怀里，仰视泪痕斑斑的母亲，孩子的心，已深深经验到人事的变幻无常。我除了恸哭，更能以什么话安慰母亲呢？

金盒子已不复是寂寞中的良伴，而是逗人伤感的东西了。我纵有一千一万个美丽的金盒子，也抵不过一位亲爱的哥哥。我虽是个不满十岁的孩子，却懂得不在母亲面前提起哥哥，只自己暗中流泪。每当受了严师的责罚，或有时感到连母亲都不了解我时，我就独个儿躲在房里，闩上了门，捧出金盒子，一面搬弄里面的玩物，一面流泪，觉得满心的忧伤委屈，只有它们才真能为我分担呢！

父亲安顿了哥哥的灵柩以后，带着一颗惨痛的心归来了。我默默地靠在父亲的膝前，他颤抖的手抚着我，他早已呜咽不能成声了。

三四天后，他才取出一个小纸包说："这是你哥哥在病中，用包药粉的红纸做成的许多小信封，一直放在袋里，原预备自己带给你的。现在你拿去好好保存着吧！"我接过来打开一看，原来是十只小红纸信封，每一只里面都套有信纸，上面都用铅笔画着"松柏常青"四个空心篆字，其中一个，已写了给我的信。他写着："妹妹，我病了不能回来，你快与妈妈来吧！我真寂寞，真想念妈妈与你啊！"可怜的我，那一晚上整整哭到夜深。第二天就小心翼翼地把小信封收藏在金盒子里，这就是他留给我唯一值得纪念的宝物了。

我十九岁的时候，母亲因不堪家中的寂寞，领了一个族里的小弟弟。他是个十二分聪明的孩子，父母亲都非常爱他，给他买了许多玩具。我也把我与哥哥幼年的玩具都给了他，却始终藏着这只小金盒子，再也不舍得给他。有一次，不幸被他发现了，他就跳着叫着一定要。母亲带着责备的口吻说："这么大的人了，还与六岁的小弟弟争玩具呢！"我无可奈何，含着泪把金盒子让给小弟弟，却始终不忍将一段爱惜金盒子的心事，向母亲吐露。

金盒子在六岁的童孩手里显得多么不坚牢啊！我眼看他扭断了小锁，打碎了烂泥兵，连那几只最宝贵的小信封也几乎要遭殃了。我的心如绞着一样痛，趁着母亲不在，急忙从小弟弟手里救回来，可是金盒子已被摧毁得支离破碎了。我禁不住由心疼而愤怒，我打了他，他也骂我"小气的姐姐"，他哭了，我也哭了。

一年又一年地，弟弟已渐渐长大，他不再毁坏东西了。九岁的孩子，就那么聪明懂事，他已明白我爱惜金盒子的苦心，帮着我用美丽的花纸包扎起烂泥兵的腿，用铜丝修补起盒子上的小锁，说是为了纪念他不曾晤面过的哥哥，他一定得好好爱护这只金盒子。我们姊弟间的感情，因而与日俱增，我也把思念哥哥的心，完全寄托于弟弟了。

弟弟十岁那年，我要离家外出，临别时，我将他的玩具都理在他的小抽屉中，自己带了这只金盒子在身边，因为金盒子对于我不仅是一种纪念，而且是骨肉情爱之所系了。

作客他乡，一连就是五年，小弟弟的来信，是我唯一的安慰。他告诉我他已经念了许多书，并且会画图画了。他又告诉我说自己的身体不好，时常咳嗽发烧，说每当病在床上时，是多么寂寞，多么盼我回家，坐在他身边给他讲香烟片上封神榜的故事。可是为了战时交通不便，又为了求学不能请假，我竟一直不曾回家看看他。

我不能不怨恨残忍的天心，在十年前夺去了我的哥哥，十年后竟又要夺去我的弟弟了。恍惚又是一场噩梦，一个电报告诉我弟弟突患肠热病，只两天就不省人事，在一个凄清的七月十五深夜，他去世了！临死时，他忽然清醒过来，问姊姊可曾回来。尝尽了人间的滋味，如今已无多少欢乐与哀愁，可是这一只金盒子，却总不能不使我黯然神伤。我不忍回想这接二连三的不幸事件，我是连眼泪也枯干了。

哥哥与弟弟就这样地离开了我，留下的这一只金盒子，给予我的惨痛是多么深！但正为它给予我如许惨痛的回忆，使我可以捧着它尽情一哭，总觉得要比什么都不留下好得多吧！

几年后，年迈的双亲，都相继去世了，这黯淡的人间，这茫茫的世路，就只丢下我踽踽独行。

如今我又打开这修补过的小锁，抚摸着里面一件件的宝物，贴补烂泥兵小脚的美丽花纸，已减退了往日的光彩，小信封上的铅笔字，也已逐渐模糊得不能辨认了。可是我痛悼哥哥与幼弟的心，却是与日俱增。因为这些黯淡的事物，正告诉我，他们离开我是一天比一天更远了。

青灯有味似儿时

琦君散文精选

我穿上了，就在桌披下面钻进钻出，演花旦，当新娘。姐妹们都好羡慕我。到处金光闪闪，我也金光闪闪。我又要开心得裂开来了。

玳瑁发夹

那枚真正的玳瑁发夹，早已不知去向。现在梳妆盒里保存着的，是一枚深咖啡色塑料质的、形状是一只翩跹起飞的蝴蝶，非常像我几十年前丢失的那一枚。是我偶然在地下车的小摊位上发现，特地买回来的。有时把它取出摸摸看看，也试着别在头发上，但因两鬓渐稀疏总是滑下来，而且现在也没有这种打扮了，就把它留下来作纪念。

真的玳瑁蝴蝶发夹，是早年一位姑妈从上海带来送我的。当时若是什么东西从上海买来，就像从美国或欧洲来的一般稀奇。于是我把它带到学校献宝，同学们当然抢着观赏，不胜羡慕。一位有艺术天才的同学沈琪，最喜欢拿人家头发变花样，在自修课时，她用自己口袋里带的小木梳，把我又乌亮又多的头发，在前额正中盘起两个圈圈。把玳瑁蝴蝶夹子别在发根。我在小镜子里一照，觉得自己像画里画的古装"美女"，就得意非凡起来。好在下一节是图画课，图画老师是位温和的好好先生，我就留着古装头舍不得拆掉。

图画课堂声音太吵，隔壁课堂的纠察队报告了校长，校长就咯咯咯地踩着那双响亮的拔佳皮鞋来查堂了。一听到她的皮鞋声，全堂立刻肃静得鸦雀无声，反把图画老师吓了一跳。

校长直向我走来，厉声地问："潘希真，你为什么梳日本头？"

我才想起自己的三朵花发髻,却壮起胆子说:"校长,这是古装头,不是日本头。"

"不管什么头,做学生都不准梳,而且除了黑色铁夹子,任何有花的夹子都不许别,你难道不知道吗?"

我已经吓得哭起来了。坐在后排的沈琪,伸手三两下把我的头发抓开,取下了玳瑁蝴蝶夹。

"给我。"校长又大声地说。

沈琪理也不理,把夹子丢在我的铅笔盒里。

"给我。"校长盛怒地伸手去取。

也不知哪来的勇气,我一把将发夹抢在手里,捏得紧紧的。校长说:"我不记你过,但发夹要留在我这里,星期六你回家时还你。你在家里可以戴,外出不穿学校制服时可以戴。但穿制服、别校徽时就不能戴,你记得吗?"

"校长,她的发夹是黑的,跟头发一个颜色,黑的铁夹子可以别,为什么黑的玳瑁夹子不能别,又不是翡翠别针呀!"沈琪毫无忌惮地说。她是班上胆子最大、反叛性最强的。她长得很漂亮,雪白细嫩的皮肤,红红的嘴唇,校长老是冤枉她搽抹胭脂,气得她直跺脚。有一次,她硬是拉着舍监"裘奶奶"(同学们背地里对舍监的称呼)到盥洗室,当着她用肥皂毛巾使劲地擦脸给她看,要她向校长证明,她的白里透红是天生丽质,不是搽粉抹胭脂,因此"裘奶奶"和校长都很不喜欢沈琪。有一次,沈琪从家里带来一只翡翠别针,别在白制服大襟前,被裘奶奶一眼看见,一声不响地就伸手把它摘下来,交给了校长。校长把沈琪叫到办公室,狠狠给她了一顿大菜(我们称训斥为"吃大菜"),说她太贵族气,怎可把贵重首饰带到学校里来,完全忽视校规,要被警告一次。翡翠别针由校长收着,当面交还她母亲。

那次沈琪听训完，就跑到训导主任沈先生面前，振振有词地说："戴一下翡翠别针不过是好玩，没有半点炫耀的心意，校长说我贵族气是不公平的，校长自己才贵族呢！皮鞋永远穿名牌拔佳的。"

沈先生笑嘻嘻听着，等她说完了，才慢条斯理地说："校长也知道你是为了好玩，但穿制服戴翡翠别针很不调和，所以说你贵族气。你是学生，自然应当守校规。校长并不受穿什么牌子皮鞋的限制。为了穿得整洁、高雅，她当然可以选择自己认为坚固又美观的牌子穿。她劝你不要戴别针是要你守校规，不是个人和你过不去。校规不是校长一个人订定的。校规是团体生活的规范，个人的意愿喜好与群体规范有抵触时，一定要牺牲个人的意愿与喜好，遵守群体规范，人类社会才会和谐，才会有进步。做学生时代，就要养成这种好习惯。你只要多想一想，就不会生别人气了。"

我们一群同学，为了关心沈琪，都拥在训导室的门口听。觉得心平气和的沈先生，讲得蛮有道理，就把气鼓鼓的沈琪拉回课堂。但她一直不开心，所以这次为了我的蝴蝶发夹，她就想起翡翠别针被摘下，刻骨铭心的那件事，因而借题发挥，故意提起翡翠别针。她说话时，一脸的满不在乎。

校长转脸向她说："我现在不是问你，你用不着插嘴。"她又盯着沈琪看了半响说："你的头发又长过耳根了。星期六回家要剪短，如不剪短，我就请裘先生给你剪。"

"裘奶奶，谁要她剪？"沈琪冲口而出。

"你叫她什么？"校长大声地问。

我们都替沈琪捏了一把汗。谁知她马上装出一脸的笑说："我们都喊她裘奶奶，她照顾我们就像个慈爱的奶奶。你们说是不是呀？"

沈琪把"慈爱"二字提得特别响，一对顽皮的大眼睛向我们一眨一眨的，故意要征求同意。我觉得她的受责完全起因于我，就立刻挺身响应："是啊，我们都喊她裘奶奶。"

后面有的同学，忍不住吃吃地在笑。

大家一时都忘了现在是上图画课，也都忘了好脾气的图画老师。回头一看，原来他一个人站在黑板前面，用粉笔画了一幅画，画的是校长生气地瞪着我的三朵花古装髻，蝴蝶发夹却在半空中飞着，一群同学围着拍手。

校长看了一眼黑板，倒没有怎么生气，却是无动于衷的样子，皮笑肉不笑地对画图老师说："你是艺术家，不会管束孩子。"就转身噔噔噔地走了。

幸运地，她忘了蝴蝶发夹仍旧捏在我手心里。

我们寄宿的同学，八人一间房子，每到周五晚上，熄灯以后，总是坐在床上，摸黑用一条条碎布，把发梢一绺绺扎紧卷起来。裘奶奶的探照灯电筒一照，一个个都躲进被子，把头一蒙。但爱美是女孩儿天性，在被子里仍旧辛苦地把发梢卷好，第二天早上一打开，发梢就向里弯，软蓬蓬的非常好看。因为星期六只有半天课，下午要回家了，走出尼姑庵似的校门，就得漂亮点呀。

走到校门口，向慈爱的工友老头一扬手说声"明天见"，非常神气地走到马路上，头发一甩一甩的，很有风度的样子，因为自觉头发一点也不清汤挂面。

训导主任沈先生，是位和平中正的好老师。他不像校长一天到晚绷着张油光发亮的脸。他总是微露一排龅牙，中间夹着一颗亮晶晶的金牙，不笑也像在笑，一说话更是满脸的笑。我们受了校长的斥责，总是向他去诉苦。我被摘下蝴蝶发夹，也是直奔沈先生，埋怨校长管得太严了。女孩子要漂亮，头发上变点花样，也是生活上的一点调剂呀。

沈先生笑嘻嘻地听着，把一颗金牙完全露出来，慈爱地对我们说："学校规定你们头发的长度，也不许戴饰物，第一是为了表现团体精神。整齐划一就是一种美。第二是让你们专心学业，不为头发留什么式样而分心烦恼。第三是节省你们梳洗的时间，都是为你们好呀！"

接着他讲了个笑话给我们听：

有一个人，天天为头发梳什么样式而烦恼，烦恼得头发掉到只剩三根，还要去理发馆梳头，她请理发师给她梳根辫子，梳着梳着，头发掉了一根，只剩两根了。理发师抱歉地说："辫子编不成，就给你搓根绳子吧！"谁知一搓两搓，又掉了一根，连绳子也不能搓了。她生气地说："你真不小心，算了算了，现在我只好披头散发地回家了。"

我们都笑得转不过气来，沈先生说："这位女士只有三根头发，多么可怜，你们有满头的乌云，梳个自自然然的学生头，最漂亮不过。你看我就不留西发，只剪个平顶头，自己觉得很舒服、很精神就好了。"

我们都觉得沈先生的平顶头很漂亮，和他的笑口常开很调和，无论他穿长衫或中山装和平顶头都很配合，并不一定要留时髦的西发。我们都很敬爱沈先生，他劝告我们的话，我们都接受。星期六回到家中，将校长对我的责骂和沈先生对我的开导，都告诉送我玳瑁发夹的姑妈。姑妈说："他们两位都是好老师，学校就像一个家，家有家规，校有校规。一个严厉，一个慈和。这样你们的身心才能平衡。我想校长内心一定也是很宽容的。不然她就不会聘请一位这样慈和的沈先生当训导主任。这叫作宽严并济。"

姑妈是新派人物，女子师范学堂毕业。她一定很懂得教育心理吧！

我们谈着谈着，她就取出一把烫发钳，一盏酒精灯，把钳子放在灯上烧热了，把我前额的刘海微微卷一下，再为我别上玳瑁发夹，我对镜子一照，顿觉自己容光焕发起来。倒觉得在学校里梳着一律的直短发，不必比来比去，放假回家，稍稍打扮一下，格外的轻松快乐。姑妈说："明天星期日，我们逛商品陈列馆去，你喜欢什么我给你买。"

在当年，逛商品陈列馆就像今日逛大都市的购物中心，自是快乐无比。其实，所谓的商品陈列馆，只不过是一座较大的半旧楼房，上下两层走马廊，一间间陈列着不同的商品，如衣料、饰物、玩具、文具等等，货色并不多，但在我们小孩子眼中，已经是琳琅满目、美不胜收了。

逛商品陈列馆是一件大事，我真想打扮一下，但取出所有的衣服，穿来穿去，对着镜子照照，总觉得没有穿学校制服看去顺眼又活泼。所以换了半天，还是穿回我的学校制服，只是没有别校徽，因为我烫了一点点前额的刘海，又戴了玳瑁蝴蝶夹子，生怕被校长碰见，又要吃大菜。

姑妈问我要买什么小饰物，我虽看着喜欢，也都不想买。因为想想反正都穿制服，没有机会戴，自自然然地也就俭省起来了。

姑妈一直非常朴素。她说在学校时，头发也受很大限制，当时心里很不平，常想着，离开学校，第一件事就是烫一头最摩登的头发。但是真正到离开学校以后，倒有点留恋当年全校整齐划一的穿着与发型。尤其是同学之间，由于衣着一致，发式相同，彼此格外有一份像姊妹似的亲切感。在街上看到穿自己学校制服的同学，即使不同班的也会亲热地打招呼。她又说由于住校的简朴生活，养成勤俭的习惯，这是她离开学校以后，才深深体会到的，所以她劝我说："你现在不免埋怨校长管得太严，以后你也会怀念她的。"

姑妈的话一点不错，我后来回想起校长的言笑不苟，同训导主任沈先生的未讲先笑，真正是宽严互济的教导方法。想起校长一身朴素而高雅的衣着，配着她那双平整闪亮的名牌皮鞋，显得她格外的威严了。配合着沈先生的温和开导与启发，使我们对群体生活规范有了深深的体认，也养成了整齐、节俭、勤劳的好习惯。因此对两位老师，我都怀着同样的感激，深深的感激。

也由于姑妈的一番开导，对她送我的玳瑁发夹，也就格外地珍惜了。

几十年来的生活变迁，许多心爱的纪念品都散失了。玳瑁发夹固已不复存在，而这个形状相似的塑料仿制的蝴蝶夹，仍使我想起少女时代的顽皮憨态。揽镜看两鬓飞霜，不免对自己莞尔而笑！

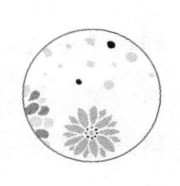

春节忆儿时

宰 猪

我的故乡，是浙江永嘉县的瞿溪乡，童年时代，都在乡间度过，在我记忆中，每年到了天主教堂的白姑娘（故乡对修女的称呼），忙外国冬至（圣诞节）的时候，就是家家户户忙农历新年的开始了。

九月晚谷收成时所酿的新酒，到腊月开缸，只要闻到一阵阵新酒的香味，就知道第一件大事要办，那就是宰猪。我家每年要宰两头猪。宰猪的日子愈近，母亲的心情愈沉重，而这件大事，又非办不可，因为用自己家养的猪，祭天地、财神、祖先，是表示最大的敬意。于是在三天前，母亲就吃斋念佛，以减轻"罪孽"。我呢，也在三天前就开始兴奋，等待那一幕又想看又不敢看的情景来临。最奇怪的是猪圈里两头又肥又壮的猪，也从三天前就胃口大减，愈来愈吃得少，到了当天，竟至于绝食了。平时，都是母亲或阿荣伯送猪饲，我跟在后面，看它们啪嗒啪嗒地吃得好香，阿荣伯有时还伸进手去拍拍它们的头顶，拉拉它们的肥耳朵，它们也会用湿漉漉的鼻子友善地碰碰他的手背。可是到最后一天，母亲和阿荣伯都不忍心进去了。据女佣说，香喷喷的饲料倾在猪槽里，它们只是无精打采地躺着，连头都不抬一下呢。

宰猪都在清晨三四点钟，屠夫是早已约定的，母亲半夜里就起来烧水，把门窗关得紧紧的，不让我听到猪的惨叫声。等我从睡梦中完全清醒过来，偷偷赶到后院时，两头猪已被吹得跟大象一样，毛都快刮干净了。它们紧闭着眼睛，在热汤大木桶里，四脚朝天地躺着，任由长工摆布。我走过猪圈看看是空的，心里很难过，看厨房里忙碌的母亲，嘴里喃喃地念着往生咒，以超度"猪魂"。我也跟着念起来，仿佛念过咒，再吃它们的肉，就算对得起它们了。童稚无知，哪里懂得世间事无法避免矛盾。逢年过节，哪得不杀生。母亲终年辛苦，饲养的猪鸡鸭，平时那样关心它们，连一条米虫都要摇摇摆摆地送给鸡啄。而到了年关，决定那天杀它们的还是她。全家大小，除了她，都是闻其声而食其肉。她只好以上天注定畜类供人类享受，杀了它们反得转世为人以自慰了。

大户人家的猪肉，都留作自己吃，腌肉、酱肉、卤肉不一而足。而穷人的一头猪，往往只够还债务，债务多的，在宰猪的当时，债主们就群集现场，叉着双手等待宰割猪肉抵债。一会儿就被瓜分无遗，连给孩子们留副猪心猪肝都办不到。因为如果欠人五块银元，一年里连本带利，就几乎抬走半头猪。所以有人向母亲借钱，母亲从不要他们还，相反的，还分别送几斤上好猪肉给他们，点缀年景，她真是做到"对贫苦亲邻，须加温恤"的程度。而邻居也都纷纷送来整篮鲜红的大吉（橘子和柑）或新鲜的鸡蛋，以报答好意，倒是给新年增添了一片欢乐祥和气氛。

猪肉一刀刀的挂满两厢房的廊檐下。此外更有一两百只的酱鸭，和连串的鸭肫肝，以备平时款客和父亲吟诗下酒之用。我的一位堂房叔叔,时常偷了鸭肫肝生啃,阿荣伯每天数数都少一个,就对他警告。堂叔说他把肫肝当念佛珠,每天点一个肫肝念一句阿弥陀佛,并没有吃它。说肫肝已化去,鸭子的灵魂被超度了。他淘气捣蛋,是新年里最活跃的人物,我都喊他肫肝叔叔。

掸　尘

非常文雅的家乡土话,就是春节的大扫除。这项节目,对我来说,也非常感兴趣。因为平时许许多多的东西,都收在不知什么地方,这时全搬出放在天井里,彻底的洗涤,我就在当中跨过来跨过去,摸摸碰碰,问这是什么,那是什么。储藏室的门敞开着,瓶瓶罐罐等好吃的东西,也都搬出来摆在走廊下的长桌上,花生糖、芝麻饼、金丝蜜枣、糖莲子,还有整大缸瓯柑,我和肫肝叔叔可以大显身手,趁火打劫。加以家庭教师已给我们放假,到正月初八迎神庙戏以后才开课,我们心里无牵无挂,可以敞开地吃敞开地玩。肫肝叔叔连刚开缸的新酒都会舀出来喝。我呢,吃够了就在母亲身边绕来绕去,给她越帮越忙。母亲非常仔细,每样东西,都要亲自检点,放回原处,取用时才顺手。她一边谨慎小心地捧着碗碟等放进橱中,一边嘴里不停地念"瓶瓶碗碗、瓶瓶碗碗",就是"平平安安、平平安安"的意思,家乡话"安""碗"同音。如果油、盐、酱、醋用完了,她绝不说"完了"或"没有"二字,她一定说"用好了"或"不有了"。而把"好"字和"有"字的声音,提得好高,拉得很长,表示样样都有,事事美好。数数遇到"四",一定说"两双",绝不说"四",因为声音不好听。这时候,抽着旱烟管晒晒暖(晒太阳)的外公,就用微微颤抖的手,剪出大红元宝、金元宝,贴在厨房门上、碗橱上。碗橱门洗刷以后，金色卍字显出来，贴上了红元宝格外的亮。到处红，到处亮，一片热闹的新年气象，新年马上要来了。

捣糖糕

紧接着是做年糕，我家乡称为"捣糖糕"。米粉在蒸笼中蒸透以后，加红糖在石臼里捣得糖色均匀，并有了弹性，然后用长方雕花模型压成一条条朝笏似的长年糕，一排排叠得高高的，以备正月里送礼请客之需。长工们做年糕，阿荣伯就捏元宝，大大小小的元宝捏了无数个。捏一个最大的（有米斗那么大），再以红绒线串了一百个子孙钱（崭新发亮的铜钱）套在上面，摆在大厅靠屏风的琴桌正中。其他的元宝，由大而小，九个一叠，九九生财，摆在灶脊上、谷仓里，由我帮着去摆。这时，母亲在厨房里蒸松糕，一层猪油，一层红枣，一层红糖，好甜好香，我一手松糕，一手糖糕，这边一口，那边一口，阿荣伯做好了元宝，又给我捏一个关公，一个张飞。我在厨房与走廊之间，大人们的缝儿里钻来钻去，我告诉阿荣伯说我都快乐得要裂开来了。

最后的一笼，是"富贵年糕"。那是专门给叫花子的。在一般人家，富贵年糕，至多蒸一笼，糖加得少，米粉也较粗。母亲总是让他们做两笼，而且是同样多的糖，同样细的米粉。她说一年一次是难得的。富贵年糕，只有一部分用模型压的给叫花头，其余的只搓成圆筒筒，再切成一段段，计口授粮，不论男女老幼，每人一段。从初一到初五，叫花子全家出动，背上背一个，怀里抱一个，手上再牵一个，成群结队而至。前门讨了，转到后门又来讨。一年到头是这几张熟面孔，阿荣伯都认得，我也有好多认得。他们满口的："大老爷、太太、大小姐，加福加寿，多子多孙，一钱不落虚空地，明里去了暗里来，高升点，年糕多给一块，高升点。"就跟唱流水板似的。阿荣伯想不重给也不好意思。他们还会说："阿荣伯，你做的年糕比哪一家大户人家的都细、都甜。"阿荣伯更乐了，谁不喜欢戴高帽子呢。阿荣伯说，叫花头告诉他，他们新年里讨来的年糕，总有好几大箩，吃不完都卖出去。只有我们潘宅讨去的年糕，不偷工减料，是一定存着自己慢慢吃的。阿荣伯最后总是高兴地说："这是老爷太太积德。"那些年富力壮的男女，五官完整，却是一代传一代的以乞讨为常业，这种恶习，不能不说是村子里乐善好施的大户人家所养成。在当时好心的母亲是相信善有善报，在父亲来说，是中年人心灵上的一点补偿。我呢，只觉得做叫花多么自由自在，多么好玩。起码不必读书了。如今想起那些被背在背上日晒风吹的婴儿，和光着脚板整天东奔西跑，和我差不多年龄的孩子，他们何以被注定当叫花。乡民们有这种善心，为什么不捐钱办乡村小学，办收容所呢？

祭　灶

掸完了尘，捣好了糖糕，就是二十四夜送灶神爷。厨房里菜油灯剔得亮亮的，抹得干干净净的大锅灶上，摆上了鸡鱼鸭肉、糖果年糕。点上香烛，祭拜以后，即将满是烟尘的灶神火化，送他上天传好事，下地降吉祥。据说灶神爷最富人情味，吃了一顿好的，在玉皇大帝面前就只是隐恶扬善。在我的记忆中，并没有拿糖黏住他的嘴或贴住他的眼的恶霸行为。我想既已升作神祇，至少高了人类一等，总不会像人类那么现实，也不能由得人类这般摆布吧。

送灶神既是个小小的典礼，却是一个序幕，从此以后，就一天天更进入年景了。

分岁酒

大除夕的下午，年景已进入高潮。大厅里红木桌和太师椅，都扎上大红缎盘金双仙和合的桌披椅披。一对凤凰，一对双龙抢珠的锡烛台，一字儿排开，正中是狮子捧仙球的锡檀香炉。香烟从张开的狮子口和镂空的圆球中喷出来。整个大厅都是芬芳的檀香味。一大一小两对蜡烛，要等父亲主祭天地和祖先时才点上。我和族里兄弟姐妹们都一个个穿上新衣。自从父亲回来以后，给我带来一件粉红缎圆角棉袄、一条水绿华丝葛裙子。我穿上了，就在桌披下面钻进钻出，演花旦，当新娘。姐妹们都好羡慕我。前廊里亮起了煤气灯，发出呼呼的声音，格外令人兴奋。到处金光闪闪，我也金光闪闪。我又要开心得裂开来了。阿荣伯说的。不一会，从厨房里端出大碗大碗热腾腾的菜。整鸡（基业稳固），猪头鼻梁上横着尾巴（有头有尾），整鱼（年年有余），豆芽（年年如意），红糖莲子（子孙满堂），甘蔗（节节高），藕（路路通），橘子（大吉），柑（升官），阿荣伯样样说得出名堂。色色俱备之后，父亲燃上香烛，带领全家跪拜，先祭天地，谢神灵，后祭祖先。父亲一脸的崇敬，我们孩子们也鸦雀无声。祭拜完毕，洒一杯酒在地上，然后烧驸马和金银纸钱。百子炮（即鞭炮）一开始响，顿时就热闹起来。百子炮愈长，放的时间愈久，表示这家愈富裕，愈兴旺。长工从二楼上的栏槛外挑起竹竿，几丈长的百子炮垂下来，噼噼啪啪一直响个不停。父亲的脸上露出欣慰、满足的笑容。他坐在太师椅里，我们围上去团团拜下。他从黑缎马褂的暗口袋里，抽出红封袋，每人一封，一律的两块银大洋。这时附近邻居的孩子们，听到鞭炮声全都来了，女孩子大部分已穿上鞋子，男孩子仍都是光脚板，他们是来等放完鞭炮，在天井里捡没有燃过的小炮。他们看大堂上灯烛辉煌，满桌的菜肴冒着腾腾热气，一个个都张开嘴看呆了。父亲一高兴起来，叫母亲再捧出一叠银大洋，一叠红封套，每人一块分给他们。阿荣伯生怕越聚越多，就把风水门（大门）关上，带着他们从边门出去。我望着父亲满面红光，小小的心灵感染了一分骄傲，也替得到一块银大洋的小朋友们快乐。因为他们的父母，是再也不会给他们一块银洋钱作压岁钱的。我的两块银洋钱，在口袋里叮叮地响。坐在母亲身边，开始吃分岁酒了：鸡、鸭、肉，除了鱼，每样都得吃到。饭碗里必定要剩两粒饭，不能"吃光"。一对红蜡烛放在饭桌上，表示祖宗分给我们一人一岁，母亲说："又长一岁了，要乖哟。"

吃好分岁酒，阿荣伯捧出一个米筛，装着切成一段段的生红薯，用香梗当签子，叫我帮着插上小红烛，点了在长廊上每五六步摆一盏。楼上楼下，前后厢房，厨房、谷仓，到处都摆了。母亲在灯盏里加了满满的菜油，于是煤气灯、洋油灯、菜油灯、蜡烛灯，处处一片光明，憩坐室正中的炭炉也烧得旺旺的，年纪大的围着取暖、谈天。年纪轻的开始撒状元红，推牌九。我们孩子就在缝儿里挤。哪个赢就向哪个吃红一大枚，父亲平时很严肃，只有过年时总是笑嘻嘻的。大家尽情欢乐，因为守岁一直要过子夜。到了一点钟，一声爆竹，除旧迎新，又是一年的开始了。

那一分彩色缤纷的情景，至今萦绕心头。可是另有一番情景，也使我永志难忘。有一个除夕，我趁大人不注意，从边门溜到邻居阿芸家玩。厨房里只点一盏菜油灯，一对小小的蜡烛。从我们满堂灯火中，忽然进入她那儿，格外觉得幽暗，我看见灶下柴仓边坐着一位老公公，捏着旱烟管、呼嘟嘟地吸，吸完了在泥地上咯咯地敲，敲了装上烟再吸。脸板板的没有笑。我问阿芸："他是你外公吗？"阿芸说："才不是呢，他是来讨债的，我们欠他八块钱，宰了猪还他五块，还欠三块，他就坐着不走。"我问她："你爸呢？"她说："上外面赌钱了。"我心里好难过，摸摸身边有好几块银元，摸出三块说："给你妈先还他好吗？"阿芸生气地把我的手一推说："我不要，妈妈也不要。你放心，过了半夜，他自会走的。"回来以后，我告诉母亲，母亲说："阿芸的妈是不肯白拿人钱的，等过了初五，我请她帮忙做点针线，多算点工钱给她，她才要的。"第二天初一，我又去阿芸家，又看见那位老公公，还对阿芸的妈说恭喜发财。尽管大年夜追债追得凶，初一仍是见了面笑嘻嘻的，阿芸的妈泡了碗橄榄糖茶给他喝，他喝了糖茶，两个指头把橄榄一夹，捏在手心里就喷着旱烟走了，因为橄榄就是元宝，他一定要的。

拜 年

年初一，可以比平时多睡一个时辰，不必天没亮就起来煮饭，因为饭、菜都是现成的，初一不煮饭，不用刀、剪子、针，也不扫地，因为它们一年辛苦，也要休息一天。初一也不点灯，一家人早早吃了晚饭，天没黑都睡了。

初二才开始拜年。这是我的一项重要任务。每回都是阿荣伯提着满篮的大红蓬包——红纸衬着粗草纸，包成长七寸宽五寸梯形的纸包，包的是红枣、莲子、桂圆、松糖等，种类分量各有不同，看对象的尊卑、亲疏决定。每包至多不会超过银元四角。每家放一个，是一种象征性的礼物，惠而不费，倒也颇有意思。我去拜年时，他们给我的是瓯柑、炒米花、花生糖等，也是一大篮满载而归，可以和小朋友痛快地吃。

我家长桌上总是排着好多红纸包，肫肝叔叔时常从纸包缝中伸进两个手指头，夹出糖果吃了，吃得空空的，塞进一些小石子，被母亲发觉了，只是训斥他一顿，也不告诉父亲。

迎神提灯

五天年满了，只隔一天，又掀起第二个高潮，那就是初七初八两天的迎神和庙戏。我们乡里有两座具有传奇性的神殿，称为上殿和下殿。相传唐朝的忠臣颜真卿和他的弟弟，均被奸臣所害，天帝封他们分别在我乡的两个村庄"上河乡"、"下河乡"为神，因称上下殿。两人都曾讨安史之乱，颜真卿是讨贼有功，后来被叛臣李希烈所杀害。颜杲卿是讨贼不屈而死。但他们都未曾当过永嘉太守，不知何以会被天帝封在永嘉县的小小瞿溪乡为神。想来可能是安史乱兵曾骚扰过永嘉县，我们祖先为了感激这两位忠臣，和对他们的敬仰，筑殿祭祀崇拜。并且还传说两兄弟曾礼让一番，哥哥愿居下殿，把人口较多、市面较繁荣的上殿让给弟弟，弟弟执意不肯，依年龄尊卑应居下殿。最后哥哥决定每年新年，哥哥先去拜弟弟的年，因此乡民有一句"瞿溪没情理，阿哥拜阿弟"话。每年正月农历初七，在夜戏开锣以前，先将上殿神恭恭敬敬地抬到下殿，给弟弟拜年，看完二出戏，才接回来。初八夜是下殿神来上殿回拜哥哥，也是看完三出戏接回去。

乡民们以十二万分虔诚崇敬的态度，举办这件大典。上下河乡的乡长，在头年腊月就开始忙碌筹备，向地方上募款，办祭奠，添购殿宇中的装饰。二位神像的冠带蟒袍，每三五年必须换制全新的，神龛也刷得金碧辉煌。迎神时的鼓手乐队都是镇民自愿参加，提灯、举火把风烛的（即丰足之意），有的是雇来的乞丐，有的是乡民子弟的志愿军，或因求神祇保佑健康，许下心愿，此时来祭拜还愿提灯。如果一年来风调雨顺，五谷丰收，为表示感激和快乐，就加上马队。马匹由城里租来，黑、白、棕各色均有，上面坐着画了脸谱的少年（亦是志愿军或雇来的），看去像戏台上的强盗，故亦称马盗。马盗的衣着愈新，马匹愈壮，队数愈多，表示这一乡愈富裕。神殿正中，摆上三牲福礼等整猪整鸡鸭、面和糖糕，香烛灯火辉煌，映照得白发的主祭乡长，红光满面，喜溢眉宇。神像的銮驾自殿门抬出，前面是两位扮得高及一丈的开路神，摇摇摆摆地开路，接着是旌旗，乐队，管弦丝竹，奏着严肃的调子，然后是风烛火把，锣鼓马盗和香案。这才是端坐着神像的銮驾，銮驾后再是风烛火把和锣鼓。偌长的迎神队伍，从热闹的街心穿过。街上好多路祭，是生意兴隆的商家所摆，鞭炮之声，不绝于耳，他们一则表示感谢，二则也是炫耀财富之意。从长街转到山路和田野，原来一片静谧的田野，顿时开出了火树银花，天空也照耀得一片通红。不管是晴朗或风雪漫天，他们的情绪都是一样兴奋。风烛火把都烧得旺旺的，绝不会被熄灭，两旁放鞭炮的，往往把鞭炮挑近神座边去放，或是把燃着的小炮扔到神像的膝盖上，据说神佛显出神通，蟒袍不至着火。如此浩浩荡荡地迎到下殿拜年，第二晚下殿神也同样浩浩荡荡地迎来上殿。

　　这般的盛况，无论大人小孩，都争先恐后地去享受这份热闹。我们女孩只能在迎神队后面追随一小段路，就回到殿里看戏。殿宇的两厢回廊，早已排满了长凳，都是各家抢好的包厢，用草绳扎在栏杆或大柱上。外公赶第一出戏就坐在那儿看了。我倚在他身边，看四四方方的戏台上，演的都是连台好戏，虽不懂却好看，因新春开锣戏订的是最好戏班，行头崭新，演员也是最有功夫的，评剧、昆曲、弹词各种班子不一定。因包银高，故演来非常卖力。记得有一次演的是封神榜，小小的舞台上，挤满了和尚道士和假扮的青牛大象，好不热闹。我问外公哪边是好人，哪边是坏人。哪边会把哪边杀掉，外公总是说，有时好人也会被坏人杀掉，但是好人死了一定当神仙，就跟我们的上下殿神一样。台上看够了，就看台下，天井里黑压压的全是年轻小伙子，不时大声喝彩。有的年轻人却不时回头向两边包厢里的打扮得花枝招展的姑娘瞄过来。姑娘们一个个费尽心思，争奇斗艳，别说是他们，连七八岁的我都看呆了，她们梳得油光乌亮的辫子都扎上五彩丝线，讲究的还夹入闪亮的金丝，各色绣花或织锦的缎袄，缀穗子的华丝葛曳地长裙，更稀奇的是，她们短袄琵琶襟的扣子，竟是五彩小电珠子，电池放在口袋里，以手控制闪光，和神像金盔上的电珠相辉映，看得我实在羡慕。刚结婚的少妇们都是满头珠翠，擦得浓浓的脂粉，手上金镯手表，戒指有多到八个的，总之所有的财富，全穿戴在身上了。还有已订婚的十五六少女，被挤在人丛中的儿郎（未婚夫）盯得低下头，既羞涩，又兴奋，胆子大的也会偷偷回望他几眼，一颗心已经不在戏文上了。

　　三出戏完，下殿神要回去，上殿神起身相送，銮驾一前一后，抬到殿门口，相对一鞠躬而别。作得惟妙惟肖，把两尊泥塑木雕的菩萨，完全人格化了。不由得使人对古圣先贤，肃然起无限敬仰之意。典礼完毕之后，祭物一部分由设祭者自己取回，一部分由乡长分配，散发给贫苦的村民享受，这一切都处理得井井有条，公平合理，也显得上下河乡两村村民的至诚团结，和睦互助的精神。乡间民风的淳厚，也于此可见了。

　　在我记忆中，留下最深刻印象的，还是典礼结束，戏文散后，牵着外公的手,由阿荣伯打着灯笼,一路回家的情景。两位老人,都已白发皤然,红灯笼柔和的光,映照着他们的白胡须,也映照着皑皑的白雪。他们的钉鞋,踩着雪地沙沙有声。细碎的雪子,撒落在伞背上,也是沙沙有声。在寒冷的深夜,一番热闹之后,听来格外清澈。我当时只十岁左右,心头似已有一丝酒阑人散的凄凉之感。主要的是快乐的新年已到尾声,我又要被关进书房念"诗云子曰",疼我的外公不久也要回山上当医生去。一切的欢乐都有过去的时候,今年我已长了一岁,明年我还要再长一岁,马上就要变成大人了。母亲说我已经慢慢长大,不能再跟邻居的孩子们一起玩了。

我一声不响地走着,外公忽然问我:"小春,你怎么走路都睡着了?"我说:"好冷啊!"外公笑笑说:"把脖子伸出来,腰杆挺直,就不冷了。"我说:"不知怎的,我觉得好冷清。"阿荣伯说:"正月正头的,怎么说冷清,有你外公和我陪你,还说冷清。"我总是说不清楚心里那股冷清的滋味。过了半晌,外公说:"小春,再过一两年,你就要上外面读书,外公和阿荣伯陪你一起过年的时光,真的不多了。"好半天,我听见阿荣伯叹了口气。

如今回想起来,小孩子无心的一句话,却不知引起两位老年人多少感触。

"一声爆竹连烽火,万里归心动暮笳。"这是先父在抗战第二年所作的除夕诗。在台湾,已度过多少个农历新年,从大陆来的,大家都有无限的思乡之情!

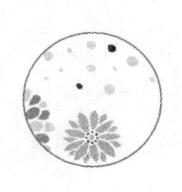

看　戏

朋友们常问我喜不喜欢看戏,我总是连声地说:"喜欢、喜欢。"他们指的是评剧,而我对评剧却完全外行,喜欢的是所有穿红着绿、吹吹打打的"戏"。我也并不会欣赏戏的艺术,而只是喜欢"看戏"这回事。

小时候,带我看戏最多的是外公和长工阿荣伯。阿荣伯背着长凳在前面走,外公牵着我的手在后面慢慢儿地荡,荡过镇上唯一热闹的一条街道,经过糖果店,我的手指指点点,喊着:"花生糖、桂花糕,我要。甘蔗、橘子我也要。"外公说:"好,统统要,统统要。"就统统给买了。到了庙里,阿荣伯把长凳摆在长廊的最好位置,用草绳扎在栏杆上,让外公和我坐,自己却站到天井里去看了。他说这样站近些,看得仔细。如果唱错了、动作错了,他好敲戏台板。比如有一次,他看到演戏的扬着马鞭,边走边唱,忽然背过脸去拉下胡子吐了口痰,却用靴子底去擦。他就敲着戏台板喊:"老哥,你骑在马上,脚怎么伸到地板上来了。"这大概就是今天的喝倒彩吧。演戏的也毫不在乎,冲他笑一笑,继续拉着嗓子唱下去。

戏还没开锣以前,外公总叫我到大殿上向神像拜三拜,保佑我聪明长生。外公说这座神像就是大唐忠臣颜真卿。他坐的是上河乡的上殿，他的弟弟颜杲卿坐的是下河乡的下殿。（颜真卿、颜杲卿并非兄弟，也许因二人都是平安史之乱的名臣，所以乡人把他们结成了兄弟。）外公告诉我，因为上殿风水比较好，做弟弟的特别让给哥哥居住，哥哥心里很过意不去，所以过新年时，总是哥哥先去拜弟弟的年。因此正月初七迎神时，是上殿神先去下殿拜年，初八是下殿神来上殿回拜哥哥。我们乡里有句话："瞿溪没情理，阿哥拜阿弟。"外公还说颜氏兄弟幼年时，有一天在溪边玩，忽听鸣锣喝道，一位大官坐着轿子来了。他们知道大官是奸臣，就拾起溪里的石头扔他，刚刚扔在奸臣脸上，奸臣大怒，问是谁干的，兄弟俩都承认是自己干的，就把两人都关了三天三夜。外公说他们从小就有大无畏的精神，而且手足情深，叫我牢牢记住，这些故事，外公每年都要给我讲一遍，我怎么会不牢牢记住呢？

戏开锣以后，外公抽着旱烟看得入神，我坐在长凳上，荡着双脚，边啃甘蔗，边东张西望。把甘蔗渣扔到天井边，常常扔在人头上肩上，下雨天就扔在伞背上。外公轻轻拍我一下说："姑娘家要斯斯文文的，老师是怎么教你的？"一想起要我背《女诫》的老师，就恨不得在戏院里待一辈子。

我家乡话称演戏的，不论男女，都叫"戏囡儿"，大概是供人取乐的意思。门帘一掀，"戏囡儿"出来了，看他的脸，我就知道是忠臣还是奸臣。额角正中央粉红色的，一定是忠臣。满脸雪白的，不是曹操就是司马懿。我家四姑粉搽得太白的时候，她母亲，就是我的五叔婆常骂她"司马懿造反"。鼻子上一团白，一定是坏人。五叔婆生气的时候，就埋怨"被那个白鼻子害得好苦"。也不知指的是谁。看见白鼻子我就问外公："他怎么没被杀掉呢？"外公敲着旱烟筒慢条斯理地说："还早得很呢，要等戏团圆（剧终）的时候才杀掉。"旁边

111

的人说:"全靠他才有戏好看哩。"我向他白一眼,心里好不耐烦。只有花旦出来一扭一扭,手帕一甩一甩的,我才看得高兴。外公最最喜欢正旦,他叫她"当家旦"。"当家旦"到戏团凰韵时候,一定戴上凤冠变成一品夫人。阿荣伯说:"吃尽了苦头,最后总会出头的,这叫做好心有好报。"我说:"妈妈将来也要当一品夫人。"外公笑了。看到关公出来,我就肃然起敬。阿荣伯说过,演关公走麦城这一出戏,后台一定要摆上香案,否则就会起火。据说有一次没有摆香案,前台一下子走出两个关公。一个是显灵的真关公,一个是扮演的假关公,假关公睁开凤眼,看见对面也来了个关公,就吓昏倒了。因此我看这出戏的时候,只想看见两个关公一起走出来,心里又有点害怕,老是问后台摆了香案没有,听说摆了却又有点失望,因为不能看扮关公的"戏囡儿"昏倒了。

庙戏的戏台很小,四面临空。前后台都分不大清。他们穿衣服画脸,都从木栅门里看得清清楚楚。关公上台那么威风凛凛的神气,回到台下就跟人拳头打来打去,有说有笑。我好想去后台看热闹,外公不让,说小姑娘不许乱窜。外公说过一个笑话:关公的卫兵周仓肚子饿了,在后台摘下胡子吃馄饨。关公喊:"周仓来呀!"周仓急急忙忙上台,忘了戴胡子,关公一看,拍了下桌子说:"回去叫你爸爸来。"周仓赶紧下去,戴了胡子再上来说:"周仓来也。"这个关公好聪明,笑得阿荣伯和周围的人群都露出黄黄的大门牙。

另一面的走廊最好的位置,总是杨乡长家搭的彩台,杨乡长的大女儿和她全家人高高地坐在台上。杨大姑娘比竹桥头阿菊还打扮得耀眼,电珠纽扣一闪一闪的,看得我好嫉妒,我仰脸问外公:"我们为什么不也搭个彩台?"外公说:"总共才那么点地方,都被彩台占了,叫别人坐在哪里看?你看天井里还有那么多人站着呢!"可是我心里不服气，为什么杨乡长家就可以搭呢？为什么杨大姑娘就那么神气活现呢？为了看戏的事，我跟阿菊以后就不大理她了，她见了我们，也把脖子一扭，翘起鼻子走开了。

每回戏班子来，都是演两天，每天两场。包银看戏班子性质决定。京班、昆班比较贵，高腔班、乱弹班比较便宜，钱都由邻里长挨家挨户地来收，大户人家为了表现气派，也有多给点的。在我记忆中，正月初七、二月初一的戏班最好，因为是闲月，看的人多。其他清明、端午是请瞎子先生唱词的多。唱全本《白蛇传》时也很热闹。戏台柱子上盘着黑白两条纸糊的蛇。瞎子先生衣冠楚楚，斯斯文文，很有学问的样子，台下听的人都是年纪比较大的，鸦雀无声。外公每回去听，我都跟去兜一圈，吃饱了糖果就回来了。母亲喜欢听唱词，听《二度梅》里陈杏元和番，听得泪眼婆娑的。这时候，我问她要铜板买桂花糖吃，她数也不数就给我一大把说："去去去。"戏班子呢，母亲喜欢看乱弹班，唱的好像就是我们家乡调，嗓门儿一会儿高，一会儿低，尾音拉得好长，老像在哭哭啼啼。有一次是难得请到的绍兴班，演全本《珍珠塔》《借花灯》，母亲和五叔婆，把长工的饭菜快速地赶做好，就双双迈着小脚去看戏了。看完回来，母亲把故事讲了又讲，五叔婆就咿咿呀呀地唱，两个人要高兴好多天。

散戏以后，演员们都要到我家大宅子来逛，那时，潘宅大院是有名的。他们一转过我们家前门的青石大屏风，从大门进来，我就兴奋地喊："妈妈，外公，戏囡儿来了，戏囡儿来了。"母亲叫我不要当面这样喊他们，会生气的。有几个人，脸上的粉墨都没完全洗干净；我认得出来是扮什么人物的，就指着他们说："你是白鼻子，你是奸臣。"戏囡儿笑笑说："不要紧的，在台上当奸臣，在台下当忠臣就好了。"阿荣伯说："可不是，都扮忠臣，谁扮奸臣呢？"外公摸着胡子说：“戏里的好人坏人是让我们看得清清楚楚的，真正的好人坏人就不一定看得出来啰。”阿荣伯点点头，他们说得一本正经地，我就不大懂了。

父亲回到家乡的第一年中秋节演戏，乡长毕恭毕敬地把书码子捧来请父亲点戏。父亲说："在北平名角儿的戏都看得那么多，这种戏班子有什么看头？"可是乡长说父亲是大乡绅，一定要赏个面子，又说这是特地为欢迎父亲回乡，请来的最好京班，父亲这才慢吞吞地翻着本子，点了出《空城计》。我一听说是戴长胡子的老生戏，就吵着要看花旦，父亲再点一出《宝蟾送酒》，还特别为外公和母亲点了出《投军别窑》。四姑在旁边抽着鼻子说："都是老人戏，只有一出'宝蟾送酒'好看。"我说："乡长一定买了好多好吃的请爸爸，不管什么戏，我都要去看。"

一到庙里，就看见正殿偏右搭了高高的一座彩台，台上一字儿排着靠背藤椅，原来是杨乡长特地为父亲搭的。殿柱上还贴了一张红纸字条，写着"潘宅大老爷贵座"几个大字，外公看了只是抿着嘴笑，我问："我是不是可以坐上去呢？"阿荣伯说："当然可以，你是潘宅大小姐，本来就比别人高一个头。"我又问："是不是比杨乡长的女儿还高？"阿荣伯说："可不是。"外公说："我看你就别跟人比高低，还是和外公坐在台下平地上，要什么时候走就走，自在多了，高高地供在上面，有什么好的。"可是我一想起杨大姑娘每回坐在高台上的神气样子，就非要坐一次不可。况且父亲给我从外路带来了胸前有闪亮牡丹花的水绿旗袍，我为什么不穿起来亮一亮相呢？我一定要叫杨大姑娘大吃一惊。

戏还没有开锣，台上忽然把一张有绣花红椅披的椅子高高搁在桌子上，椅子当中竖一块黑色牌子，用白水粉写着："潘宅大老爷、太太、小姐加福加寿。"哈，连我这小不点都上了谱了，这一得意真非同小可，不一会就出来戴白面具的加官，用朝笏比画了一阵，取来缎轴一抖，亮出"国泰民安"四个金字，再一抖，便是"富贵寿考"四个字。他进去以后，又出来一个戴凤冠霞帔的，再扭上半天。阿荣伯说这是给太太小姐敬礼的。最后一个家僮打扮的，一手拿一张红帖，一手捏着三个亮晃晃的洋钱，向我们的高台一个纳福，表示谢赏。原来父亲早已叫阿荣伯把红包送过去了。我真是快乐得飘飘然，转脸看对面彩台上的杨大姑娘，她的座位是空的，不知什么时候，她已经走了。大概是因为比不过我，气得连戏都不看了。我再抬头望母亲，她一直用手帕擦着脸，很不安也很疲倦的样子。我问："妈妈，你怎么啦？"她忽然站起身来说："你们看吧，我还有菜没烧好，家里客人多。"她就悄悄地走了。四姑鼻子一抽一抽的，像是什么感觉都没有。这时看母亲走远了，忽然说了一句："大嫂呀，她真不是人间富贵花。"她念了几年师范，说话就那么文绉绉的，说我母亲不是人间富贵花，究竟是赞美还是取笑呢？我又问："那么四姑你是什么花呢？"她猛抽一下鼻子说："我什么花都不是，我是我妈妈脸上的一个疤，她才那么讨厌我。"听了她的话，我扑哧一下笑出声来，忽然又替四姑很难过，就再也不忍心取笑她的抽鼻子毛病了。

《宝蟾送酒》的那个宝蟾，脸上粉搽得好厚，大嘴巴笑起来时，牙齿特别黄，声音又粗，实在是不好看，四姑和我都很失望。倒是她手里托着亮闪闪的银盘子，不时地用一个指头点着转起来，像变戏法似的，转得好快，看得还过瘾。《空城计》上场时，孔明摇着羽毛扇，穿着略微嫌长了点的八卦袍，在台上唱了好半天，又爬到布做的城墙上再唱，唱得我只想睡觉。一通锣鼓，司马懿出来了，我想起五叔婆说四姑的大白脸像"司马懿造反"，忍不住向她瞄了一眼。她脸黑黑的，一点脂粉没搽，穿一件蓝缎棉袄，是五叔公的长袍，五叔婆改了没穿，现在再改给她穿的。看去老老实实的样子，我反倒觉得自己金光闪闪地坐在她边上，有点不好意思了。

城楼上的孔明老唱个没完，我有点厌烦了。父亲却眯起眼睛仔仔细细地听，三个手指头在手心轮流点着打拍子，很赞赏的样子。还直夸"没想到这班子真行，唱得字正腔圆"。我却发现那个孔明像五叔，四姑也说像，外公说："可不就是他，戏班子怕潘老爷听了不满意，五叔就去代唱，也好过过瘾。"我忍不住告诉父亲，父亲马上沉下脸说："他若唱得这么好，也就有条路好走了。"第二天，五叔自己告诉父亲："大哥，孔明是我扮的，大哥还满意吗？"父亲的脸拉得更长了，他说："你呀，就只会唱唱戏，不三不四的。"母亲说："你也别老这么说他，他倒是做什么像什么，人是聪明的。"父亲说："聪明不走正路，有什么用？"可见父亲尽管看足了北平的名角，还是不把唱戏当作一条正路。五叔悄悄地跟我说："大哥真怪，我昨天在戏台上，还看见他直点头呢，现在又骂我。"我说："你穿起孔明的八卦衣，很有学问的样子，你为什么不索性去唱戏呢？"他瞪我一眼说："那我也不干，堂堂潘宅大老爷的令弟，怎么好给人当戏囡儿看待。"我真摸不清楚，他到底想干什么呢？母亲说父亲生他的气就是这一点。后来只要是好京班来，五叔就去客串，在我记忆中，他当过《捉放曹》里的陈宫，《梅龙镇》里的正德皇帝。小生也唱，当过《白门楼》里的吕布。母亲说他唱小生像小公鸡初试啼声，难听死了。他还当过三花脸——女起解里的崇老伯。他说别看白鼻子，白鼻子也有好人，就是崇老伯。最有趣的是他还反串丑旦，演晚娘虐待前妻儿女，拳打脚踢，像个武生，引得台下哄堂大笑。我后来想想，五叔如果一心学评剧，一定可以成为一个名角。他唱老生韵味十足，台风又好。可惜他一生就是这么游戏人间，做哪一样也不认真，以致潦倒终生，遗下妻儿，不知流浪何方。我每回想起他，心里总是好挂念、好难过。

　　十二岁到了杭州以后，才算正式看了京戏。那时杭州旗下城就只一家戏院共舞台，也是破破烂烂的，凡遇好戏班来时，共舞台老板就亲自送戏单来问要订多少座位。父亲又会感慨地说："当年在北平看那么多名角，现在还看什么？"说是说，还是订了座，而且时常点戏。我因念书，不能常常看，但看到海派机关布景戏，就闹着非看不可。在我印象中最深刻的是全本《秦始皇》，皇宫布景之堂皇，赵姬的那股妖媚与服饰之华丽，令我目眩神移。还有《洛阳桥》《花果山》等戏，布景变化多端，连母亲都看得喜滋滋的。母亲尤其喜欢看青衣戏，《三娘教子》这出戏，她每回看每回泪流满面，我一听到那小孩说"高高举起，轻轻打下，打在儿身，痛在娘心"时，也就跟着哭。回来又学那小弦走台步。还有《御碑亭》中那一记雨地里滑跤，我对着镜子学了好久也学不会。

　　看戏之乐，还不只是听锣鼓喧哗，看穿红着绿走进走出的热闹，更开心的是没完没了地吃：采芝斋的芝麻片、核桃糖、到嘴就化的雪梨、刚出水的嫩红菱、藕片，随你吃多少。热腾腾喷香雪白的毛巾，不时从堂倌手中飞来。收票时两边过道两个人各伸手指对一下票数。我最怕收票，一到收票时就知道快要落幕回家，我心中总有一股酒阑人散的空茫之感。

　　有一次，梅兰芳来了，是他欧游得了博士以后，那种轰动不用说了。因舞台太旧太小，场地特别改在新建的华联电影院。共演四天，是《红线盗盒》《四郎探母》《贩马计》和《霸王别姬》。我正赶上月考，干脆带了书在戏院里边啃边看。霸王金少山声震屋瓦地唱着，我可以充耳不闻。虞姬一出场，我就贪婪地睁大眼睛，眨都舍不得眨一下。那一段"夜深沉"的舞剑身段,和背过身子含悲饮泣的表情,确实是世上无双。自我长大到今天偌大年纪,也看过不少《霸王别姬》,好像就没有一次这么叫人感动的。第二天考题填充有"哥伦布发现新大陆是哪一年?"我马上填上"一四九二"。因我头一晚看梅兰芳伏剑自刎,边背外国史边默记一下"一死救尔"就是"一四九二"。演《红线盗盒》与《坐宫》时,梅兰芳"粉腕"上的那只碧绿翡翠镯子,引得四姑和我都看呆了,四姑直问:"你猜那只镯子是真的还是假的?"母亲说:"戴在梅兰芳手上还有假的?"父亲说:"是假的,真的戴在他太太手上。"我一听好失望,为什么梅兰芳是个男人?看他谢幕时袅袅婷婷地蹲下去向观众纳福,明明是个大美人儿嘛。可是那几天,旗下城所有相馆橱窗中都摆着他和太太福芝芳的放大照片。梅太太打扮得朴素大方,梅博士长袍马褂,又明明是个潇洒的男人。

我也有两张梅兰芳的照片,一张穿西装,一张是《宝莲灯》的剧照。他刚到那天,来我家拜客。黑色的轿车在大门口停下来,我正背了书包要上学,听差说梅兰芳来了,我就退在门边看他下车。老妈子正端了个白瓷马桶想从边门出去,又忙着赶回大门边来看,马桶还捧在手里。几乎跟穿长袍马褂的梅博士撞个正着,我不禁捂着嘴笑弯了腰。忽然想起那两张照片,正好请他签名,连上学迟到也不顾,就飞奔上楼找照片,慌忙中怎么也找不到,只看见电影明星胡蝶和徐来的照片,抽屉翻得乱七八糟,被母亲训了一顿,也不许我钻在门背后看梅兰芳,只得失魂落魄地上学去了。在那个时候,觉得失去那样千载难逢的机会,是一生的遗憾似的。长大以后,经过的事情太多,失去的各种各样的机会也太多,就把一切都看得淡淡然了。

抗战期中,我一个人在上海求学,寄住在一位要好同学家中,同学的母亲是位评剧行家。她几次三番要带我去听戏(她总是说"听戏"不说"看戏"），我却对任何名票都毫无兴趣。勉勉强强去看了一次全本《四郎探母》，坐在热闹的戏院里，一颗心却是飘飘荡荡、凄凄冷冷的，只是怀念着家乡的庙戏、杭州的机关布景戏。那份温暖、那份欢乐，不会再有。故乡因战事音书阻绝，在故乡的母亲白发日增，却离我好远好远，想起外公和阿荣伯敲着旱烟筒给我讲孟丽君、唱戏词儿，真正成了一场梦。

同学的二姊三妹都是戏迷，每周六都有人来家中吊嗓子。二姊夫妻搭档票戏，演《贺后骂殿》，丈夫饰"昏君"，三妹悄悄地跟我说："我二姊夫确实是个昏君，我真替二姊担心。"我不懂这话是什么意思，寄居他人家中，万事都不愿多问。后来同学告诉我，二姊夫大模大样地跟别的女人票《甘露寺》，他演的是乔国老，却爱上了孙尚香。家庭因此大起风波。二姊变成一个非常不快乐的人，永不再票戏了。她的三妹只小学毕业，就没好好上学，跟一个唱小生的有妇之夫因常配戏而日久生情。他们来往的情书，她都大方地拿给她姐姐和我看，原来都是七字一句的戏词儿。男的还引了两句古人的诗："薄命如卿甘作妾，伤心恨我未成名。"老母知道后，气得重重打了她一顿，却仍阻止不了如火如荼的爱情，终于背母私奔了。半年以后，她给她母亲写了封信，我也看了，词儿一直记得。如今我每次一哼，就会想起与金妈在西湖边乘凉的情景，我已非青鬓年少，金妈想早已不在人间了。

不久永乐戏院就有顾正秋的戏，长辈常要我陪去听戏。有一次看全本《董小宛》。演到冒辟疆进宫之时，董小宛从多情的顺治帝怀中，又哭倒在魂牵梦萦的冒辟疆怀中，左右为难。长辈就哭得抽抽噎噎的，手帕湿透了，把我的拿去再哭。我却总掉不出眼泪来，也许心情已老，对所谓的爱情，已经无动于衷了。想想长辈也许是为剧中人而哭，也许是为想起当年在北平的荣华岁月，如今物换星移而哭。总之，一个人能借着眼泪散发一下内心的感触或郁闷总是好的。怕的是忧患备尝以后，存广见惯，连眼泪都枯涸了。

相依多年的唯一长辈逝世以后，想想她一生绚烂，终趋寂灭，我的心情也似乎随之同归寂灭，即使坐在闹哄哄的戏院里，总有一分"笙歌归院落，灯火下楼台"的曲终人散之感，所以就宁愿不去看戏了。

自从电视有评剧与地方戏的播演以来，我总是尽可能地收看。尤其是歌仔戏，我反而特别喜爱，因为他们的服装，他们的一举手一投足，都逗引我深深地怀念故乡，怀念偎依在外公、母亲或阿荣伯的身边看庙戏的好日子。尽管我一个人静悄悄地坐在屋子里，四周没有熙攘的人群，没有高高的彩台，没有四姑或阿菊，但他们都随同荧光幕的彩色，在我眼中、心中浮动、旋转。有时，一个小动作会使我莞尔而笑，因为那都像是童年时代最熟知的情景。也都是外公、母亲、阿荣伯最津津乐道的忠孝节义故事。外公曾经对五叔说过这样的话："做人一世，也就是演戏。一上了台，就要认认真真把戏演好，由不得自己偷工减料的。"在我心中，外公是位哲学家。

我常常想，如果外公、母亲、阿荣伯如今都健在的话，该多么好？但长辈总要故去，戏总有落幕的一刻。因此，我看戏时，也能保持一分轻松愉快的心情了。

桂花雨

中秋节前后,就是故乡的桂花季节。一提到桂花,那股子香味就仿佛闻到了。桂花有两种,月月开的称木樨,花朵较细小,呈淡黄色,台湾好像也有,我曾在走过人家围墙外时闻到这股香味,一闻到就会引起乡愁。另一种称金桂,只有秋天才开,花朵较大,呈金黄色。我家的大宅院中,前后两大片广场,沿着围墙,种的全是金桂。唯有正屋大厅前的庭院中,种着两株木樨、两株绣球。还有父亲书房的廊檐下,是几盆茶花与木樨相间。

小时候,我对无论什么花,都不懂得欣赏。尽管父亲指指点点地告诉我,这是凌霄花,这是叮咚花,这是木碧花……我除了记些名称外,最喜欢的还是桂花。桂花树不像梅花那么有姿态,笨笨拙拙的,不开花时,只是满树茂密的叶子,开花季节也得仔细地从绿叶丛里找细花,它不与繁花斗艳。可是桂花的香气味,真是迷人。迷人的原因,是它不但可以闻,还可以吃。"吃花"在诗人看来是多么俗气,但我宁可俗,就是爱桂花。

桂花,真叫我魂牵梦萦。

故乡是近海县份,八月正是台风季节。母亲称之为"风水忌",桂花一开放,母亲就开始担心了:"可别做风水啊!"(就是台风来的意思。）她担心的第一是将收成的稻谷，第二就是将收成的桂花。桂花也像桃梅李果，也有收成呢。母亲每天都要在前后院子走一遭，嘴里念着："只要不做风水，我可以收几大箩。送一斗给胡宅老爷爷，一斗给毛宅二姆婆，他们两家糕饼做得多。"原来桂花是糕饼的香料。桂花开得最茂盛时，不说香闻十里，至少前后左右十几家邻居，没有不浸在桂花香里的。桂花成熟时，就应当"摇"，摇下来的桂花，朵朵完整、新鲜，如任它开过谢落在泥土里，尤其是被风雨吹落，那就湿漉漉的，香味差太多了。"摇桂花"对于我是件大事，所以老是盯着母亲问："妈，怎么还不摇桂花嘛？"母亲说："还早呢，没开足，摇不下来的。"可是母亲一看天空阴云密布，云脚长毛，就知道要"做风水"了，赶紧吩咐长工提前"摇桂花"，这下，我可乐了。帮着在桂花树下铺篾簟，帮着抱桂花树使劲地摇，桂花纷纷落下来，落得我们满头满身，我就喊："啊！真像下雨，好香的雨啊！"母亲洗净双手，撮一撮桂花放在水晶盘中，送到佛堂供佛。父亲点上檀香，炉烟袅袅，两种香混合在一起，佛堂就像神仙世界。于是父亲诗兴发了，即时口占一绝："细细香风淡淡烟，竟收桂子庆丰年。儿童解得摇花乐，花雨缤纷入梦甜。"诗虽不见得高明，但在我心目中，父亲确实是才高八斗，出口成诗呢。

桂花摇落以后，全家动员，拣去小枝小叶，铺开在簟子里，晒上好几天太阳，晒干了，收在铁罐子里，和在茶叶中泡茶，做桂花卤，过年时做糕饼。全年，整个村庄，都沉浸在桂花香中。

念中学时到了杭州，杭州有一处名胜满觉垄，一座小小山坞，全是桂花，花开时那才是香闻十里。我们秋季远足，一定去满觉垄赏桂花。"赏花"是借口，主要的是饱餐"桂花栗子羹"。因满觉垄除桂花以外，还有栗子。花季栗子正成熟，软软的新剥栗子，和着西湖白莲藕粉一起煮，面上撒几朵桂花，那股子雅淡清香是无论如何没有字眼形容的。即使不撒桂花也一样清香，因为栗子长在桂花丛中，本身就带有桂花香。

我们边走边摇，桂花飘落如雨，地上不见泥土，铺满桂花，踩在花上软绵绵的，心中有点不忍。这大概就是母亲说的"金沙铺地，西方极乐世界"吧。母亲一生辛劳，无怨无艾，就是因为她心中有一个金沙铺地、玻璃琉璃的西方极乐世界。

我回家时，总捧一大袋桂花回来给母亲，可是母亲常常说："杭州的桂花再香，还是比不得家乡旧宅院子里的金桂。"于是我也想起了在故乡童年时代的"摇花乐"，和那阵阵的桂花雨。

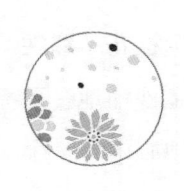

青灯有味似儿时

相信人人都爱念陆放翁的两句诗:"白发无情侵老境,青灯有味似儿时。"尤其我现在客居海外,想起大陆的两个故乡,和安居了将近四十年的第三个故乡台北,都离得我那么遥远。一灯夜读之时,格外的缅怀旧事。尤不禁引发我"青灯有味"的情意,而想起儿童时代两位难忘的人物。

白姑娘

我家乡的小镇上,有一座小小的耶稣堂,一座小小的天主堂。由乡人自由地去做礼拜或望弥撒,母亲是虔诚的佛教徒,当然两处都不去。但对于天主堂的白姑娘,却有一分好感。因为她会讲一口地道的家乡土话,每回来都和母亲有说有笑,一边帮母亲剥豆子,理青菜,一边用家乡土音教母亲说英语:"口"就是"牛","糟糕"就是"狗","拾得糖"就是"坐下",母亲说:"番人话也不难讲嘛!"

我一见她来,就说:"妈妈,番女来了。"母亲总说:"不要叫她番女,喊她白姑娘嘛。"原来白姑娘还是一声尊称呢。因她皮肤白,夏天披戴雪白一身道袍,真像仙女下凡呢。

母亲问她是哪一国人,她说是英国人。问她为什么要出家当修女,又漂洋过海到这样的小地方来,她摸着念珠说:"我在圣母面前许下心愿,要把一生奉献给她,为她传播广大无边的爱,世上没有一件事比这更重要了。"我听不大懂,母亲显得很敬佩的神情,因此逢年过节,母亲总是尽量地捐献食物或金钱,供天主堂购买衣被等救济贫寒的异乡人。母亲说:"不管是什么教,做慈善好事总是对的。"

阿荣伯就只信佛,他把基督教与天主教统统叫作"猪肚教",说中国人不信洋教。尽管白姑娘对他和和气气,他总不大理她,说她是代教会骗钱的,总是叫她番女番女的,不肯喊她一声白姑娘。

但有一回,阿荣伯病了,无缘无故地发烧不退,郎中的草药服了一点没有用,茶饭都不想很多天,人愈来愈瘦。母亲没了主意,告诉白姑娘,白姑娘先给他服了几包药粉,然后去城里请来一位天主教医院的医生,给他打针吃药,病很快就好了。顽固的阿荣伯,这才说:"番人真有一手,我这场病好了,就像脱掉一件破棉袄一般,好舒服。"以后他对白姑娘就客气多了。

白姑娘在我们镇上好几年,几乎家家对她都很熟。她并不勉强拉人去教堂,只耐心又和蔼地挨家拜访,还时常分给大家一点外国货的炼乳、糖果、饼干等等,所以孩子们个个喜欢她。她常教我们许多游戏,有几样魔术,我至今还记得。那就是用手帕折的小老鼠会蹦跳;折断的火柴一晃眼又变成完整的;左手心握紧铜钱,会跑到右手心来。如今每回做这些魔术哄小孩子时,就会想起白姑娘的美丽笑容,和母亲全神贯注对她欣赏的快乐神情。

尽管我们一家都不信天主教,但白姑娘的友善亲切,却给了我们母女不少快乐。但是有一天,她流着眼泪告诉我们,她要回国了,以后会有另一位白姑娘再来,但不会讲跟她一样好的家乡土话,我们心里好难过。

母亲送了她一条亲手绣的桌巾，我送她一个自己缝的土娃娃。她说她会永远怀念我们的。临行的前几天，母亲请她来家里吃一顿丰富的晚餐，她摸出一条珠链，挂在我颈上，说："你妈妈拜佛时用念珠念佛。我们也用念珠念经。这条念珠送你，愿天主保佑你平安。"我的眼泪流下来了。她说："不要哭，在我们心里，并没有分离。这里就是我的家乡了。有一天，我会再回来的。"

我哭得说不出话来。她悄悄地说："我好喜欢你。记住，要做一个好孩子，孝顺父母亲。"我忽然捏住她手问她："白姑娘，你的父母亲呢？"她笑了一下说："我从小是孤儿，没有父母亲。但我承受了更多的爱，仰望圣母，我要回报这份爱，我有着满心感激。"

这是她第一次对我讲这么深奥严肃的话，却使我非常感动，也牢牢记得。因此使我长大以后，对天主教的修女，总有一份好感。

连阿荣伯这个反对"猪肚教"的人，白姑娘的离开，也使他泪眼汪汪的，他对她说："白姑娘，你这一走，我们今生恐怕不会再见面了，不过我相信，你的天国，同我们菩萨的天堂是一样的。我们会再碰面的。"

固执的阿荣伯会说这样的话，白姑娘听了好高兴。她用很亲昵的声音喊了他一声："阿荣伯，天主保佑你，菩萨也保佑你。"

我们陪白姑娘到船埠头，目送她跨上船，一身道袍，飘飘然地去远了。

以后，我没有再见到这位白姑娘，但直到现在，只要跟小朋友们表演那几套魔术时，总要说一声："是白姑娘教我的。"

白姑娘教我的，不只是有趣的游戏，而是她临别时的几句话："要做个好孩子，好好孝顺父母……我要回报这份爱，我有着满心的感激。"

岩亲爷

我家乡土话称干爹为"亲爷",干儿子为"亲儿"。那意思是"跟亲生父子一样的亲,不是干的。"这番深厚的情意,至今使我念念不忘故乡那位慈眉善目,却不言不语的岩亲爷。

岩亲爷当然不姓岩,因为没有这么一个姓。但也不是正楷字"严"字的象形或谐音姓严。有趣的是岩亲爷并不是一个人,而是一位神仙。

这位神仙不姓严,却姓吕,就是八仙里的吕洞宾。

吕洞宾怎么会跑到我家乡的小镇住下来,做孩子们的亲爷?那就没哪个知道了。我问母亲,母亲说:"神仙嘛,有好多个化身,飘到哪里,就住到哪里呀。"问阿荣伯,阿荣伯说:"我们瞿溪风水好呀,给神仙看中了。"问到外公,外公说:"瞿溪不只风景好,瞿溪的男孩子聪明肯读书,吕洞宾伯伯读书人,就收肯读书的男孩子做亲儿。亲儿越收越多,就索性住下来了,因此地方上给他盖了个庙。"

这座庙是奇奇怪怪的,没有门,也没有围墙。却是依山傍水,建筑在一块临空伸出的岩石上,就着岩石,刻了一尊道袍方巾,像戏台上诸葛亮打扮的神像,那就是吕洞宾。神龛的后壁,全是山岩,神龛前面是一块平坦的岩石,算是正殿。岩石伸向半空,离地面约有三丈多高。下面有一个潭,潭水只十余尺深,却是清澈见底。因为岩上的涓涓细流,都滴入潭中,所以潭水在秋冬时也不会枯涸。村子里讲究点的大户人家,都到这里来挑一担潭水,供煮饭泡茶之用。神仙赐的水是补的,孩子喝了会长生,会聪明。

庙是居高临下的，前面就是那条主流瞿溪。溪水清而浅。干旱的日子，都露出潭底的沙石来，溪上有十几块大石头稀稀疏疏搭成的"桥"，乡下人称之为"丁步"，走过丁步，就到热闹的市中心瞿溪街，岩亲爷闹中取静，坐在正殿里，就可一目了然地观赏街上熙来攘往的行人，与在丁步上跳来跳去的小孩。这里实在是个风景很奇怪的地方，若是现在，可算得是个名胜观光区呢。

庙其实非常的小，至多不过三四十坪。里面没有和尚，也没有掌管求签问卜的庙祝，因此庙里香火并不旺盛，平时很少人来，倒成了我们小孩子玩乐的好地方。我常常对母亲说："妈，我要去岩亲爷玩儿啦。""岩亲爷"变成了一个地方的名称了。母亲总是盼咐："小姑娘不许爬得太高，只在殿里玩玩就好了。"但玩久不回来，母亲又担心我会掉到殿下面的潭里去，就叫阿荣伯来找我。我和小朋友们一见阿荣伯来了，就都往殿后两边的石阶门上爬，越爬越高，一点也不听母亲的话，竟然爬到岩亲爷头顶那块岩石上去了。阿荣伯好生气，把我们统统赶下来，说吕洞宾伯伯会生气，会把我们都变成笨丫头。

我们心里想想才生气呢！因为吕洞宾伯伯只收男生当亲儿，不收女生当亲女，这是不公平的。其实这种不公平，明明是村子里人自己搞出来的。凡是哪家生的第一个宝贝男孩子都要拜神仙做亲爷。备了香烛，去庙里礼拜许愿。用红纸条写上新生孩子的乳名，上面加个岩字，贴在正殿边的岩壁上。神仙就收了他做亲儿，保佑他长命富贵。大人们叫自己的孩子，都加个岩字，岩长生、岩文源、岩振雄……听起来，有的文雅，有的威武，好不令人羡慕。

有一回，我们几个女孩子也偷偷把自己的名字上面加个岩字，写了红纸条贴在岩石上，第二天都掉了。阿荣伯笑我们女孩子没有资格，吕洞宾伯伯不收。其实是我们用的糨糊不牢，是用饭粒代替的，一干自然就掉了。

我认为自己也是"读书人",背了不少课古文,怎么没资格拜亲爷,气不过,就在神像前诚心诚意地拜了三拜,暗暗许下心愿说:"有一天我一定要跟男孩子一般地争气,做一番事业,回到家乡,给你老人家修个大庙。你可得收全村的女孩子做亲女儿哟!"

慈眉善目的神仙伯伯,只是笑眯眯不说一句话。但我相信他一定听见我的祝告,一定会成全我的愿望的。

我把求神仙的事告诉外公,外公摸摸我的头说:"要想做什么事,成什么事业,都在你自己这个脑袋里。你也不用怨男女不平等。你心里敬爱岩亲爷,他就是你的亲爷了。"因此我也觉得自己是岩亲爷的女儿了。

离开故乡,到杭州念中学以后,就把这位"亲爷"给忘了。大一时,因避日寇再回故乡,才想起去岩亲爷庙巡礼一番。仰望岩亲爷石像,虽然灰土土的,却一样是满脸的慈祥,俯看潭水清澈依旧,而原来热闹街角那一分冷冷清清,顿然使我感到无限的孤单寂寞。

那时,慈爱的外公早已逝世,母亲忧郁多病,阿荣伯也已老迈龙钟。旧时游伴,有的已出嫁,有的见了我都显得很生疏的样子。我踽踽凉凉地一个人在庙的周围绕了一圈,想起童年时在神前的祝告,我不由得又在心里祈祷起来:"愿世界不再有战乱残杀,愿人人安居乐业,愿人间风调雨顺。"

阿荣伯坐在殿口岩上等我,我扶着他一同踩着溪滩上的丁步回家,儿时在此跳跃的情景都在眼前。阿荣伯说:"你如今读了洋学堂,哪里还会相信岩亲爷保佑我们。"我连忙说:"我相信啊,外公说过,只要心里敬爱仙师,他就永远是你的亲爷,我以后永不会忘记的。"阿荣伯叹口气说:"你不会忘记岩亲爷,不会忘记家乡就好,能常常回来就好。人会老，神仙是不会老的，他会保佑你的。"

　　我听着听着，眼中满是泪水。

　　再一次离家以后，我就时常地想起岩亲爷，想起那座小小的、冷冷清清的庙宇，尤其是在颠沛流离的岁月里。我不是祈求岩亲爷对我的佑护，而是岩亲爷庙里，曾有我欢乐童年的踪影。"岩亲爷"这个亲昵的称呼，是我小时候常常喊的，也是外公、母亲和阿荣伯经常挂在嘴上念的。

　　我到老也不会忘记那位慈眉善目，不言不语，却是纵容我爬到他头顶岩石上去的岩亲爷。

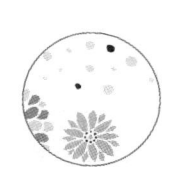

玉兰酥

玉兰酥是一种入嘴便化的酥饼，听听名称都是香的。它是早年我家独一无二的点心，是母亲别出心裁，利用白玉兰花瓣，和了面粉鸡蛋，做出来的酥饼。

白玉兰并不是白兰花。白兰花是六七月盛夏时开的。花朵长长的，花苞像个橄榄核，只稍稍裂开一点尖端，就得采下来，一朵朵排在盛浅水的盘子里。上面盖一块湿纱布，等两三小时，香气散布出来，花瓣也微微张开了，然后用丝线或细铁丝穿起来。两朵一对，或四朵一排，挂在胸前，或插在鬓发边，是妇女们夏天的妆饰。但只一天工夫，花瓣就黄了，香气也转变成一种怪味。

母亲并不怎么喜欢白兰花。除了摘几朵供佛以外，都是请花匠阿标叔摘下，满篮的，提去送左邻右舍。我家花厅院墙边，有一株几丈高的白兰花。每天有冒不完的花苞，摘不尽的花。阿标叔都要架梯子爬上去摘，我在树下捧篮子接，浓烈的花香，熏得人头都昏昏然了。

母亲不喜欢白兰花，也是因为它的香太浓烈。她比较喜欢名称跟它相似、香味却非常清淡的白玉兰。白玉兰一季只开四五朵，一朵朵逐次地开，开得很慢，谢得也很慢。花朵有汤碗那么大，花瓣一片片像汤匙似的，很厚实。开放时就像由大而小的碗叠在一起。花总是藏在大片浓密的叶丛间，把清香慢慢儿散布开来。

白玉兰的开放，都在中秋前后。那时母亲每天都到院子里抬头看看、闻闻花香。只开一朵花，当然不能采下来。直等它一瓣瓣自然谢落了，母亲连忙拾起，生怕花瓣着土就烂了。因为白玉兰花瓣是可以做饼吃的。母亲把它先放在干净的篮子里，也不能用水洗，一洗香味就走了。等水分略干后，就用手指轻轻剥碎（也不能用刀切，怕有铁腥味）。剥碎后和入面粉鸡蛋中拌匀，只加少许白糖，用大匙兜了放在浅油锅里，文火半煎半烤，等两面微黄，就可以吃了，既香又软又不腻口。熟透了的玉兰花瓣，有点粉粉的，像嫩栗，而更清香。

每年的中秋节，城里朋友送来我家的月饼，种类繁多。除了面上撒芝麻的月光饼以外，还有苏式月饼、广式月饼。哪一种母亲都不爱吃。她的兴趣是切月饼，厚厚的广式月饼切开来，里面是各种不同的馅儿。母亲只看一眼，闻一下就饱了。她总是说："这种月饼，满肚子的馅儿，到底是吃皮还是吃心子呢。连供佛也不合适，因为都是荤油和的。"所以她都是拿来送左邻右舍。

"潘宅"的广式月饼，是邻居们最歆羡的。未到中秋，早已在盼待了。我呢，守在母亲边上，看她把一个个月饼切开，每个切四份，不同的馅儿配搭起来，每家一份。她把月饼用盘子放在一个四层的精致竹编盒子里，叫我提了挨家去分，让每家都尝尝不同的馅儿。但她总不忘加入一份她自己做的玉兰酥。"也要让大家尝尝我的土月饼嘛！"她得意地说。

分月饼当然是我最最讨好的差事。每家吃了月饼，都对母亲说："广式月饼、苏式月饼，就是稀奇点，哪里比得你做的玉兰酥，吃得我们的舌头都掉下来了。"听得母亲好高兴，她那一脸快慰的微笑，真好比中秋节的月光一样的明亮美丽呢。

母亲只是喜欢做，自己吃得很少。老师说她是辛勤的蜜蜂，我就念起他口传我的那两句诗："采得百花成蜜后，为谁辛苦为谁甜？"念了一遍又一遍，像唱山歌似的。老师问我懂这意思吗？我说："当然懂呀。蜜蜂忙了一大阵，蜜却被人拿去了。"母亲听了笑笑说："你懂就好了。蜜蜂是很辛苦的。但是我宁愿你做一只勤快的蜜蜂，可千万别做讨人厌的苍蝇啊。"我咯咯地笑了。

我嘴上虽说懂，其实哪里懂呢？我若真的懂了，就不会像一只苍蝇似的，老是嗡嗡地纠缠着母亲，而不帮一点点的忙了。

如今每回想起清香的玉兰酥与母亲所做的各种美味，心头就感到阵阵辛酸。母亲，一只辛苦的蜜蜂，终年忙碌无怨无艾，她默默地奉献一生，也默默地归去了。

几十年来，我从未见过家乡那种清香的白玉兰树，也无从学做香软的玉兰酥。中秋节一年年地度过，异乡岁月，草草劳人，心头所有的，只有无限的思亲之情。

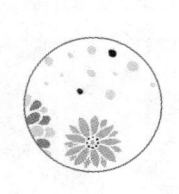

粽子里的乡愁

异乡客地,愈是没有年节的气氛,愈是怀念旧时代的年节情景。

端阳是个大节,也是母亲大忙特忙、大显身手的好时光。想起她灵活的双手,裹着四角玲珑的粽子,就好像马上闻到那股子粽香了。

母亲包的粽子,种类很多。莲子红枣粽只包少许几个,是专为供佛的素粽。荤的豆沙粽、猪肉粽、火腿粽可以供祖先,供过以后称之为"子孙粽"。吃了将会保佑后代儿孙绵延。包得最多的是红豆粽、白米粽和灰汤粽。一家人享受以外,还要布施乞丐。母亲总是为乞丐大量准备一些,美其名曰"富贵粽"。

我最最喜欢吃的是灰汤粽。是用早稻草烧成灰,铺在白布上,拿开水一冲,滴下的热汤呈深褐色,内含大量的碱。把包好的白米粽浸泡灰汤中一段时间(大约一夜晚吧),提出来煮熟,就是浅咖啡色带碱味的灰汤粽。那股子特别的清香,是其他粽子所不及的。我一口气可以吃两个,因为灰汤粽不但不碍胃,反而有帮助消化之功。过节时若吃得过饱,母亲就用灰汤粽焙成灰,叫我用开水送服,胃就舒服了。完全是自然食物的自然治疗法。母亲常说我是从灰汤粽里长大的。几十年来,一想起灰汤粽的香味,就神往童年与故乡的快乐时光。但在今天到哪里去找早稻草烧出灰来冲灰汤呢?

端午节那天,乞丐一早就来讨粽子。真个是门庭若市。我帮着长工阿荣提着富贵粽,一个个分,忙得不亦乐乎。乞丐常高声地喊:"太太,高升点(意谓多给点)。明里去了暗里来,积福积德,保佑你大富大贵啊!"母亲总是从厨房里出来,连声说:"大家有福,大家有福。"

乞丐去后,我问母亲:"他们讨饭吃,有什么福呢?"母亲正色道:"不要这样讲。谁能保证一生一世享福?谁又能保证下一世有福还是没福。福是要靠自己修的。时时刻刻要存好心,要惜福最要紧。他们做乞丐的,并不是一个个都是好吃懒做的,有的是一时做错了事,败了家业。有的是上一代没积福,害了他们。你看那些孩子,跟着爹娘日晒夜露地讨饭,他们做错了什么,有什么罪过呢?"

母亲的话,在我心头重重地敲了一下。因而每回看到乞丐们背上背的婴儿,小脑袋晃来晃去,在太阳里晒着,雨里淋着,心里就有说不出的难过。当我把粽子递给小乞丐时,他们伸出黑漆漆的双手接过去,嘴里说着:"谢谢你啊!"眼睛睁得大大的,看我一身的新衣服。他们有许多都和我差不多年纪,差不多高矮。我就会想,他们为什么当乞丐,我为什么住这样的大房子,有好东西吃,有书读?想想妈妈说的,谁能保证一生一世享福?心里就害怕起来。

有一回,一个小女孩悄声对我说:"再给我一个粽子吧。我阿婆有病走不动,我带回去给她吃。"我连忙给她一个大大的灰汤粽。她又说:"灰汤粽是咬食的(帮助消化),我们没有什么肉吃呀。"我听了很难过,就去厨房里拿一个肉粽给她,她没有等我,已经走得很远了。我追上去把粽子给她。我说:"你有阿婆,我没有阿婆了。"她看了我半晌说:"我也没有阿婆,是我后娘叫我这么说的。"我吃惊地问:"你后娘?"她说:"是啊!她常常打我,用手指甲掐我,你看我手上脚上都有紫印。"听了她的话,我眼泪马上流出来了,我再也不嫌她脏,拉着她的手说:"你不要讨饭了,我求妈妈收留你,你帮我们做事,我们一同玩,我教你认字。"她静静地看着我,摇摇头说:"我没这个福分。"

她甩开我的手,很快地跑了。

我回来呆呆地想了好久,告诉母亲,母亲也呆呆地想了好久。叹口气说:"我也不知道要怎样做才周全,世上苦命的人太多了。"

日月飞逝,那个讨粽子的小女孩,她一脸悲苦的神情,她一双吃惊的眼睛,和她坚决地快跑而逝的背影,时常浮现我心头,她小小年纪,是真的认命,还是更喜欢过乞讨的流浪生活?如果她仍在人间的话,也已是年逾七旬的老妪了。人世茫茫,她究竟活得怎样,在哪里活呢?

每年端午节来临时,我很少吃粽子,更无从吃到清香的灰汤粽。母亲细嫩的手艺和琐琐屑屑的事,都只能在不尽的怀念中追寻了。

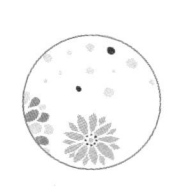

中个女状元

记得小时候,母亲总在厨房里忙得团团转,叫我走开别缠她,还生气地说:"我真要去跳潭了。"吓得我连忙躲到姑婆怀里,慈爱的姑婆搂着我,捏起我的小胖手,低声唱:"十指儿尖尖会绣花,双脚儿尖尖会当家。"母亲却马上说:"我要她一双大脚跑天下,十指尖尖写文章,写的文章长又长,将来中个状元郎。"姑婆说:"听见没有?把书念好,字写端正,长大了要考个状元郎哟!"我看母亲一会儿生气,一会儿笑,就噘起嘴说:"妈妈还说要去跳潭呢,一直也不跳。"姑婆轻轻拍了下我一巴掌说:"你这个笨丫头,你妈妈跳了潭,你还活得了呀?"母亲听见了,走过来摸摸我的头说:"你还没长大,我怎么能跳潭,我还等着你中女状元呢。"

我知道女状元就像戏台上穿大红袍、帽子上插了两枝花的大官,好神气哟。就在心里想,一定要多认识几个方块字,把作文作好,考个女状元,让妈妈和姑婆高兴。

考个女状元是我童年的梦,一直伴随着母亲的笑影泪光,牵引着我长大。可是中学六年,由于数理成绩较差,很少能争取到全班第一名,心中十分懊恼。幸得在上海念大学时,有一次四所教会大学联合举行作文比赛,题目是《中学六年级作文集序》。由于我背的古文较多，这个题目写来得心应手，竟得了第一名。马上写信告诉母亲。叔叔来信说，母亲笑得几天都合不拢嘴，告诉左邻右舍，说我真的中了女状元了。

大学一毕业，我连忙寄一张戴方帽子、披学士袍的照片给母亲。叔叔又来信告诉我，母亲把照片放在枕头边，每天早晚都捧在手里，眯起近视眼看了又看。对姑婆说："有这样争气的女儿，我不用去跳潭了。"

亲爱的母亲啊！您哪里知道，时代不同了，大学毕业生满坑满谷，戴顶方帽子，哪里能跟古时候穿大红袍的状元郎相比呢？

但无论如何，那毕竟是母亲唯一的安慰，也是我最大的鼓励。

从大陆到台湾后，为了生活，用非所学地进了司法界当一名区区的记录书记官。不久由司法行政部门调司法人员训练所受训，以成绩优良，结业时名列第一。外子捧着我那张编了第一号的结业证书，笑对我说："这一次你总算如愿以偿。"我茫然地望着他，他解释说："因为'书记官'的名称，听起来好歹也像是个'官'吧。何况你又是第一名，证书是部级机关所颁，不等于中了女状元吗？"如此说来，我也算过了"官瘾"了。

记得当时司法界前辈林纪东教授曾当面嘉勉我，劝我参加司法官考试，我却以无信心也无兴趣，辜负了他的好意。何况即使真的当上了司法官，威风如披大红袍的女状元，以我优柔寡断、狠不起心肠的性格，恐怕当不了三天官，就要"解甲归田"了。

所幸的是"中个女状元"的童年美梦，使我永远像伴随在慈母身旁，兢兢业业地读书、写作。中不了"女状元"，反倒"无官一身轻"呢！

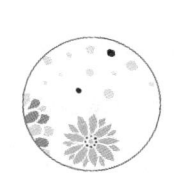

故乡的婚礼

我故乡风俗淳厚,生活俭朴。只有在结婚典礼上,仪式的隆重,排场的讲究,真是和过新年一般无二。无论穷家富户,平时省吃俭用,遇到嫁女儿,娶儿媳妇,那就有多少,花多少,一点也不心疼。

嫁女儿当晚的酒席,称作"请辞嫁"。是做女儿的最后一顿在娘家吃饭。所以酒菜非常丰富,而且有一道菜必定是母亲亲手做的。(事实上,乡下人家的饭菜,都是母亲做的,只是办喜事的日子,忙不过来,才请短工帮忙。)做母亲的为女儿做这道菜,一边抹眼泪,一边嘴里念念有词,说的都是"早生贵子""五世其昌"等的吉利话。最后把一对用红绿丝线扎的生花生和几粒红枣、桂圆放在盘边,祝福女儿早生贵子。做着做着,一滴滴泪珠儿都落在那碟菜里,真是咸咸甜甜。做女儿的,还没吃到嘴里,泪珠儿也滴落下来了。在那个时代,我故乡的女孩子,十六、十七岁就是出嫁的年龄,离开母亲,到一个陌生人家对一个陌生妇人喊妈妈,当然是非常伤心,也非常害怕的,所以母女二人的眼泪就流个没完。有支歌儿是这样唱的:"妈妈呀,今夜和你共被单,明天和你隔重山。左条岭,右条岭,条条山岭透天顶哟。妈妈呀,娘边的女儿骨边的肉,您怎么舍得这块肉啊!"新娘子打扮停当,被伴娘扶到喜筵的首席上。这一晚,她是贵宾,父母都得坐在两旁次席相陪。伴娘坐在新娘旁边，每上一道菜，伴娘都得高唱："请吹打先生奏乐。新娘举筷啦！"举酒杯时也一样要喊。其实新娘心里悲悲切切，根本吃不下。快乐的是满桌的少女陪客，真是得吃得喝。尤其快乐的是伴娘，她从缎袄里取出个大口袋，把所有不带汤汤卤卤的菜全装进去，带回家可以吃好几天了。我家乡酒席最讲究的是八盘八，其次是八盘五。四周八样冷盘，四角是山楂糕、炀熟的虾或蛤子、剥开的橘子、油炸甜点心，另四样是白切肉、猪肝、鳗鱼鲞、笋片，中间八道或五道熟菜，最后一道一定是莲子红枣汤。家家如此，千篇一律，却是百吃不厌。客人们埋头吃菜，新娘子低头淌眼泪。伴娘说这叫作"多子多孙的风流泪"，是一定得流的。

辞嫁时，新娘穿的不是凤冠霞帔，而是像戏台上演貂蝉、红娘那种打扮，因为那是少女装。一嫁到夫家，脱下凤冠霞帔以后，就得穿短袄长裙的少妇装了。

新娘上花轿由弟弟妹妹或子侄扶进轿门。花轿一出大门，立刻把大门关上，要把风水关住，不要让新娘带走。妈妈再疼女儿，风水门仍旧不能不关。这真是："嫁出去的女儿，泼出去的水。"

娶儿媳妇的喜宴叫作"坐筵"。一坐起码两小时，这是为了要训练新娘子的忍耐心。花轿进了门，先在大厅里停上足足一小时，堂上高烧起红烛，然后新郎才开始理发、洗澡、换新衣。让新娘闷在花轿中苦等，也是为了要训练她的忍耐心。这段时间，孩子们都纷纷从花轿缝中伸手进去向新娘讨喜果，新娘的喜果必须准备得很丰富。给的时候，红枣、桂圆，每样起码得有一粒，否则人家就会讥讽新娘"小气鬼"。

坐筵的酒席也非常丰富，被请作"坐筵"客的一半是长辈，一半是年轻姑娘，姑娘必须长得十分标致。年龄十五六岁左右，已经定了亲,在半年内就要做新娘的最合适。我当时才十一二岁,长得明明是个塌鼻子斗鸡眼的丑小鸭,但因为是妈妈的独生女,她每次总是带我同去作"坐筵"席上的小贵宾。

我看其他姑娘们穿的最时髦的五彩闪花缎(在当年,闪花缎是一种最名贵的缎)。乌亮的辫子,扎上两寸长嵌金银丝的桃红或绿水丝线。有的两耳边盘两个髻,戴上珠翠,衣扣缀的是小电珠泡,电池放在口袋里,用手控制,一闪一闪的,看得我好羡慕。因为我的妈妈非常俭省,给我穿的是一件不发光的紫红铁叽缎单旗袍,不镶不滚,那是她的嫁衣改的。改得又长又大,套在旧棉袍外面,像苍蝇套在豆壳儿里,硬邦邦稀里晃浪的,看去就是个十足的傻丫头。妈妈还说:"铁叽缎坚实。软软的闪花缎哪比得上呢?"另外,妈妈又给我戴上一顶紫红色法兰西绒帽,是爸爸托人从北平带回来的。妈妈得意地说:"刚好配上,再漂亮也没有了。"可是我没有闪光的丝带扎辫子,胸前没有珠花。我说法兰西帽子应当歪戴,妈妈说歪戴帽子不像个大家闺秀,要我把帽子端端正正顶在头上,我心里好委屈。可是无论如何,能够有资格"坐筵",总是体面的。

在坐筵席上,新娘是不能动筷子的,说实在话,新娘刚刚到一个陌生家庭,眼泪得忍着,不能像在娘家时可以撒开地流,哪里还吃得下东西呢。陪新娘的姑娘们也不能多吃,尤其是两三个月内就要做新娘的,更得做出斯斯文文的样子,以免婆家亲友看了笑话。

拜堂当然也是一项重要节目,新郎新娘拜完天地、祖先、公婆以后,就要拜见长亲、宾客。一位位被司仪请了上去,新人双双跪拜,平辈的就是鞠躬。这个拜见礼,也足足要折腾上两小时,大厅外天井里热着柴火,愈旺愈好。鞭炮声此起彼落。礼堂上是雪亮如白昼的煤气灯。乐队不断地吹打各种喜乐。每个人脸上都笑得跟盛开的牡丹花似的，到处喜气洋洋。

父亲从北平回来以后，给我带回一件白缎绣紫红梅花的长旗袍。我穿了去参加喜宴，每个人的眼光都向我投来，我心里好得意。直到如今，我仍不胜怀念那件软缎的梅花旗袍，但我更怀念母亲用嫁衣改的紫红铁叽缎罩袍和那顶法兰西帽子。因为，那套行头，正象征我又憨又傻的童年，尤足以纪念节俭简朴的母亲。

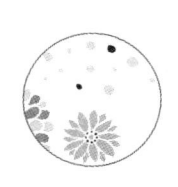

春　酒

农村时代的新年是非常长的,过了元宵灯节,年景尚未完全落幕,还有个家家邀饮春酒的节目,再度引起高潮。在我的感觉里,其气氛之热闹,有时还超过初一至初五的五天新年呢。原因是:新年时,注重在迎神拜佛,小孩子们玩儿不许在大厅上、厨房里,撞来撞去,生怕碰碎碗盏。尤其我是女孩子,蒸糕时,脚都不许搁在灶孔边,吃东西不许随便抓,因为许多都是要先供佛与祖先的。说话尤其要小心,要多讨吉利,因此觉得很受拘束。过了元宵,大人们觉得我们都乖乖的,没闯什么祸,佛堂与神位前的供品换下来的堆得满满一大缸,都分给我们撒开地吃了。尤其是家家户户,轮流地邀喝春酒,我是母亲的代表,总是一马当先,不请自到,肚子吃得鼓鼓的,手里还捧一大包回家。

可是说实在的,我家吃的东西多,连北平寄回来的金丝蜜枣、巧克力糖都吃过,对于花生、桂圆、松糖等等,已经不稀罕了。那么我最喜欢的是什么呢?乃是母亲在冬至那天就泡的八宝酒,到了喝春酒时,就开出来请大家尝尝,"补气、健脾、明目的哟!"母亲总是得意地说。她又转向我说:"但是你呀,就只能舔一指甲缝,小孩子喝多了会流鼻血,太补了。"其实我没等她说完,早已偷偷把手指头伸在杯子里好几回，已经不知舔了多少个指甲缝的八宝酒了。

八宝酒，顾名思义是八样东西泡的酒，那就是黑枣（不知是南枣还是北枣）、荔枝、桂圆、杏仁、陈皮、枸杞子、薏仁米，再加两粒橄榄。要泡一个月，打开来，酒香加药香，恨不得一口气喝它三大杯。母亲给我在小酒杯底里只倒一点点，我端着，闻着，走来走去，有一次一不小心，跨门坎时跌了一跤，杯子捏在手里，酒却全洒在衣襟上了。抱着小花猫时，它直舔，舔完了就呼呼地睡觉，原来我的小花猫也是个酒仙呢！

我喝完春酒回来，母亲总要闻闻我的嘴巴，问我喝了几杯酒，我总是说："只喝一杯，因为里面没有八宝，不甜甜呀。"母亲听了很高兴，自己请邻居来吃春酒，一定每人给他们斟一杯八宝酒。我呢，就在每个人怀里靠一下，用筷子点一下酒，舔一舔，才过瘾。

春酒以外，我家还有一项特别节目，就是喝会酒。凡是村子里有人需钱急用，要起个会，凑齐十二个人。正月里，会首总要请那十一位喝春酒表示酬谢，地点一定借我家的大花厅。酒席是从城里叫来的，和乡下所谓的八盘五、八盘八不同（就是八个冷盘，当中五道或八道大碗的热菜），城里酒席称之为"十二碟"（大概是四冷盘、四热炒、四大碗煨炖大菜），是最最讲究的酒席了。所以乡下人如果对人表示感谢的口头话，就是说"我请你吃十二碟"。因此，我每年正月里喝完左邻右舍的春酒，就眼巴巴地盼着大花厅里那桌十二碟的大酒席了。

母亲是从不上会的，但总是很乐意把花厅供给大家请客，可以添点新春喜气。花匠阿标叔也巴结地把煤气灯玻璃罩擦得亮晶晶的，呼呼呼地点燃了，挂在花厅正中，让大家吃酒时发拳吆喝，格外兴高采烈。我呢，一定有份坐在会首旁边，得吃得喝。这时，母亲就会捧一瓶她自己泡的八宝酒给大家尝尝助兴。

席散时，会首给每个人分一条印花手帕，母亲和我也各有一条，我就等于有了两条，开心得要命。大家喝了甜美的八宝酒，都问母亲里面泡的是什么宝贝，母亲得意地说了一遍又一遍，高兴得两颊红红的，跟喝过酒似的。其实母亲是滴酒不沾唇的。

不仅是酒，母亲终年勤勤快快地，做这做那，做出新鲜别致的东西，总是分给别人吃，自己都很少吃的。人家问她每种材料要放多少，她总是笑眯眯地说："差不多就是了，我也没有一定分量的。"但她还是一样一样仔细地告诉别人。可见她做什么事，都有个尺度在心中的。她常常说："鞋差分，衣差寸，分分寸寸要留神。"

今年，我也如法炮制，泡了八宝酒，用以供祖后，倒一杯给儿子，告诉他是"分岁酒"，喝下去又长大一岁了。他挑剔地说："你用的是美国货的葡萄酒，不是你小时候家乡自己酿的酒呀。"

一句话提醒了我，究竟不是道地家乡味啊。可是叫我到哪儿去找真正的家醅呢？

万水千山师友情

琦君散文精选

我想所谓的"仙骨",也非天生,完全是由于对人间世相以爱体认而培养出来的。我不求成仙,只要做个快快乐乐的凡人,与人分享快乐,分担忧患,则天堂自在心中,此心比神仙还快乐了。

师与友

暑假中，不必匆匆忙忙赶上课，按说正可以休息一下，看看书，找好友聊聊，却不知为什么，总像丢失了一样心爱东西似的，晃晃悠悠的，怪不好受。前几天同时收到几个学生的来信，她们都约我去南部游玩，说乡下的空气好清新，会洗去一个人的忧郁。其中一位家里有果园，她请我去尝尝从树上现摘下的龙眼和莲雾。另一位寄了一篇作品请我修改，她说好喜欢听我讲些和课文有关的生活小故事，讲我自己自童年至大学时代各位老师对我的教导。她的文章写得流畅而真挚，我马上给她改了寄还。她们的信，字里行间那一份拳拳的情谊，使我原来空落落的心涨满了喜悦。我花了整整一天写信和改文章，却感到这是放假以来最充实的一天。这是她们给我的一份鼓励而不是我给她们的。我也恍然于这些日子的若有所失，是由于好久没有和那一群纯真的年轻同学一同笑语之故。

我又打开抽屉，取出两个纸袋，一个是我大学一位恩师给我的信件；我把每一封仔仔细细地重读一遍，在这烦嚣的尘世，他的每一句诲勉之词，就有如名山古刹中的木鱼钟磬之音，使你沉静，使你领悟生命的价值，把握努力的方向。多少次，我都感动得热泪盈眶。我又打开另一个封套，那是历年来同学们给我的信件、圣诞卡；即使是寥寥数语，却是充满真挚的感谢，尤其是几封孩子们亲手设计剪贴的圣诞卡，那上面印着他们天真的笑靥。其中还有一篇文章，写的"师恩难忘"，是一个学生在毕业校刊上发表的。我虽惭愧自己没有像他所写的那么好，却也有无限欣慰。我常自问真的能给予同学们那么多启迪吗？如果我能做到千万分之一的话，那也是由于我的恩师之所赐。

无可讳言的，教中文是一份辛苦的工作，风雨无阻地赶时间，课前的准备，课后的批改作业，你得搁起个人一大部分的重要事务，把学生的课业摆在第一。除了不得不对付的一日三餐之外，很少有时间再为自己做些什么。连星期假日往往都埋首改作业之中而放弃了郊游与娱乐。而学生勤惰不同，智愚各异。有时遇到杂乱无章不知如何修改的作文时，未始不废笔而叹。可是想想自己当年，由识字而作文而能顺理成章，而至于今日的忝为人师，岂不是由于各位老师的苦心教导？饮水思源，我焉能受而不予。每一想到站在讲台上，面对同学时，把我所知道的，所感受的，倾囊倒箧地传授给他们，我内心就有一份扎扎实实的快乐。那不是"为人师"的尊严感、荣誉感，而是那许多张脸上一抹领悟的微笑，和一对对信赖的眼神，使我深深感到，获得的比给予的更多。我不讳言也遇到一些淘气懒怠的学生，使我苦恼，但我马上会想起恩师的话："当一位老师，不必要求自己能影响每一个学生；但你只要有一句话，或一件行事，能影响某一个人，使他或她在一生中时时默念遵循，你就心安了。"我时时以此言自励，也时时像依旧沐浴在老师的春风化雨之中。

记得我第一次跨上讲台时，还是个大三的学生，真可说是个"学生老师"；有点胆怯，但也有无限兴奋。同学们笑我现买现卖，我却已在其中发现无穷乐趣而决定了毕业后的工作方向。这一份兴奋与乐趣，历数十年至今而不衰。来台以后，我没有间断过教书。岁月如流，我的目力由"明察秋毫"而至于架上二百多度的老花眼镜。在这知识爆发的时代，我但愿以勤读与同学共勉。就凭这一点愚诚，我每年收到无数学生情辞恳切的来信。台湾的、海外的，正在求学中的，已毕业多年的，他（她）们的毕业照、结婚照，在杂志上刊登出来的文章，出版的论文集、散文集，我收到时就像老祖母怀抱孙儿似的，内心欢慰无法形容。有时走在路上，迎面而来一声"老师"，然后两手紧紧相握，就有说不完的话。挤上公车，忽然有年轻小伙子起立喊："老师，您请坐。"跨进冷饮店吃冰淇淋，也常巧遇学生抢先为我付钱。应邀访美时，在爱荷华、纽约、芝加哥、洛杉矶，一出机场，就有阔别多年的学生前来迎接。她们有的接我住家中盘桓一两日，有的驱车陪我畅游名胜。洛杉矶有位学生，连二十年前我为她毕业纪念册上题的诗句尚能背诵，真不能不令人感动，谁说今日的年轻人，人情薄淡呢？

在台湾，我当年的学生有成名医的，执教高中的，当出色记者的。他（她）们的成功当然由于他们自己的努力和其他各位名师的指导，但我和他们既有一日师生之谊，就感到与有荣焉。我自己的中学国文老师，也在台湾，退休后开爿花店，享受悠闲的清福。我的学生中，已有许多绿叶成荫的。我们师生在此可说已四代同堂。当他们的孩子喊我师公，喊我老师"师太"时，我们真要乐得驼起背来。而事实上，我们并不老，我的老师依旧是耳聪目明，健步如飞。在我心里，数十年教书生涯，有如一刹那。我依旧乐此不倦。

人，总不免有情绪低潮的时候，那我就捧出恩师的信来，一封封慢慢咀嚼体味。记得有一次，我卧病山中，精神困顿，老师的来信写道："古句有云：维摩一室原多病，赖有天花作道场。化病室为道场，非聪明澈悟人不能，幸汝细参之。但望此笺到时，汝已康复如平时，当有病起新诗示我矣。"我虽无慧根，不能参透禅理，但默诵再三，此心亦似有所悟。对于世间拂逆之来临，也渐有应接的勇气。老师几乎每封信都勉励我不可间断读书写作。他说："流光不居，幸勿为人间烦恼蚀其心血。当时时体验人情，观察物态，修养性格，他年若能有不朽之作，真吾党之光。"他又引歌德名言"无境不可处，但求不失却自我"以相勉。恩师对我的期许，如此殷切，而三十年来，亦即兢兢以此自勉。

一句西哲的名言说："我只是一个人，但我究竟是一个人，我不能做所有的事，但我总能做一些事。因为不能做所有的事，所以我要做一些我能做的事。"我只是千万人中微小的一分子，但我仍要做一样我能胜任的事，那就是教书。于此中，我更时时感念师恩，以期贡献个人微末于我所热爱的人间。

字典的故事

抗战期间，我在一处非常偏僻的山区避日寇。那儿有个乡村中学，我时常散步去学校的小小图书室借书看，因而与老师们都谈得很投缘。

有一位教初三英文的老师郑先生，性格爽朗，言语风趣。他是浙东人，一口的蓝青官话，官话里却喜欢夹英文单词。居然是字正腔圆的英国音，还笑我的美国发音不够"文化"。

在民国三十二、三十三年时，说话里夹英文单词的时髦作风还是很少的。我起先听起来很不习惯，与他熟了以后，就问他是什么大学毕业的。他得意地说："英国牛津大学。"接着又哈哈大笑："我的意思是，我苦学英文，完全靠一部早年父亲从英国带回的牛津字典，自修出来的。在山区教中学，只要程度够，好好地教，暂时不计较学历的，所以我就自封为牛津大学文学士。"

他带我到他的工作室里，看他案头那部翻烂了再用牛皮纸层层修补的牛津字典。他风趣地对我说："我的财产只有三样：就是这部字典、一个保暖四小时的旧热水瓶和一只每天报时毫厘不差的大公鸡。"正说着，他的大公鸡就昂首阔步而至，在他脚背上啄了一下表示亲热。他拍拍它的背说："出去玩吧，别在屋里拉屎，有客人哟！"大公鸡听懂了，走到我面前，歪着头用乌鸡眼盯着我看半天，煞是可爱。

郑先生一本正经地对我讲他如何苦学英文、无师自通的经过：逃难中，身边一无所有，饥寒冻馁在所不计，可是这部字典，必定像宝贝似的捧在手里，放在枕边，形影不离。逃空袭警报时，袋子里装的是字典。躲在山洞口，耳朵里听敌机隆隆之声，手中翻着字典，嘴里喃喃地背生字，背解释，背例句。一部字典，从头到尾，一字不漏地挨着次序背。背着背着，就豁然贯通起来。渐渐地就能说、能造句、能作文。读英文原著更不必说。他叫我随便翻开一页，点一个艰深的字问他，他竟如流水般地解释给我听，听得我都呆了。他那一股专注、坚定、锲而不舍的精神，真正令人钦佩万万分。

那时后方出版物贫乏，工具书难求，而这位郑先生却只赖一部字典，把英文读通了。可见做学问是聪明智慧一半，毅力一半。若只是好高骛远，贪多嚼不烂，而不能集中精力读完一部书，看去虽有丰富常识，究竟是浮面的。

记得当年恩师曾勉励我们说："案头书要少，心头书要多，这是古人的诲谕。"意思是说，书一本本地用心读了，消化了，吸收了，都储藏在心头，案头书自然就不必堆得太多了。

今天已进步到电脑资讯时代，一切供研究的资料，都可输入电脑，由它代劳，案头书自然也不必多了。但我担心的是，依赖了电脑，人脑是否会愈来愈懒惰？渐渐地电脑可以帮你吟诗作赋，电脑可以陪你下棋散步。到那时，莫说案头不必有书，连心头也不必有书了。

我不禁想念起那位背牛津字典的郑先生，他如仍健在的话，是否要大叹自己当年背字典的枉费工夫呢？

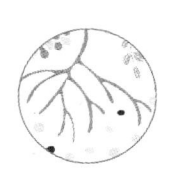

万水千山师友情

我手中捏着一把长不及五寸的短剑,但只要向前轻轻一挥,就唰唰唰地伸长为三尺,亮晃晃的,真像是一把龙泉青霜剑呢。设计得如此精巧,是为了出门携带方便,它不是防身武器,而是一支供把玩也供锻炼身体的"宝剑"。

在我心目中,它确实是一把"宝剑",因为它是我阔别了整整半个世纪的老友王思曾所赠。

对着闪亮的宝剑,我的思绪穿越了五十年的时光隧道,回到了故乡永嘉县。那时我在永嘉县立中学任高一国文老师,王思曾则是高二学生。两间教室紧靠着。下课后,王思曾常与高二好几位同学来与我谈文论艺。

高二的国文是夏瞿禅老师教的。那时是抗战初期,瞿禅师因杭州之江大学解散,回到故乡,也被县中校长聘来教国文。江南第一大词人教中学国文,自是大材小用,但却是县中的无上光荣。我本来就是瞿禅师的学生,由于师母的关爱,特嘱我从简陋的学校宿舍搬出,住到瞿禅师寓所的楼下厢房。因此每天上课,我们师生常是一同步行到学校。遇有大叠作文簿时,王思曾必然是弟子服其劳,代为捧来捧去。亦步亦趋的祖孙三代师生情,一时传为美谈。

谢邻弦歌

瞿禅师的寓所坐落在典雅幽静的谢池巷,那是由于曾任永嘉太守的谢灵运梦中得句"池塘生春草"而命名。所以瞿禅师在住宅大门横额上题了"谢邻"二字,格外引人向往。

最难得的是楼下正屋还住着瞿禅师好友吴天伍先生和他的妹妹吴闻女士。天伍先生是乐清闻名的大诗人,妹妹吴闻也是博古通今的才女。天伍先生才高洒脱,兴来时常于走廊里散步,高声朗吟自己的得意之作,我也随着学唱他的乐清调。王思曾也是乐清人,我们几个人一同唱起来,自是格外悦耳。夏师母听得高兴起来,就亲自下厨为我们炒两大盘香喷喷的肉丝米粉。瞿禅师边吃边赞美,学着新文艺腔,低声对师母说:"好妻子,谢谢你。"然后打开话匣子,就有说不完的掌故,唱不完的诗篇。

谢池弦歌之声,遐迩俱闻

不久浙江大学在龙泉复校,瞿禅师应聘去了龙泉,他的高二国文就由我接教。班上的王思曾和好几位爱好文学的同学,都同我非常接近。他们觉得在课堂里读有限的几首古典诗,不够尽兴,乃于星期假日背了黑板到"谢邻"来,大家在光洁的地板上盘膝而坐,由我选出自己最喜爱最有心得的诗词,为他们讲解赏析,也学着瞿禅师的音调带大家朗吟。同学们都认为我唱得铿锵有致,颇得瞿禅师真传。我也因师生情谊之深厚而乐以忘忧。

那时演话剧之风很盛,我是国文老师兼课外活动指导,对话剧很有兴趣，就为同学们编写了一个独幕剧，由王思曾和几位男女同学分任角色，在校庆日演出。一举引发同学的兴趣，乃请得校长同意，决定演出曹禺的《雷雨》，特请当时知名导演董心铭先生执导，与省立温州中学来个比赛。温中演的是《日出》，那是轰动一时的盛举。记得王思曾是自治会学术股长，请我担任同学讲普通话的指导。在当时刚刚开始文明开放的城市里，我那"字不正、腔不圆"的"蓝青官话"，居然还可以指导别人卷起舌头讲"北京话"，自觉得意非凡，真正过了一阵"助理导演的瘾"呢！

无常的聚散

抗战胜利复员回到杭州，我因照顾家庭，暂在浙江高等法院任职，同时在母校弘道女中兼课。此时王思曾已高中毕业来到杭州计划投考北京大学，因一时宿舍尚无着落，我就介绍他到高院任临时办事员，协助我整理法院与我家中战后散乱的图书。我们师生重逢，又能在一个机关工作，自是非常欣慰。

思曾将凌乱的书籍杂志等，细心整理、分类编目列出表册，依次陈列在书橱中，使同仁们借书阅读时一目了然，他工作之有条不紊，俨然是一个有经验的图书管理员。上司对他的赞赏，我自然也与有荣焉。

那一段日子，我们都读了不少文学以外的书籍，获益至多。后来思曾考取了北京大学，我也因调职去了苏州。一年后局势急转，我就匆匆到了台湾，师生就此失去联络，断了音讯，这一断就是悠悠半个世纪。

天外来书

前年，当一封署名沙里、注明王思曾的信，辗转到达我手中时，我不由得一阵迷糊恍惚。急急拆开来，果然是那熟悉的字体，和一帧熟悉的照片。沙里，他就是王思曾，我当年的得意门生。

几十年的音书阻绝，而他学生时代的笑语神情，他的诚恳与干练，我们在永嘉县中时代师生相处的欢乐情景，一时都涌现眼前。他信中告诉我他是从北京回到故乡，在刚从美国探亲回去的永嘉中学校长处看到我的作品，意外惊喜之下，立刻给我来信。阔别将近五十年，我们又联系上了，这一份欢慰，自是难以言喻的。

嗣后他给我陆续寄来多篇文章，写他回忆在杭州念初中时正值"八一四"中日空战的壮烈情形，写他重访富春江参观郁达夫故居与纪念馆的深沉感想，由于他负责文化宣扬工作，足迹几遍全国，因此也写了许多塞外风光。他文笔洗练，内容充实而风趣，阔别四十余年，读其文如见其人。难得的是他对当年我们的师生情谊，仍念念在心。尤使我感动的是他的一篇《泛舟记》，是读我的《词人之舟》一书所引发的感想。他写道："词的本色是婉约、蕴藉与缠绵，常是情景交融。写景处是写情，写情处亦是写景。讲解的是古人作品，也自然融入讲解者的情思……"足见他对古典诗词体会之深。他文中说："四十多年后的今天，我所能忆起的是青年时代的老师。"他又忆起了在中学时代，他和几位爱好文学的同学，还时常到谢池巷夏瞿禅老师的住宅"谢邻"一同听瞿禅师讲学论词。并引了瞿禅师特为我作的一首《减字木兰花》中句："池草飞霞，梦路应同绕永嘉。"无限的离情别绪，凝聚在他的笔端，令人深深感动。悲悼的是瞿禅师作古已忽忽三年，我前年回大陆，因行程匆促，竟不及到杭州千岛湖他的墓园叩头凭吊。

重逢的欣慰

谈起我前年的回大陆，完全是由于思曾的诚意相邀所促成。他的工作单位是一个文化机构，他总希望在他退休前能为我尽一点心意，使我在垂老还乡之日，能多少享受点旅游参观的方便。我感念他的相邀之诚，就答应与老伴趁体力尚健时一同回去，能与阔别如隔世的长辈、亲友们见面，又得以祭拜先人庐墓，也算了却一生心愿。

从行期确定之日起，我就寝食无心，直到登上去北京的飞机，整整二十多小时的行程中，我未能合眼休息。并不是近乡情怯，而是由于一种梦幻成真的恍惚和惶惶不安。即将见面的亲友们，一位位的面容都浮现眼前。世事的风云变幻，都不能影响我们永恒的情谊。人生年寿有限，以我们沧桑历尽，拨云见日的今天，得以飞越关山，享受重逢的欢乐，真不能不感谢上苍待我们之厚。

在北京机场出口处，第一眼看到的是我尚未见过面却通过无数次信的干女儿谢纠纠。她是我大学同学的爱女，她的美丽端庄，和照片里一模一样。站在她后面的就是王思曾，依旧是他学生时代那一脸诚恳憨厚的神情。在贵宾接待室里，我们"语无伦次"地说着话，感到的是时光倒流的恍惚。

在北京两周的参观旅游节目，都由思曾细心策划安排，由他的助理齐仪小姐陪同招待。她文静和蔼，办事负责周到，她的平易、亲切尤使我感到轻松自在。更有干女儿谢纠纠的嘘寒问暖，与齐小姐一同照顾我们的饮食起居。冰箱里的水果饮料与各种点心，取之不尽，自思几十年来的劳碌命，还真没享受过这样现成丰厚的清福呢。

我们畅游了名胜古迹，当我在九龙壁前摄影时，忽然想起了逝世六十五年的大哥，他那时十二岁，由父亲带着住在北京，也曾在九龙壁前拍过照。他每次写信都盼我到北京和他相见，但以种种原因不能实现愿望。那时候我才七岁，怎么想得到，来北京的梦，直到七十多岁以后才能实现呢。我俯仰低徊在九龙壁前，想起大哥照片里的童年天真神态，人生奄忽，天地悠悠，我内心的怅触哀伤，并非自悲老大或感慨岁月不多，而是怅恨父亲当年为什么不让母亲和我到北京见大哥最后一面呢！但无论如何，我现在总算已到了北京，在大哥脚步走过的地方，低声喊着他，感觉他就在我的身边和我说话，我应该心安了。

此行最欣慰的是会到了梦寐中想见的朋友们。林翘翘、王来棣是当年永嘉中学的学生。她们都亲切地喊着潘老师，活泼健谈一似当年，却都和思曾一样，已是祖字辈的人了。这一点，我这个老朽只好自叹不如了。还有一位赵树玉，是我执教杭州弘道女中的学生，当年聪颖的少女，如今是人民大学的俄文教授。她不时为我送来衣服与食物，生怕我不能适应气候的变化。纠纠的尊翁谢孝苹是一位诗人、古琴家，又写得一手好书法。我与他虽是同门，却是望尘莫及。他多次为我弹奏古琴，他三岁的小外孙女举起小胖手，踮起脚尖跳舞唱歌，使我越发地乐不可支。

另一个意外的惊喜是纠纠的同事陈萃芳，是我之江大学的学长。她是当年的校花，以演抗日名剧《一片爱国心》的女主角红遍杭城。我们一握手之间，都立刻回到了少年时：之江大学情人桥的曲径通幽，钱塘江的朝暾夕晖，曾留下我们多少旖旎风光和记忆。萃芳姐特别安排了之江大学的各位学长与我共餐欢聚，殷殷相约后会之期。

浓郁的师友之情，使我永铭肺腑。尤不能不深深感谢思曾的诚意邀约。由于他的再三催促，我们才没有错过这宝贵的重逢机会。

后会有期

欢聚半月后，我们不得不依依握别。思曾赠我以宣纸正楷书写的白话长诗一首，我回环默诵，禁不住泪水盈眶。

老同学谢孝苹听我们讲起在大雾迷蒙中夜过三峡，崔巍奇景一无所见的遗憾，他乃挥毫代赋一绝云："滟滪如牛角触忙，猿啼巫峡怨声长。有景朦胧道不得，轻舟载梦过瞿塘。"

载梦原是美事，可是载的是沉重的梦，连轻舟也变得沉重起来。但愿师友无恙，重逢有日，再不必追寻恍惚的梦境了。

最使我高兴的是有一天与干女儿纠纠通电话，她说她会转告沙里伯伯我们对他的挂念，希望不久又可相聚。四岁的干孙女在千山万水之外的那头，娇声地喊："干姥爷，干姥姥，你们快来嘛，我要给你们吃糖球。"

多么甜美的糖球！我们怎能不再回去呢？

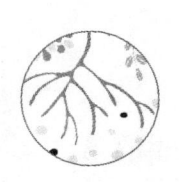

鹧鸪天

日前整理书箧，捡出多年前手抄瞿禅恩师的几阕词，吟哦再三，不由得百感丛生。

想起瞿禅师当年对我们的教诲，是非常活泼、非常生活化的。无论在课室里，或带领大家同游胜景，他都随时高声朗吟一首诗，或一两句词，是前人名作，或朋友的警句，或他自己的得意之作。词意都极为贴切当时情景。我们都静静地谛听，默默地记诵，不需要他讲解，人人都能领悟他所欲启迪我们的深意。他因时适地，寓教诲于诗词，真是充分发挥了"温柔敦厚，诗教也"的古典精神。

卒业后迭经丧乱，每于烦忧难遣之时，不由得朗吟起瞿禅师口授的诗词。他抑扬顿挫中微带悲怆的乡音，立刻萦绕耳际，反觉眼前峰回路转，心情亦渐趋平静。

印象最深的，是在杭州之江大学授业时，随瞿师同游九溪十八涧，他吟了一阕新作《鹧鸪天》："短策暂辞奔竞场，同来此地乞清凉。若能杯水如名淡，应信村茶比酒香。无一语，答秋光。愁边征雁忽成行。中年只有看山感，西北阑干半夕阳。"

那时中日战争尚未爆发，他却已有"愁边征雁"的凄惶之感，词人心灵之锐敏可知。至于"若能杯水如名淡，应信村茶比酒香"二句,那一派淡泊清新的境界,真有如古刹中木鱼清磬之音,使人名利之心顿息,因此这句词也是我心香一脉,终生默诵的格言。

有一次,我们一同站在高冈上,山风习习,吹拂襟袖,瞿师随口吟了两句诗:"短发无多休落帽,长风不断任吹衣。"回头问我们:"懂这意思吗?"我们说:"懂是懂,却何能达到如此洒脱境界?"他莞尔而笑说:"能体会得这份与世无争的淡泊便好了。"

恩师的谆谆诲勉,都于日常平实生活中见之。他启迪我们培养温厚而锐敏的灵心,应随时随地,放开胸怀,与大自然山川草木通情愫,与虫鱼花鸟共哀乐,才能与人情物态起共鸣。落笔时灵感必源源而至,毋需强求。记得我们追随他穿过浓密的林荫,就听他吟道:"松间数语风吹去!明日寻来尽是诗。"指点我们作诗作文,必须于如此自然中得来,不为文造情,不危言耸听,才是好文章。

他看见窗前小鸟疾飞而过,就感慨地念道:"仰视一鸟过,愧负百年身。"警觉年光之易逝,自谓数十年幸未为小人之归,常兢兢以此自勉。可见他修身律己之严。他作的诗词往往语意双关。在沪上时,起初住在湫隘的平房里,后来住楼房,乃有诗云:"下流诚难处,望远亦多悲。谢池三间屋,令我梦庭闱。"(谢池是永嘉故居。因永嘉太守谢灵运的名句"池塘生春草"而得名。)游子情怀,尽在不言中。

前曾与友人同游尼亚加拉瀑布,友人也是瞿师私淑弟子,她面对浩瀚奔腾的飞瀑,也想起瞿师的一首《鹧鸪天》词:"抛却西湖有雁山,扶家况复住灵岩。不愁尽折平生福,但愿虔修来世闲。无一事,落人间。野僧诗债亦慵还。但防初写禅经了,别有蛇神夜叩关。"此词当作于抗战中期,杭州早已沦陷,瞿师曾一度避寇卜居雁荡灵岩山,雁荡的龙湫瀑布是举世闻名的,所以有"抛却西湖有雁山"的豪语。那时我们师生音书阻绝,故我未见此词。瞿师曾谓:"不游雁荡是虚生。"那一段时日,想来是他最优游的岁月。最感人的当然是"不愁尽折平生福,但愿虔修来世闲"二句。想他僻处深山,已经享尽人间清福,还要"虔修来世闲",比起今日恓恓惶惶的人们,连今生的福都无暇享受,遑论虔修来世呢?

吟到最后二句:"但防初写禅经了,别有蛇神夜叩关。"不禁非常惊异于瞿师对未来情况,似早有预感。他在静谧的深夜,读经写经,却仍不免有牛鬼蛇神来惊扰的恐惧。其后的十年浩劫,幸免于难者能有几人?则瞿师此词,岂非谶语呢?

想起在沪上时,诸同学随瞿师在南京路先施公司楼上品茶,时大雨如注,归途积水没胫。次日他作了一首诗,最后四句是:"秋人意绪宜风雨,归梦湖天胜画图。一笑横流容并涉,安知明日我非鱼。"当时上海是租界,不久,太平洋战争爆发,英美法驻军撤离租界,我们因海岸线封锁,不能回乡,沉重的心情,真有陆沉的哀痛与惶恐。一年后于万般艰苦中回到故乡,回味瞿师"安知明日我非鱼"之句,岂不又是谶语呢?

在记忆中,瞿师的词,《鹧鸪天》一调填得很多,不但词意感人,境界尤高。此于本文所引二阕可见。因即以"鹧鸪天"三字名篇,并寄怀海天那一边八十五高龄的恩师。

一袭青衫

我念中学时，初三的物理老师是一位高高瘦瘦的梁先生。他第一天进课堂，就给我们一个很滑稽的印象。他穿一件淡青褪色湖绉绸长衫，本来是应当飘飘然的，却是太肥太短，就像高高地挂在竹竿上。袖子本来就不够长，还要卷上一截，露出并不太白的衬褂，坐在我后排的沈琪大声地说："一定是借旁人的长衫，第一天上课来出出风头。"沈琪的一张嘴是全班最快的，喜欢挖苦人，我低着头装没听见，可是全班都吃吃地在笑。梁先生一双四方头皮鞋是崭新的，走路时脚后跟先着地，脚板心再拍下去，拍得地板好响。他又不坐，只是团团转，啪嗒啪嗒像跳踢踏舞似的。我想他一定是刚刚当老师心情很紧张吧，想笑也不敢笑，因为坐第一排太注目了。梁先生拿起粉笔在黑板上写了个大大的"梁"字，大声地说："我姓梁。"

"我们都早知道了，先生姓梁，梁山伯的梁。"大家齐声说。沈琪又轻轻地加了一句："祝英台呢？"

梁先生像没听见，偏着头看了半天，忽然咧嘴笑了，露出一颗大大的金牙。沈琪又说："镶金牙，好土啊。"幸得梁先生还是没听见。看着黑板上那个"梁"字自言自语地说："今天这个字写得不好，不像我爸爸写的。"

全堂都哄笑起来，我也笑了。因为我听他喊爸爸那两个字，就像他还是个孩子。心想这位老师一定很孝顺，孝顺的人，一定是很和蔼的。沈琪却又说："这么大的人还喊爸爸，应该说'父亲'"，我不禁回过头去对她说："你别咬文嚼字了，爸爸就是父亲，父亲就是爸爸。"我说得好响，梁先生听见了。他说："对了，爸爸就是父亲，对别人得说'家父'，可是我只能说'先父'，因为我父亲已经去世了，是去年这个时候去世的。"他收敛了笑容，一双眼睛望向窗外，好像望向很远很远的地方，全堂都肃静下来。他又绕着桌子转起圈来，新皮鞋敲着地板啪嗒啪嗒响，绕了好几圈，他才开口说："今天第一堂课，你们还没有书，下次一定要带书来，忘了带书的不许上课。"语气斩钉截铁，本来很和蔼的眼神忽然射出两道很严厉的光来。我心里就紧张起来，因为我的理科很差，又不敢问老师。如果在本校的初三毕业考都过不了关，就没资格参加教育厅的毕业会考。因此觉得梁先生对我前途关系重大，真得格外用功才好。我把背挺一下，做出很用心的样子，他忽把眼睛瞪着我问："你叫什么名字？"

我说了名字，他又把头一偏说："叫什么，听不清，怎么说话跟蚊虫哼似的，上黑板来写。"大家又都笑起来，我心里好气，觉得自己一直乖乖儿的，他反而盯上我，他应当盯后排的沈琪才对。沈琪却在用铅笔顶我的背说："上去写嘛，写几个你的碑帖字给他看看，比他那个梁字好多了。"我不理她，大着胆子提高嗓门说："希望的希，珍珠的珍。"

"噢，珍珠宝贝，那你父母亲一定很宝贝你啰，要好好用功啊。"

全堂都在笑，我把头低下去，对于梁先生马上失去了好感。他打开点名册，挨个儿地认人，仿佛看一遍就认得每人似的。嘴巴一开一合，露着微龅的金牙，闪闪发光，严厉中的确透着一股土气。下课以后，沈琪就跳着对大家说："你们知不知道，世界上有一种牙齿是最土的，就像梁先生的牙，所以我给他起个外号叫'土牙'。"大家都笑着拍手同意了。沈琪是起外号专家，有个代课的图画老师姓蔡，名观亭，她就叫他菜罐头。他代了短短一段日子课就被她气跑了，告诉校长说永生永世不教女生了。还有训导主任沈老师，一讲话就习惯地把右手握成一个圈，圈在嘴边，像吹号一般，沈琪就叫他"号兵"。他非常和气，当面喊他"号兵"他也不生气，还说当"号兵"要有准确的时间观念和责任感，是很重要的人物。但是"土牙"这个外号，就不能当着梁先生叫了，有点刻薄。国文老师说过，一个人要厚道，不可以刻薄，不可以取笑别人的缺点，叫人难堪。我们全班都很厚道，就是沈琪比较调皮，但她心眼并不坏，有时帮起人忙来，非常热心，只是有点娇惯，一阵风一阵雨的喜怒无常。

第二次上物理课时，我们每个人都把课本平平整整放在课桌上。梁先生踩着踢踏步进来，但这次响声不大，原来他的四方头新皮鞋已换成布鞋，湖绉绸长衫已经换了深蓝布长衫。鞋子一看就知道太短，后跟倒下去，前面翘起像条龙船。他一点不在乎，往桌上一坐，两脚交叉，悬空荡着，我才仔细看到有一只鞋子前面，黑布已破了个小洞，沈琪低声地说："你看，他的鞋子要吃饭了。"我说："他一定是舍不得穿皮鞋吧。"母亲说过，节俭的人，一定是苦读出身，非常用功。现在当了老师，一定不喜欢懒惰的学生，可是我又实在不喜欢物理化学算术这些功课。

他从口袋里摸出一个小小空心玻璃人，一张橡皮膜，就把小人儿丢入桌上有白开水的玻璃杯中，蒙上橡皮膜，用手指轻轻一按，玻璃人就沉了下去，一放手又浮上来。他问："你们觉得很好玩是不是？哪个懂得这道理的举手。"级长张瑞文举手了。她站起来说明是因为空气被压，跑进了玻璃人身体里面，所以沉下去，证明空气是有重量的。梁先生点点头，却指着我说："记在笔记本上。"我坐在进门第一个位置，他就专盯我。我记下了，他把笔记本拿看了下说："哦，文字还算清通。"大家又笑了，一个同学说："先生点对了，她是我们班上的国文大将。"梁先生看我说："国文大将？"又摇摇头，"只有国文好不够，要样样事理都明白。你们知道物理是什么吗？物理就是宇宙一切事物的道理。道理本来就存在，不是人所能创造的，聪明的科学家就是把这道理找出来，顺着道理一步步追踪它的奥妙，发明了许多东西。我们平常人就是不肯用脑筋思考，只会享现成福。现在物理课就是把科学家已经发现的道理讲给我们听，训练我们思考的能力和兴趣。天地间还有许多道理没有被发现的，所以你们每个人将来都有机会做发明家，只要肯用脑筋。"

讲完了这段话，他似笑非笑闪着亮晶晶的金牙，我一想起"土牙"的外号，觉得很滑稽，却又有点抱歉。其实又不是我给起的，只是感到梁先生实在热心教我们，不应当给起外号的。他的话说得很快，又有点模糊不清，起初听来很费力，但因为他总是一边做些有趣的实验，一边讲，所以很快就懂了。他又说："日常生活中，无时无刻不接触到万物的道理。比如用铅笔写字，用筷子夹菜，用剪刀剪东西，就是杠杆定律，支点力点重点的距离放得对就省力，否则就徒劳无功，可是我们平常哪个注意到这个道理呢？这也就是中山先生所说的知难行易。可是我们不应当只做容易的事，要去试试难的，人类才会有进步。"

我们听了都很感动，他虽然是教物理，但时常连带讲到做人的道理。我们初三是全校的模范班，本来就一个个很哲学的样子，对于语文老师的一言一行，都佩服得五体投地，现在物理老师也使我们佩服起来了。

有一次,他解释"功"与"能"的分别时,把一本书捧在手中站着不动说:"这是能,表示你有能力拿得动这本书,但一往前走产生了运送的效果,就是功。平常都说功能、功能,其实是两个步骤。要产生功,必须先有能,但只有能而不利用就没有功。"他又点着我们说:"你们一个个都有能,所以要用功。当然,这只是比喻啦。"说着他又闪着金牙笑得好慈祥。

他怕我们笔记记不清,自己再将教过的实验画了图画,写了说明编成一套讲义,要我们仔细再看,懂得道理就不必背。但在考试的时候,大部分背功好的同学都一字不漏地背上了。发还考卷的时候,他笑得合不拢嘴说:"你们只要懂,我并不要你们背,但能够背也好,会考时候,全部题目都包含在这里面了。"他又看着我说:"你为什么改我的句子?"

我吓一跳,原来我只是把他的白话改成文言,所有的"的"字都改"之"字,句末还加上"也""矣""耳"等语助词,自以为文理畅顺,没想到梁先生会问,可是他并没不高兴,还说:"文言文确是比较简洁,我父亲也教我背了好多《古文观止》。"

"《古文观止》只是一本书,怎么说好多《古文观止》?"沈琪又嘀咕了。

"对,你说得对,沈琪。"梁先生冲她笑,一副从善如流的神情。

梁先生终年都穿蓝布长衫,冬天蓝布罩袍,夏天蓝布单衫,九十度的大热天都不出一滴汗。人那么瘦,长衫挂在身上荡来荡去。听说他曾得过肺病,已经好了。但讲课时偶然会咳嗽几声,他说粉笔灰吃得太多了,嗓子痒。我每一听他咳嗽,心里就会难过,因为我父亲也时常咳嗽,医生说是支气管炎,梁先生会不会也是支气管炎呢?有一次，我把父亲吃的药丸瓶子拿给他看，问他是不是也可以吃这种药，他忽然把眉头皱了一下说："你父亲时常吃这药吗？"我回答是的。他停了一下说："谢谢你，我大概不用吃这种药，而且也太贵了。不过你要提醒你母亲，要特别当心父亲的身体，时常咳嗽总不大好。"看他说话的神情，那份对我父亲的关切像是异乎寻常的，我心里很感动。

沈琪虽然对梁先生也很佩服，但她生性喜欢捉弄人，尤其是对男老师。她看梁先生喜欢坐桌子，就把桌子脚抹了蜡烛油，梁先生一坐就往后滑，差点摔一大跤，全班都笑了，沈琪笑得最响。先生瞪着她说："你笑什么？站起来。"

沈琪笔直地站起来，一副"视死如归"的样子，嘴里却不服气地说："又不是我一个人笑！"

"你最调皮，给我站好。"我们从来没见他这么凶过。

沈琪又咕噜咕噜轻声念着："土牙、土牙，你这个大土牙。"梁先生大吼："你说什么？"沈琪说："我没说什么，我在背物理讲义。"

"好，你背吧！"那一堂课，她一直站到下课。我们这才看到梁先生凶的一面，也觉得他罚女生站一堂课有点过分了。下一次上课，他又笑嘻嘻的，好像什么都忘了。想坐桌子时，用手推一把，摇摇头说："太滑了。不能坐。"

我们在毕业考的前夕，每个人心情都很紧张沉重，对于课堂的清洁和安静都没以前那么注意，但为了希望保持三年来一直得冠军，和学期结束时领取银盾的纪录，级长总是随时提醒大家注意，可是这个希望，却因物理课的最后一次月考而破灭了。

那天梁先生把题目卷子发下来以后，就在课堂里拍着踢踏步兜圈子。大家正在专心地写，忽然听见梁先生一声怒吼："大家不许写，统统把铅笔举起来。"我们吓一大跳，不知是为什么，回头看梁先生站在墙边贴的一张纸的前面，指着纸，声色俱厉地问："是谁写的这几个字！快站起来，否则全班零分。"我当时只知道那张纸是级长贴的，上面写着："各位同学如愿在暑假中去梁先生家补习数学或理化的请签名于后。"因为他知道我们班上有许多数理比较差的，会考以后，考高中以前，仍须补习，他愿义务帮忙，确确实实不要交一块钱。头一年就有同学去补习过，说梁先生教得好清楚易懂，好热心。所以我第一个就签上名，也有好多同学签了名。那么梁先生为什么那样生气呢？我实在不明白。冷场了好半天，没人回答，时间一分一秒地过去，我们心里又急又糊涂，我悄悄地问邻座同学究竟写的是什么呀？她不回答我，只是瞪了沈琪一眼，恨恨地说："谁写的快勇敢点出来承认，不要害别人。"可是沈琪一声不响，跟大家一齐举着铅笔，梁先生再一次厉声问："究竟谁写的？有勇气写，为什么没勇气承认？"忽然最后一排的许佩玲霍地站起来说："梁先生，罚我好了！是我写的，请允许同学们继续考试吧！"

梁先生盯着她看了半天说："是你？"

"我一时好玩写的，太对不起梁先生了。"说着，她就哭了起来，许佩玲是我们班上品学兼优的好学生，她这次究竟在那张纸上写些什么，惹得梁先生那么冒火呢？

"好，有人承认了就好，现在大家继续写答案。"他说。

我一面写，一面心乱如麻，句子也写得七颠八倒的。下课铃一响，卷子都一齐交上去，梁先生收齐了卷子，向许佩玲定定地看了一眼就走了。下一节是自修课，大家一齐拥到墙边去看那张纸，原来在同学签名下的空白处，歪歪斜斜地用很淡的铅笔写着："土牙，哪个高兴来补习？"大家都好惊奇，许佩玲怎么会写这样的字句？也都有点不相信，又都怪梁先生未免太凶了，许佩玲的试卷变成零分怎么办？许佩玲幽幽地说："梁先生总会给我一个补考的机会吧。"平时最喜欢大声嚷嚷的沈琪，这时却木鸡似的在位子上发愣，我本来就满心怀疑，忍不住走过去问："沈琪，你怎么一声不响，我觉得许佩玲不会写的。"沈琪忽然站起来，奔到许佩玲身边，蹲下去，哽咽地说："你为什么要代我承认，你明明知道是我写的，我太对不起你，太对不起大家了。"

"我想总要有一个人快快承认，才能让同学来得及写考卷。也是我不好，我看见了本想擦，一下子又忘了，不然就不会有这场风波了。沈琪，不要哭，没有关系的，我一、二次月考成绩都还好，平得过来的。"许佩玲拍着沈琪的肩，像个大姐姐，她是我们班上比较年长的同学，是热心的总务股长，也是真正虔诚的基督徒，我很佩服她。

我们对她代人受过的牺牲精神，都好感动，但对沈琪的忏悔痛哭，又感到很同情。级长说："沈琪，你只要快快向梁先生承认就好了，可以免去许佩玲受冤枉。"正说着，梁先生已经走过来了，他脸上一点没有生气的样子，只和气地说："同学们，我再给你们一次机会，那几个字究竟是谁写的？因为不像是许佩玲的笔迹。"沈琪立刻站起来说："是我，请梁先生重重罚我好了，和许佩玲全不相干。"

梁先生的金牙笑得全都露了出来，他说："沈琪，我就知道是你捣蛋，你为什么写土牙两个字？你为什么不愿意补习，你的数理科并不好，我明明是免费的啊。"他又对我们说："大家放心，你们的考试不会得零分。许佩玲的卷子我已经看过了，她是一百分。"

全班都拍起手来，连眼泪还挂在脸上的沈琪都笑了。我一直都不大喜欢沈琪，但由这次的事情看来，她也是非常诚实的，我对她的印象也好了。

梁先生走后，我们还在兴奋中，七嘴八舌地谈论着，忽然隔壁初二的级任导师走来，在我们的安静记录表上，咬牙切齿地打了个大叉，说我们吵得使她没法上课。这一打大叉使我们这一学期的努力前功尽弃，再也领不到安静奖的银盾，而且破坏了三年来的冠军纪录。我们都好伤心，甚至怪那位初二导师，故意让我们失去这个机会的。沈琪尤其难过，说都是因为她闯的祸，实在对不起全班。大家的激动使声浪无法压制下来，而且反正已经被打了叉，都有点自暴自弃地灰心了。此时，梁先生又来了，他是给我们送讲义来的，他时常自己给我们送来。看我们一个个失魂落魄的样子，还以为仍为沈琪的事，他说："你们安心自修吧！事情过去就算了，过而能改，善莫大焉。"我们却告诉他安静记录表被打叉的事，他偏着头满不在乎的样子说："这有什么不得了，旁人给你做记录算得什么？你们都这么大了，都会自己管理自己。奖牌、银盾都是形式，校长给的奖也是被动的，应当自己给自己奖才有意思。"

"可是我们五个学期都有奖，就差了毕业的一个学期，好可惜啊！"

"唔！可惜是有点可惜，知道可惜就好了，全体升了高中再从头来过。"

"校长说要全班每人考甲等才允许免试升高中，这太难了。"

"一定办得到，只要把数理再加强。"

我们果然每人总平均都在甲等，这不能不说是由于梁先生的热心教导。升上高一的开学典礼上，梁先生又穿起那件褪色淡青湖绉绸长衫，坐在礼堂的高台上。校长特别介绍他是大功臣，专教初三和高三的数理的。

在高一，我们没有梁先生的课，但时常在教师休息室里可以看到他。踩着踢踏步满屋子转圈圈。十分钟休息的时候，我们常常请他跟我们一起打排球，他总是摇摇头说不行，没有力气。我们觉得他气色没有以前好，而且时常咳嗽得很厉害。有一天，校长忽然告诉我们，梁先生肺病复发，吐血了。在当时医学还不发达，肺病没有特效药，一听说吐血，我们马上想到死亡，心里又惊怕又难过，恨不得马上去医院看他。可是我们不能全体去，只有我们一班和高、初三的级长，三个人买了花和水果代表全体同学去看他。她们回来时，告诉我们梁先生人好瘦，脸色好苍白。他还没有结婚，所以也没有师母在旁陪伴他，孤零零一个人和别的肺病病人躺在普通病房。医生护士都不许她们多留，只和他说了几句话就告别出来了。她们说梁先生虽然说话有气无力，还是勉励大家好好用功，任何老师代课都是一样的，叫我们不要再去看他，因为肺病会传染，他的父亲就是肺病死的。我们听了都不禁哭了起来。沈琪哭得尤其伤心，因为她觉得自己最最对不起梁先生。

不到两个月，就传来噩耗，梁先生竟然去世了。自从他病倒以后，虽然死的阴影一直笼罩着我们全班同学的心，但一听说他真的死了，没有一个同学愿意接受这残酷的事实。我们一个个嚎啕痛哭，想起他第一天来上课的神情，他的那件飘飘荡荡又肥又短的褪色淡青湖绉绸衫，卷得太高的袖口，一年四季的蓝布长衫，那双前头翘起像龙船的黑布鞋，坐在四脚打蜡的桌子上差点摔倒的滑稽相，一张笑咧开的嘴露出的闪闪金牙。这一切，如今都只令我们伤心，我们再也笑不出来了。

在追思礼拜上，训导主任以低沉的音调报告他的生平事迹。说他母亲早丧，事父至孝，父亲去世后，为了节省金钱给父母亲做坟，一直没有娶亲，一直是孑然一身。他临终时还念念不忘双亲坟墓的事。他没有新衣服，临终时只要求把那件褪色淡青湖绉绸长衫给他穿上，因为那是他父亲的遗物。

听到这里，我们全堂同学都已哽咽不能成声。训导主任又沉痛地说："在殡仪馆里，看他被穿上那件绸衫时，我才发现两只袖口已磨破，因没人为他补，所以他每次穿时都把袖口折上来，他并不是要学时髦。"

全体同学都在嘤嘤啜泣。殡仪馆里，我们虽然全班同学都曾去祭吊过，但也只能看见他微微带笑的照片，似在向我们亲切地注视。我们没有被允许走进灵堂后面，没有机会再看见他穿着那件褪色淡青湖绉绸长衫，我们也永不能再看见了。

守时精神

邻居的一个孩子在上小学,每天黄色的校车来接他时,从没看他先站在门口等车,总是让全车的小朋友等他好几分钟,才迟迟地由母亲帮他提着书包送上车。有一天,司机不悦地与她交涉了几句,第二天总算等在门口,按时上车,但不几天,又故态复萌。这一家是韩国人,我真为我们东方人的不守时感到羞耻。真想问这位母亲,为什么不训练孩子独立地自己候车?不必步步护送。但是,看她那副不理不睬的优越感神态,只好作罢。

守时是做人基本态度之一,自幼即当予训练,给孩子正确的观念:浪费别人的时间是非常不应该的。

我在初中一年级时,英文老师非常严厉。早上第一节就是英文,没有一个同学敢迟到。有一个大雪天,我穿着雨靴,蹒跚地走到学校,竟迟到了五分钟。在课堂门外站着不敢进去,直到老师讲解到一个段落之后,她才走到课堂后面把边门打开,让我进去,却只许坐在后排,不让我走到第一排自己的位置就座。那一堂课,我含着眼泪,如坐针毡,度秒如年。

下课以后,老师把我叫到前面,温和地对我说:"我无意惩罚你,也没记下你这第一次的迟到。但我要你知道,一个人要懂得尊重别人的时间，要表现团体精神。你如从前门进来，我又正在讲课，一定会分散同学们的注意力，起码你前后左右的同伴会受你骚扰。你知道吗？一个人为你浪费半分钟，全班二十四位同学就浪费了十二分钟，这是不应该的。"

我眼泪汪汪地说是因为大雪天路不好走。她笑了下说："不要找理由原谅自己，你看别的同学怎么都到齐了呢？任何困难都是可以克服的，你要培养这份信心和自尊心。"

她的训谕如沉重的锤子，一记记敲打在我心头。从此我没有再迟到过，不论任何一节课，因为我牢牢记住，要尊重老师，尊重同学，珍惜我们的班级荣誉。我们班里都是小小年纪，而勤劳、清洁、安静，在全校是名列前茅的。我们的努力与自爱，实由于严厉的英文老师，与慈爱的级任导师刚柔互济的辅导。

记得有一回，我悄悄地向级任导师诉说英文老师对我迟到的处罚时，她爱怜地抚着我的头说："如果那一次她让你自由自在地进来，你就会有第二次、第三次的迟到，慢慢地你就会赖床不起来了。人是有弹性的，年纪小小的，一定要把弦绷得紧紧的才够劲。"

我们都说她是冬天的太阳，而英文老师是夏天的太阳。我们在有时温煦、有时炽热的阳光下渐渐长大了。

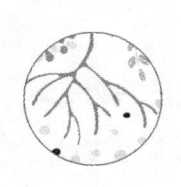

长风不断任吹衣

对于读书与写作兴趣之培养,令我不能不饮水思源。感怀当年两位恩师的诲谕。

高一时,语文老师王善业先生,对我读书的指导、心智的启发至多。他知道我在家里跟家庭教师读书时,已经看过两遍《红楼梦》,就教我读王国维的《〈红楼梦〉评论》,由小说探讨人生问题、心性问题。知道我已读过《左传》《孟子》《史记》等书,就介绍我看朱自清的《古书精读与略读》,教我如何消化、吸收。他说读书不要贪多,贪多嚼不烂,等于白读,好书必须精读,把心得感想记在笔记本里,喜爱的句子抄下来,就是心到、手到。如果是自己的书,就在书上眉批加圈点、加批评。这就是"我自注书书注我"。一本书经过一个用心的、会读书的人读过以后,不但人受书的益,书也受人的益,彼此莫逆于心。好比交朋友一般,初见时都只是泛泛之交,深交后如发现意气相投,就成知己之友了。一个人一生一定交过很多朋友,但真正的知音只有几个。正如平生可以过目万卷,而供你一生受用不尽的书不过几部。

王老师谆谆善诱,做的比喻让我心情放松,不致面对浩瀚书海而无所适从。他说如遇到一本你心爱的书,就好比书中人会伸出手来和你相握。古人说的"书中自有颜如玉"其实就是这个意思。至于"书中自有黄金屋"也并非功利思想，那就是指知识性的书，教你如何面对人生，谋求实际幸福。他的解释非常地合于中庸之道，是儒家的，也是道家的，和他风度的洒脱一般。

那时出版物远不及今日发达，可供课外阅读的书刊不多，但王老师总以新观念灌输我们，教我们懂得旧书新读、古书今读，教我们如何分辨精华与糟粕，不致浪费时间。

他知道我们女生都是多愁善感的，捧着旧诗词或《玉梨魂》《黛玉笔记》就看得泪流满面。他笑眯眯地说：诗词是文学的、哲学的，也是艺术的、音乐的。多读诗词，可以净化人生，驱除烦恼。也就是朱晦庵先生"半亩方塘一鉴开，天光云影共徘徊"的境界，此心之所以能清如水，就因有源头活水，而源头活水，就是日新又新的学问知识。他说世间有许多人之所以斤斤较量，心胸狭窄，猜忌仇恨，都是由于不读书，不与古今中外之作者交朋友，这样的人，岂止是面目可憎、言语无味而已。

王老师的话，在当时听来觉得太迂阔，也太深奥，但年事渐长以后，愈来愈体会到他的豁达与对莘莘学子的期望、爱心。高中三年，沐浴于王老师的春风化雨之中，使我原本忧郁多感的心，渐渐开展，懂得于哀愁、苦难、挫折中自我砥砺，自我提升。这也就是后来大学的夏承焘恩师所说的："任何生活皆可以过，但求不迷失自我。"

夏承焘老师的读书修身之道，与王老师有许多不谋而合之处。他也主张读书在初学不可贪多，但要有方向，有条理地去读。他说陶渊明"好读书不求甚解"是已经把书读通了的人说的，此话害了许多懒惰学生，听得我们哄堂大笑。他以饮茶比喻读书，要从每口水里品味茶香，而不是囫囵吞枣地烂嚼茶叶。

他说人生年寿有限，总要严加选择，有几部精强之书，正如有一二可以托生死共患难的至友。他引古人言云："案头书要少，心头书要多。"这句话对我警惕至多。尤其近年来目力日衰，杂务又多，只觉心头书愈来愈少，案头书愈来愈多。旅居海外，书报杂志大批涌来，不读可惜，读又无时间精力，但我至少每份拆开，选出想看的剪下留待有空时再看，也不致辜负寄报刊者的美意。

夏老师勉励我们要培养一双慧眼，慧眼并非天赋，而是由于阅读经验的累积。辨别何者是必读之书，何者是浏览之书，何者是糟粕，弃之可也。如此方可节省时间，集中心力，汲取各家的真知灼见，拓宽自己的胸襟，培养气质争使自己成为一个快乐的读书人。袁子才说得好："双目时将秋水洗，一生不受古人欺。"

秋水洗过的双目，不就是别具的"慧眼"吗？

谈到作诗，夏老师也另有一番诲谕；他劝我不必强求做诗人，却必须有一颗诗心。正如不必一定信奉什么宗教，却必须有一颗虔诚的心。"诗心"就是"灵心"，虔诚的心就是爱心，佛家的慈悲心，儒家的"仁"，孔子说："能近取譬，可谓仁之方也已。"就是将心比心，推己及人，"时时体验人情，观察物态，对人要有儒家怜悯心肠，不可着一分憎恨。"这几句话我几十年来永铭肺腑，也使我于写作中领悟更深的爱，交了更多的真心朋友。

袁子才说"吟诗好比成仙骨，骨里无诗莫浪吟"，我想所谓的"仙骨"，也非天生，完全是由于对人间世相以爱体认而培养出来的。我不求成仙，只要做个快快乐乐的凡人，与人分享快乐，分担忧患，则天堂自在心中，此心比神仙还快乐了。

提起写作，我仍忍不住要再唠叨几句。数十年来，我一直只以一颗单纯的心，从事写作，从来没有试着去探讨生命的价值，文学的使命，也不去烦心迎合什么潮流，或刻意为自己建立起什么风格。我只是诚诚恳恳地，兢兢业业地写我的所见所闻，所思所感，不愿在文字上卖弄技巧，我尤其厌恶时下以色情哗众取宠的作品。记得王善业老师引林肯的话诲谕我们作文与做人道理之一致。林肯先生说："对事要以复杂的脑筋，对人要有一颗单纯的心。"此话值得我们深思。一个写作的人，必须细心观察人间百态，但他的关怀只基于一个单纯的"爱"。

处在这个多元化的大时代里，只要你热爱生命，关怀世事，有丰富的同情心，有强烈的是非感，随处都是写作题材。你可以怜惜一花一木，也可以放眼看天下，大题可小作，小题可以大写。

文学的路是永无止境的，莫泊桑说"天才是由于恒久的耐心"，没有耐心的急功好利，即使取宠于一时，也经不起时间的考验。

我永远记得夏老师洒脱地念了他自己的两句诗：

短发无多休落帽
长风不断任吹衣

上一句是谦中藏拙，不求出风头之意，下一句是表现了兀立不移的风格。

今天复杂的社会形态，也正是"长风不断"变化多端的时代。年轻人要如何把握原则，充实自己，虔诚地读书，虔诚地创作，才见得"长风不断任吹衣"的境界呢！

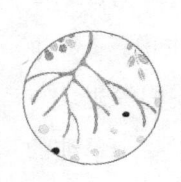

圣诞夜

十二岁那年，我牵着妈妈的衣角，跨进了中学的门，当我第一眼看见一位高鼻梁碧眼睛的外国女人，走过来向妈招呼时，就吓得几乎哭出来了。小老鼠似的，躲在妈身背后不敢作声。妈却偏拉我出来说："叫韦先生，她是你的英文老师。"韦先生从眼镜里笑眯眯地望着我说："你怕外国人吗？不要怕。"她伸出两只手说："你看，你十个手指头，我也十个手指头，我不是与你一样吗？"我听她说的中国话，就觉胆子大了点，嗫嚅地喊了一声："韦先生。"她更拉着我的手说："你好好在此读书，这里的姐姐妹妹都会爱你的，现在让你妈妈回去好吗？"我等不得她说完，又哭起来了。妈托付她说："这孩子体质弱，胆子小，要请韦先生格外照顾她！"她连声答应"放心放心"，就一路送着妈出去了。我木鸡似的站在校长室门口，又不敢跟妈出去，举目四顾，想想此后一直要在这陌生的地方住下去，眼泪就止不住滚落下来。韦先生回来，带我进了办公室，叫我在桌子边坐下，问我许许多多的话，我总是摇摇头。最后她问我有没有英文名字，我也摇摇头，她就给我取名为"碧黛丽丝"（Beatrice），说是希望快乐的意思，于是我就成为韦先生抚爱下的小碧黛丽丝了。上课了，一班里我是最小的一个，所以胆子特别小。我又比别的同学迟到了两星期，英文已上了五课。韦先生一上课就叫把书合上，用英文问了一遍功课，同学们都对答如流，更把我吓慌了，泪眼汪汪地望着书本一字不识。好容易熬到下课，我以求援的神情望着韦先生，她正微笑向我招手，我赶快跑到她身边，她拍拍我的肩说："不要着慌，我会慢慢教你的。"于是每晚下夜课后，我都到她房里由她单独教我四十分钟英文。她教我发音，教我读，教我造句。起先她用中文对我解释，慢慢地，她可以用浅近的英语使我了解了。功课完毕，她亲自照着电筒送我回宿舍，直等我脱衣上床，又看看每张床上的同学是否都已睡好，拍拍她们的枕头，按按她们的被角，才与我说一声"Good night"，轻轻带上房门走了。

在她的谆谆诲导之下，我的英文，已渐渐进步，而且感到十二分的兴趣。本来我在班里是英文程度最差的一个，几个月后我已赶上同学们，半年以后，居然名列前茅了。由于韦先生对同学们爱护指导的公平，加以我的文弱胆小，没有一个同学对我怀妒忌的心，却都互爱互助如亲手足一般。

有一次，韦先生念了一个"老"字（old）叫我起来造句，我随口念道："我的老师很老了。"（My teacher is very old.）她点头微笑一下，却又摇摇头说："不，我并不老，我仅是六十岁呢！我的母亲八十岁，我的姐姐六十六岁都很健康，我怎么会老呢？我今年六十岁，你们大学毕业我才七十岁，等你们服务社会，事业成功，我还不到九十岁哩！"她挺起胸脯，兴奋得双颊泛起了红晕，银丝样的白发，飘在耳边，晨曦照耀着她，愈显得容光焕发了。

韦先生是一位虔诚的基督徒，她每日晚餐后领我们晚祷。她姐姐（我们都称她大韦先生）弹钢琴，大家一齐唱赞美诗。孩子们心里不懂得什么叫天堂与上帝，可是每一听她悠扬的歌唱与平和的祷告词，我们的心都自然而然地宁静下来，而感到莫名的愉快。

有一次我病了，只是想念着妈，请求韦先生允许我回家，韦先生安慰我说："碧黛丽丝，你务须听我的话，安心休息，你发热是不能出去吹风的，你妈妈下午就来了。"可是直到第二天，妈妈还是不来，我急得哭了。她捧着我的脸说："孩子，你妈妈来信说有事不能来看你，叫你好好休养几天。"她又用更慈祥的口吻问道："碧黛丽丝，你愿意闭上眼睛跟我祷告吗？你要知道人世间有许多事不能依我们的心愿，比如你想念妈妈，妈妈却不能来。你想上课，而发热又不能起床，你想人是多么渺小无能？我们必须依靠一位全德全能的神，他是无所不在的。只要你爱他，信赖他，他就进入你的心中，与你同在，你再不会忧伤寂寞了。你懂得吗？"我听了总是半信半疑，但因想念妈妈心切，而又怨望她的不来，也就感到只有上帝才会真正照顾我了。于是我闭上眼睛，听韦先生为我祷告，我就平安地睡去了。

韦先生唯一的教条就是"诚实"，这里又使我忆起一段动人的故事：在有一次英文月考卷发下来时，韦先生用一种与平时不同的声浪向大家说："这次全班成绩都比上次好，尤其是露西，考得更好。"这时，坐在我旁边的露西，忽然满脸通红，低头不语。我正想向她道贺，她却用膝盖碰碰我，哀求似的说："别作声啊！碧黛丽丝。"我见她眼眶里充满泪水，觉得十分诧异。当晚下课后，露西走过来紧紧地握着我的手说："碧黛丽丝，我心里难过得很，我实在挨不下去了。你能陪我到韦先生房里去一趟吗？"

"什么事呢？露西。"我关心地问。

"啊！我怎么说才好，我想你们从此不会再理睬我了。因为我是这样的卑鄙。"她又哭了。

"究竟什么事呀！你能告诉我吗？"

"碧黛丽丝，你知道我是半工半读的学生，如果这次英文再考不好，我的公费就被取消了。因此我在考英文时，偷看了你一个题目，韦先生竟没有发觉。可是我自交了卷以后，心里一直是恐惧悔恨，仿佛全班同学的几十双眼睛都在盯住我。当今天韦先生报告我的成绩时，我真恨不得钻进地缝里去呢！碧黛丽丝，你是这样和善，我相信你是不会因此不理我的，你会吗？"

我把她的手握得更紧些，恳切地说："一点也不会，露西，你放心好了。现在让我们到韦先生房里去，你勇敢些向她说啊！"

当露西流着忏悔的泪，伏在韦先生怀里倾诉一切的时候，我看见韦先生脸上充满了慈爱的光辉，她用手整理着露西散乱的头发，用温和的声调说："我知道你会来的，露西，我知道你会来的，因为你一向是我的诚实孩子，你一定能克服这一次的试探。"

"怎么，您原来已知道这件事吗？韦先生！"露西在她膝前抬起头来，羞惭感激使她的脸绯红了。

"是的，孩子，你那对忏悔的眼神早就告诉我了。可是我不愿直接问你，因为我相信你那不愿诈欺的心自会提醒你的。不然的话，你会永远被罪恶捆绑不得释放了，是吗？"

"真是这样的，我自从做了这事以后，心里交织着羞惭悔恨，我觉得大家都已舍我而去，尤其是您，韦先生，您好像连眼睛也不望我一下了，我感到多么孤独啊！"

"可怜的孩子，这一次你真受得够了。"韦先生笑嘻嘻地捏着我与露西的手，接着说道："在人生的道路上，到处布满了绊脚石，一不小心，就要被绊倒。我们要时刻以耶稣的十字架作为我们的扶手，更要时刻想着天父的爱，他是不会放弃他任何一个子女的。可是你如果背叛他，犯了罪恶，那你就不敢企望他的爱，你就感到孤独了。我想你们真是非常幸福的,在家里有父母的疼爱与教养,在学校里有师长们的训导,使你们不至犯了重大的过失而自己不知道。可是父母与师长有时要离开你们,只有天父是永远不离开你们的,现在让我们祷告感谢主恩吧!"

我们一同祷告完毕,就告辞出来,我与露西手挽着手,身子靠得紧紧的,一同穿过静肃的校园。微风细雨吹拂着我们热烘烘的脸,我们都如释重负似的,深深呼吸了一口清凉的夜气,心头感到难以言喻的安慰。

一年又一年,我们沐浴在韦先生的爱里,由初中而高中。在她伟大的人格熏陶之下,我们一天天变得懂事,刻苦,勤劳,可是韦先生的身体却一天不如一天了。她原有骨脊痨的痼疾,但因太热心工作,竟一天也不肯休息,医师多次劝告她说如再不休息,就会有生命的危险。她却坦然地说:"我是为我的天父工作,主给我一天的生命,一天的活力,我就得努力工作一天,主要我哪一天安息,我就自然可以安息了。"

她每日扶病为我们上课,有一天上课铃响后,就听到韦先生携着拐杖,拖着沉重的脚步,从楼梯走上来,我们的心里真难过,都上前去想扶她,可是她把拐杖倚在门边,仍旧是挺着胸脯,走上讲堂。

"早安,孩子们!"她怕我们担心,脸上满是笑容。

"早安,韦先生,您这样走路不是太困难吗?"

"一点也不,是老医生硬要我用拐杖,其实我走得飞快哩!"她那笑容里隐忍的痛苦,岂是粗心大意的孩子们所能知道的呢!

下课时,同学们都争先恐后地迎上去扶她,深感能得韦先生的允许扶下楼梯就是无上光荣。可是我却咽着眼泪,迟迟不能上前。韦先生睐着老花的眼睛,在人丛里搜索着我说:"碧黛丽丝呢?你为什么不过来，怎么？你哭了，又是什么事不快乐？"我低头走近她身边，泠泠的泪珠，滚落在她苍白的手背上，大家都预感到一种不祥而黯然了。

第二天，上课铃响后，我们都在等着韦先生的拐杖声，可是时钟一分分的过去，韦先生没有来，我们的心都惶惑起来了。不一会儿，大韦先生来说："同学们，你们好好自修吧！韦先生今天有点发烧，不能来给你们上课了。"

"我们可以去看看她吗？"

"不能的，孩子们，医生说她需要绝对的安静，因为她的头刚才有点昏晕呢！"

大韦先生离去后，我们更觉惊惶起来："怎么好呢！韦先生终于病倒了，没有危险吧！医生说不能探望，一定是很严重了！天啊！万一有危险怎么好呢？……"每个人心中，都怀着同样的忧焦与恐惧，但谁也不愿意说出口来，仿佛话一出口就会成为谶语似的。课室里一片沉寂，我默坐在灰暗的一角，心头浮上了韦先生劝导我的话："人世间多少事不能如我们的心愿，人是多么渺小无能啊！"是的，人是多么渺小无能啊！连韦先生这样具有伟大灵魂的人也摆脱不了病魔的侵扰，我感到上帝的权威，我只能跪下为她祈祷，求主保佑她，早早康健起来。

三四天后，韦先生的热度慢慢退去了，我们得到医师的许可，在早上到她房里探望她。她安详地靠在软绵绵的大枕头里，脸上敷了薄薄的脂粉，她是唯恐孩子们看出她的病容而担忧吧。她身上盖着一条鹅黄夹浅绿的绒毯，金黄色的阳光，透过纱帘，投在床前灿烂的瓶花上，愈益显得春光满室。我们的心都感到分外轻松，一齐围坐在床边的小矮凳上（她房里经常有许多小矮凳，是准备给幼稚园的小朋友们坐的。）尽情享受这温暖的片刻光阴。

"谢谢你们，你们看我已很好，再几天就可上课了!"

"不要急，韦先生，我们都知道宝贵时间，会好好自修的。"

她笑了，笑得那样宽慰，六十岁的高龄，而且还在病中，可是她美丽如天使，我们都依依不忍离去。

两天后，她精神更好点了，她一定要我们到床前为我们授课，虽经大韦先生再三地地阻总是不肯，于是我们真的去上课了，那一次上的是雪莱的诗：

"当严冬来时，春天就近了!"（If winter comes, would spring be far behind!）她抑扬顿挫的朗诵声，震撼着每一个人的心灵，眺望着青青的远山，与碧油油的草坪，我们感到青春的希望正充满人间。

使人忧焦的是韦先生的病竟是时愈时发，从早春直至隆冬，她始终不能起床，我们多次向大韦先生与老医师探问她的病源，总是说积劳成病，除长期休养外，非药石所能治疗。如病菌侵入脑脊髓，就不可挽救了。半年中，她两腿包扎着石膏，不得动弹，其痛苦是可想而知了。每晚我们都到她房里做晚祷，靠近她唱赞美诗，低低地读完一段《圣经》，才向她道了晚安轻轻退出。我们眼看她两颊一天天消瘦下去，眼睛一天天陷落下去，肉的消损，愈益见得她的灵光透露了。当人们在失去凭依，彷徨无助之时，除了祈求上苍是无法可以解除忧虑的。韦先生平时对我灌输的宗教思想，此时就浸润着我整个的心。我虽忧焦，却能勉自镇静。我常于夜深披衣而起，伏在床前虔诚地为韦先生祈祷。

圣诞节的前夜，礼拜堂的钟声断续地震撼着寒冷的夜空，我跪下来低低地祈求：

"主啊！求你赐予恩典，祝福韦先生，她是应该快快痊愈的。"

一个清脆的声音，在我耳边响起来："一切要临到的终必临到，这是神的旨意，而且也是最好的。孩子，你安心吧！我已经准备一切，没有恐惧，没有忧愁，因为我已在人世做了我应做的工作，天国已降临在我心中了……"啊！这正是韦先生的声音，韦先生，您在说什么？难道您真的要离开我，到天父那儿去吗？我浑身颤抖，泪如泉涌。昏沉沉地忽听到铿锵的琴声，和着天使报信的歌唱，自远而近：

"听呀！天使报佳音，报知耶稣今降生，天上荣光归真神，地下平安人蒙恩……"

我擦去眼泪，慢慢站起来，走向韦先生的房间，却见房门洞开，透射出熊熊的烛光，我赶快跑进一看，原来韦先生已经醒来，身上盖着五彩缤纷的绣花被子，小几上放着两大盘糖果，桌上燃着洁白的长烛；大韦先生坐在钢琴边轻轻地弹奏着赞美诗歌。那一种雍和的气氛，那一种安宁的温暖，真使我分不出是人间还是天上。

"祝你圣诞快乐，韦先生！"我狂喜地奔向她。

"圣诞快乐，碧黛丽丝！大家都来了吗？你看我已准备好糖果了。"

"韦先生，您告诉我，一点也不要骗我，您的病怎样了？"

"上帝祝福你，好心的孩子，无论我的病怎样，你们都不要担忧，更不要惊慌，因为蒙主的召唤是光荣的！我们都不能贪恋世界，却也不可躲避苦难，我们要有主耶稣钉死十字架的精神，面对一切，孩子，不要流泪，鼓起勇气来，告诉我你常常祈祷吗？"她海一样深的眼神注视着我。

"我祈祷，可是我得不到启示。"

"记得我的话吗？在大风浪里漂着孤舟，我们的祷告不是祈求浪潮的平息，乃是要有更多的勇气与毅力去克服这大风险。"韦先生的语调有如午夜的琴声，拨动了我的心弦，我领悟了，平静了。我噙着眼泪，在跳跃的烛光中，瞻望着韦先生，她白发挽着高髻，眼虽深凹而灼灼有神，额上的皱纹都含蓄着丝丝的笑意，她简直是一位庄严的女神啊！

"韦先生，您是不会离开我们的。"我梦呓似的喃喃着。

歌声又起，报信的天使披着洁白的礼服，成群歌唱到韦先生房门口。

"圣诞快乐，韦先生。"

"圣诞快乐，孩子们。"

大家齐声欢唱起来，东方已透出一线曙光，大韦先生拉开窗幔，窗外正飘着鹅毛似的雪花，依窗一枝寒梅，含苞待放，玻璃窗上凝结着晶莹的冰珠，多美丽的世界啊！

韦先生倦了，我们都徐徐退出，在走廊里一大群同学正等着给韦先生请安，大韦先生出来说："谢谢你们，她现在睡着了。"

"大韦先生，她的病没有危险吧！"我们焦急地问。

"她已无法救治了！"她凄然地说，"病菌已侵入脊髓，开刀也不可能，医生只有劝她安心等待。她的两腿已完全麻痹，坐骨处都已腐烂，她是如何的在忍受着痛苦啊！"

走廊里起了一片啜泣声。

一整天，每个人都是六神无主，开会时更无心表演节目，因为没有韦先生的领导，就如失去了灵魂。散会后大家都齐集在韦先生的房门口，白衣护士与医师忙碌地进出着，脸上是一片空虚暗淡的表情。一小时后，老医生出来了，他除下老花眼镜。沉着声音一个字一个字地说："现在，大家轻轻地进去，不要说一句话，只低声歌唱赞美诗。"

他又走到我身旁拍拍我的肩说:"碧黛丽丝,坚强一点,擦去眼泪吧?你的韦先生不是一直这样鼓励你的吗?勇敢地担当起痛苦,这最后的片刻,你不要使她不安啊!"

"不会的,老医生,这不会是最后的片刻吧?早上她还是好好的呢!"

"是的,这是上帝的意旨,她已经该安息了。"

我吞咽下心头的剧痛,随同学走进书房去,匍匐在韦先生床前,祷告歌唱。大韦先生颤抖的手弹奏起钢琴,琴键上跳跃出每一个音符,都格外的庄严,沉静,安详。正像韦先生慈爱温和的语调在抚慰着我们,祝福着我们。我恍如接触到她伟大的灵魂,领会得人生的真谛,也就是神明的启示,启示我这正是真生命的开始。仰望天国之门正在开启了,韦先生慈爱的容颜泛上了恬静的笑,她微睁双目,向我们连连颔首,她是暂时与我们告别了。

雪花无声地飘落在大地上,寒梅在风中频频摇曳,玻璃窗上的冰珠渐渐地溶解,一颗颗滚落下来,这不是春回大地的气象吗!

当严冬来时,春天就近了!(If winter comes, would spring be far behind!)

韦先生音乐似的语浪荡漾在静肃的夜空中。

……

数十年来,韦先生的爱无时不包围着我,她的灵光无时不照耀着我!每当人世的忧患艰苦使我困惑与失望时,韦先生的声音就在我心中响起:

"碧黛丽丝,不要忧愁,不要抱怨,要挺起胸膛向前走。"

我抬眼望向窗外,我又恍似望见那一枝寒梅,临风摇曳。

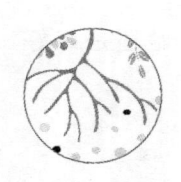

敬爱的"号兵"

求学时代,对于负责训育的老师,多少总有点畏惧与反感。我中学的训导主任姓沈名咸曾。我们就在"曾"字的边上加一个竖心旁,变成"咸憎",人人都不喜欢的意思。

沈先生(那时称老师为先生)教我们党义。在重视国英数三科的心理之下,对于教党义的老师,自然又是"另眼看待"。可是因为他是训导主任,大家有所顾忌,又不得不正襟危坐,装作很专心听讲的样子。

第一天上课,全班同学都有点紧张地注视他走进课堂。他穿的是藏青哔叽中山装,线条笔挺。中分的头发梳得油光光地贴在头皮上,看上去怪怪的。皮鞋擦得雪亮,走在地板上啪嗒啪嗒的好响。比起穿长袍布底鞋的语文老师来,要神气也洋派得多了。

他没有开口说话前先点名,点一个名字抬头看一眼,仿佛看这一眼就把你牢牢记住似的。他的目光倒不是炯炯逼人的那一种,眼珠也是黑白分明。记得懂相法的二叔说过,黑白分明的眼珠是绝顶聪明的人,但如果是白多黑少,就有点凶相。于是我不由得偷偷注意他是不是白多黑少,观察的结果是黑白均匀。一位训导主任,只要不凶,我们也就放心多了。

他点完名，微微咧嘴一笑，却发现他门牙有一颗是镶了金边的。镶金牙便有一股子土气，土气的人就厉害不起来。这倒不是二叔讲的，而是我自己的心得经验。我也觉得这股土气和他一身中山装不大调和，心里有点纳闷，这位沈先生究竟是和气的，还是严厉的；是精明的，还是马虎的呢？

他开始说话了："我的名字你们一定都已经知道了，我还有个别号，"他转身在黑板上写下"沈浩滨"三个字，接着说，"浩瀚的浩，海滨的滨。是我大学老师为我取的，很广大辽阔的意思。我很喜欢这个名字。"

"浩滨"，倒真是蛮雅致的。我回头看右边的同学沈琪，她把"浩滨"二字端端正正地写在拍纸簿上，却在下面加写了"号兵"两个字，又很快地画了一个大兵吹号的样子。她举起本子给我看，向我做个鬼脸。我很佩服沈琪，她的联想力很强，画画得又快又好。短短的新生训练一周中，我们的老师几乎每个都被她速写过，都能把握特征，画得很传神。她也最会给老师起外号，看来她一定会喊沈先生"号兵"了。

沈先生打开课本又阖上，和气地说："今天是第一天上课，大家随便谈谈。你们经过一星期的新生辅导，对学校的各项规则，还有什么不明白的地方？"

看来也很民主的样子，不像校长，说起话来咬牙切齿，斩钉截铁，一对眼睛瞪得又圆又大，毫无商量余地。沈琪马上就举起手来说："我有问题。"沈先生点点头，沈琪站起来大声地说："请问沈先生，为什么住校的同学可以不穿制服，而走读的同学一定要穿，这不是不公平吗？"

她问得咄咄逼人，我真替她捏把汗。

沈先生笑嘻嘻地说："我来解释一下。本来穿制服，一来是为了整齐划一，二来是代表学校，当然最好是全体同学一律穿制服。但学校为了体谅住校同学自己洗制服、烫制服忙不过来，交给女工洗烫又太贵；不勤洗的话，穿在身上反而不整洁，所以才通融。除了周一、周五有纪念周与周会的日子以外，可以不穿制服。走读的同学，在校外要表现学校精神，一定要穿制服，好在穿脏了可由家里人洗。"

沈先生说得很有道理，我们想不出话来反驳了。可是沈琪又说话了："在一个课堂里上课，有的穿制服，有的不穿，就是不整齐嘛。"

"如果住校同学愿意天天穿制服，当然再好没有，只要能保持整洁。学校的通融办法不是硬性规定，更不是厚此薄彼。沈琪，因为你是走读的，才会这样想。如果你是住校的话，一定会觉得这样的通融是很合理的。"沈先生放下书，在黑板上写了"公平合理"四个字。露了下金牙，又收敛起笑容，用比较严肃的神情说："你们在学校读书，接受新知识，要渐渐养成判别事理的正确观念。沈琪刚才说到公平不公平的问题。我就来说说，什么是公平。公平就是诚诚恳恳地处理一件事，对待一个人。出发点是为了大家的利益而不是为自己，这就是无私心。处理事情恰当就是合理。就拿穿制服这件事来说吧，住校与走读的同学易地以处，就觉得是公平合理的了。"

大家都听得心服口服，可是沈琪仍在嘀咕："天天穿制服，好单调啊！"一位住校的同学说："那你明年住校好啦。"大家都笑了。

沈先生笑笑说："你看你们为了一点点小事，各人只就自己的利益着想，意见就不一致了。其实学校的规定，没有一条是存心和你们作对的，主要是辅导你们走上正确的道路。比如宿舍在晚上是九点熄灯，为了养成你们早起早睡的好习惯。考试期间，延长一小时，你们就会懂得好好利用时间了。如果有人躲到练琴间偷偷点蜡烛开夜车，就是违反校规，再用功的学生也要处罚的。"

沈先生说得很有道理，我从小就比较胆小听话，对他也就佩服起来了。而且想想许多严格的校规，只要不去触犯，也就不会感到有什么不自由的限制了。

沈先生第一天上课就博得同学的好感，至少他不是一位不讲理的训导主任。头脑开明，心胸宽大，虽然执法如山，平时却很和气。最有趣的是他在纪念周或周会上向大家做报告时，常常喜欢把一只手圈成一个圈，放在嘴边，好像可以把声音扩大似的。我们顿时觉得他真是名副其实的"号兵"。有一次他带我们远足，教我们唱进行曲，我们就告诉他把他的名字"浩滨"改写为"号兵"的事，他听了拍手大笑说："好极了，以后你们更得听我的号声，行动要迅速一致啰！"

他说："号兵是行军时吹进行曲的前哨兵，要勇敢、机智，要以全副精神投注入号声之中；吹出来的调子即使单调，却有振奋人心，鼓舞你勇往直前的效果。就连学校里吹起身、升旗、作息号的工友，都要负责、守时，全校师生都得听他的号声。你看他吹号时全神贯注，挺身而立的神情，不是像一只报晓的公鸡，多么自信和威武啊！"

沈先生的一席话，使我们对原来是开开玩笑的"号兵"的名称，也领略到一层新的意义。

有一天在党义课上，我忽然心血来潮，举手起立问道："沈先生，党义，党到底有什么意义？孔夫子不是说，君子群而不党吗？结党不就是营私吗？"

沈先生想了一下，慢条斯理地说："'党'并不是一个坏的字眼。比方'邻里乡党'的'党'，就表示彼此关怀。凡是志同道合的人，为一个大公无私的宗旨结合在一起，从而产生比孤立的个人更多力量的团体，也就是'党'。像国父号召同志，领导革命，有组织，有目标，志士们都抱着一腔爱国热诚，推心置腹，个人祸福生死在所不计，这样精诚结合的党，岂不是一个大公无私的政党呢？"

沈琪马上接着问道："如果另外有一个人，自认为很有才能，也自认为是爱国志士，但他不愿只做个服从别人领导的人，而要另外组织一个团体，自己当领导人物。他标榜的也是为国为民，那又有什么不可以呢？"

沈先生说："如果两个团体努力的宗旨完全相同的话，自然就当合而为一，没有彼此攻讦打击的理由。如果他标新立异，不愿合作，那就是自私的野心家，不是大公无私的政治家。那样的党，就只有削弱了革命的力量，那样的党得势的话，国民是不会有幸福的。"

爱发表言论的沈琪又大声地说："我知道你说的那种党。我爸爸说过，党与党不一样，有的是有饭大家吃，有的是大家有饭吃。"

沈琪说完了还不坐下来，一副眉飞色舞、得意非凡的样子。我总觉得她的表现欲是很强的，有一天她如果当级长的话，她的领导力也是很强的。我却不一样，胆子好小，什么事只能躲在别人后面，默默地出一点小力而已。

沈先生听了沈琪的话，很高兴地说："你父亲说得简单明了。有饭大家吃不一定吃得饱，甚至只顾自己吃，不给别人吃，那就会你抢我夺，彼此猜疑。人人有饭吃，饭就很多，吃得饱，还要吃得好。所以大家会努力奋斗，追求更好的生活方式。"

沈先生还讲了《论语》上的忠恕之道，与国父三民主义思想非常吻合的道理。他讲国父的一个故事，有一个人对国父表示忠勤，后来又反悔了，而且偷走了一份革命党人的名册。国父佯装不知。不久那人忏悔了，国父一点也不计较他的过失，反而给他一份重要的工作。

那个人深深感动，因而极力效忠。这就是孔子所说的"感人以德"的泱泱君子之风。沈先生讲故事都在授课之中插入，使我们原来对党义这门课毫无兴趣的，都听得津津有味。他讲得兴高采烈时就把右手圈在嘴唇上，做出吹号的样子，我们真觉得他是一位"号兵"呢。

　　初三时，沈先生不再教我们课了，但因为他是训导主任，我们仍常常和他接触，那就是犯了过错被请进去"吃大菜"（受训斥的意思），可是沈先生的"大菜"是可口而富于营养的。他并不板起面孔训话，而是笑嘻嘻地先讲个笑话或故事，让我们自己想想，错在哪里？比方说有一次我们住校生三五个人在一个周日的晚上，逾格请外出假去看一场马上要下片的好电影。学校批准我们八时半以前一定要返校。电影散场不到八点，回校时间是绰绰有余的。可是当我们经过一间饺子店时，那股锅贴的香味实在太引诱人。每人身上都还有几个零钱，原可以买回来吃，但总觉得坐在店里正式吃，有一派做大人的味道，于是就进去围坐一桌，大吃特吃一顿。又在水果摊上买了甘蔗、菱角，踌躇满志地回校。到了校门口，大门已关上，才知已过八时半，快九点了。幸得好心的老工友悄悄开边门放我们进去，舍监已经眼睛瞪得铜铃似的，站在宿舍门口等我们了。大名被记下来，都直接送到校长室，她是存心和我们作对。我们并不怕训导主任的美味大菜，怕的是校长，她的一对铜铃眼比舍监的还大，她会在周会上，一个个地把我们拎到讲台上亮相，好像犯了什么十恶不赦的大罪似的，看来这次是劫数难逃了。

　　我们走进校长室，沈先生也坐在旁边。校长还没开口呢，他先说话了。他说有一个孩子，总是不听父母的话，每回外出时叫他早点回家，他总是晚归来。有一天，他又要出去了，父亲厉声地说："这次出去就别回来了。"孩子在外却越玩越没劲，心里有一种无依的感觉，反而提早回家了。看见父母正在门口张望，母亲又高兴又意外地问他为什么这么快回来了？孩子一向倔强，不愿把真心话说出来，他说，因为爸爸叫我不要回来嘛，所以我回来了。母亲"噗嗤"一声笑了。从那以后，他再也不迟归了。讲完故事，校长也笑了。气氛立刻缓和下来。校长说："学校所订的校规，一来是养成你们守法、守秩序的观念，培养你们健全的人格。二来是保护你们。你们不是不被允许外出，但必须在规定时间回校，以免我们担心。家有家规，校有校规，国有国法。在法规范围以内，一切都是非常自由的，触犯了法规，受了惩罚，就感到不自由了。你们应当反省自己的行为超越了自由的范围，而不是合理的法规给你们的限制太严。比如每年到了冬天，政府都要宣布宵禁，夜间十二时以后不许有行人。这是为了居民的安全。这样的禁令，只有小偷与强盗才感到不便，善良的百姓，一定会感激政府对大家的保护是无微不至的——"

校长说话一向非常严肃，这一席话说得明明非常有道理，但我们心里总是怕怕的。幸得沈先生一直在边上，看着他笑嘻嘻的神情，大家心里也就放松了。那一次姑念我们初犯，校长没有记我们过，也没有把我们拎上礼堂讲台。

沈先生后来要去英伦留学了。全校同学都好舍不得他。我们虽然觉得他镶着金牙，即使穿西装也有一股土气，但这股土气是非常中国的。他中国古书读得多，英文又好，他是应当再出国深造的。

临别之前，我们全班合作，由我写了一首送别沈先生的诗。因为沈琪声音又响亮又美，在惜别晚会上，由她带领大家，一起朗诵。我们把对一位良师的感激，和满腔别绪离情，统统都朗诵出来了。

还记得那首诗是这样的：

浩滨、号兵

我们敬爱的号兵

他负责、守时

更有一颗仁慈的心

他赏罚严明，诲我谆谆

有如我们的父亲

号兵、浩滨

望着浩瀚的海滨

我们圈起手

吹起别离的号声

祝敬爱的老师

此去万里鹏程

浩滨、号兵

我们敬爱的号兵

永远怀念的浩滨

祝您鹏程万里

万里鹏程

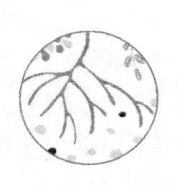

笑的故事

老牌影星胡蝶颊上的酒窝，笑起来最迷人。在初中时代，我与同学们都是左一张右一张抢购她的照片。没想在台湾居然与她见了面，一同谈笑，合拍照片，还由她亲笔签名赠送《锁麟囊》剧照。大家都已是花甲之年，面对她，我却像回到少女时代似的，非常开心。看她的一对酒窝，竟是"老而弥深"。我们夸她酒窝迷人，她说："酒窝是笑出来的呀，多笑笑就会有酒窝了。"她又说以前她先生有时拉长一张脸，不笑也不说话，她就拿一面镜子给他说："照照看，这样的脸好不好看？"她真是懂得生活艺术的一位老艺人呢。

我中学的校长，非常严肃，对学生说话，从来没有笑容。一对眼睛瞪得大大的，我们背后都喊她"猫头鹰"。可是训导主任恰巧相反，总是笑口常开。校长怪他不够严肃，他说《圣经》上说的："'快乐微笑的时候，只牵动面部筋肉十三条，忧愁皱眉的时候，却要牵动六十五条筋肉。'为什么不快快乐乐地笑呢？笑才不容易老啊。"所以我们都好喜欢他，给他起个外号叫"号兵"，因为他说话的时候总喜欢把手圈在嘴上，做出吹号的样子，正巧他的别号又是"浩滨"。校长以外还有两位女老师也是不笑的。一位是教音乐唱歌的曹老师，一张四平八稳的白板脸，粉又搽得厚，我们背后都喊她"曹操"。她教我钢琴，把我整得该有的音乐细胞统统死光，因此恨透了钢琴，也恨透了她。我真不明白，一个教音乐的怎么会与笑绝缘？她弹的该是人生的最低调吧。

另一位不笑的是教生物的马老师，长得可真是漂亮，二十多岁的年龄，入时的打扮，后颈挽一个松松的髻子。细白的皮肤，清秀的眉眼，不高不低的鼻梁，她如能一笑，可真是百媚生，偏偏她就是不笑。第一堂上课时，她绷着脸对我们说："我有个习惯，从不记同学的名字，点名只点座位号码。还有，我上课的时候，同学们绝对不许说话，不许笑。"我们一时都吓得鸦雀无声。莫非她是科学怪人，把我们都当机器零件看，所以只认号码不认人。可是她讲课却讲得真好。在黑板上画的一片叶子、一朵花瓣、一只昆虫，真是惟妙惟肖，清清楚楚，一丝不苟。想来她只对动植物有兴趣，对人没兴趣吧。

有一次，她讲生命历史最悠久的蟑螂，就叫我们观察蟑螂，画蟑螂。我生平最怕的是蟑螂，活的不敢捉，就捏着鼻子去实验室借来个用大头针钉着的死蟑螂，战战兢兢地，偏偏又把一条腿弄掉下来了。我不禁喊起来："马先生，我的腿断了，怎么办？"同学们都忍不住大笑起来。马老师喝道："不许笑，潘希真不小心弄断了腿，有什么好笑？"大家听了更想笑，因为她明明说不记我们名字的，怎么又叫名字？而且叫得一点不错。她"噔噔噔"地走过来，帮我把蟑螂腿摆好。说："再小心地画。"我后座的同学沈琪，既聪明又顽皮，画得一手好画，她悄悄地说："我来帮你画。"她把蟑螂连纸拿过去，画出来的却是一只奄奄一息俯卧的蟑螂，一只断腿离得远远的，一群蚂蚁围绕着，正想把它扛走。蟑螂的尾端，也有几只蚂蚁在爬，边上写了两个字："施舍。"我看着，愣在那儿半天，心里好难过，却真佩服她想得出来。我说："你画的是丰子恺的漫画嘛，马先生一定更生气了。"

马老师又"噔噔噔"地走过来，看了一下画，一声不响就把画收去了，对我说："现在不是上图画课，我要你们仔细观察昆虫。你就先只画一只腿好了。"沈琪向我做了个鬼脸，得意地说："她一定很喜欢我那张画呢。"

有一次语文课正教了《笑笑先生传》，下一节就是生物课。十分钟休息的时间里，沈琪在黑板上写了"笑"与"哭"两个字，下面写着："你们看，哪一个字可爱？"马老师进来了，对黑板看了一下，拿起板擦来先擦去"哭"字，再慢慢地擦去"笑"字。但她脸上仍旧是一丝儿笑意也没有。沈琪忽然举手问道："马先生，我知道猴子会笑，猫狗会不会笑呢？"马老师说："动物本能的动作和声音，可以互相表达感情，也就像人类的语言和哭笑。我们仔细观察就会分辨得出来。"另一位同学马上追问："那么小麻雀会笑吗？"大家想笑又不敢笑，马老师瞪了她一眼说："你大清早上自己仔细地听好了。"大家老是问"笑"的问题，无非是想逗马老师笑一下，因为我们都相信她笑起来一定很美的，但她还是不笑。

我们举行春季远足，级任房老师和马老师是好友，请了她一同去。房老师和蔼极了，我们问她："马先生喜欢我们吗？"她说："当然喜欢，她说你们聪明又顽皮。"我们说："那她为什么不对我们笑呢？"房老师说："你们看吧，今天我一定会逗得她笑。"

坐在西湖船上，沈琪已悄悄地画下马老师的像，是一张笑嘻嘻的脸。我说："不像嘛。"她说："等她一笑就像了。"

房老师开始讲笑话了。她说：喜欢恶作剧的徐文长有一天看见一个妇人在坟上哭泣，他想逗她笑，就走到旁边的坟上，跪下来祝告："娘呀，儿子很穷，买不起吃的来祭你。想起您生前最最喜欢看儿子翻筋斗，儿子现在就翻个筋斗给娘开开心。"说着，他就一骨碌翻了个筋斗，逗得那妇人不由得挂着眼泪笑起来了。我们听了也哈哈大笑。看看马老师，果然抿着嘴儿笑了。沈琪立刻把画像递给她说："马先生，给您画的像。"我们看看马老师，又看看画像，觉得沈琪画得真像，因为马老师笑了。

马老师说："沈琪，你这次画的，比那次画的断腿蟑螂可爱多了。"原来沈琪的名字，她也记得清清楚楚。于是同学们都纷纷问她："马先生，记得我叫什么名字吗？"

"记得。"她说，"可是你们是第几号，倒又不记得了。"她笑得更灿烂了。从此她上课不再绷脸了，我们对生物课也更有兴趣了。

读书琐忆

琦君散文精选

八宝箱里小玩意无穷无尽,琴几太小,我只能每隔几天调一批。调换时,一样样地摩挲把玩,一样样地追忆——这是家传宝物,这是一位好友送的,这是小读者寄来的,这是学生特地为我做的,这是我自己买的……每一样都有一段亲切的来历,心头感到好温暖。

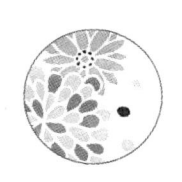

自己的书房

新加坡一位诗人好友久未来信,正惦念中,他的信到了,龙飞凤舞的字里,看出他的忙碌和兴高采烈。他告诉我最近搬了家,忙得人仰马翻,但高兴的是,十多年来读书写诗,今天才算真正有一间属于自己的书房。

我也好为他欣喜。一间属于自己的书房,多么让人感到舒畅、自由又温暖。

环顾我自己呢?我就坐在客厅与饭厅的餐桌一角,读书、写稿。晚上他在家时,我们各据一方,一盏高而老的台灯,还是朋友从地下室掏出来送给我的。古色古香的灯罩上,我自己涂上了猫狗的儿童画。灯光一透出来,它们就活了。对我跳,对我笑。愈看愈满意自己的杰作。

我们在灯下看书报、谈心、涂涂写写。他那不熟练的打字机声,哒哒的很有节奏,但不至催我入梦,因为我正陶醉在诗词或小说里。有时念两句名句与他共享,他就会用四川乡音朗吟起来。那倒真有点催眠作用了。讲小说故事或技巧,他是不大有兴趣听的,因为他略微缺少点"文学的想象力",他的兴趣在"踏踏实实的生活"上,如何改善生活,如何增进健康是他喜欢研究的。我们虽道不同,仍可相与谋，因为我稿费的微薄收入归他经管，他的饮食归我料理。因此一同挑灯夜读，仍旧其乐融融。

我们的书，从台湾带来一部分心爱的，来此后也陆续添了不少。但我们一直没有买书橱。就由他的巧手用卡通箱自制，倚着墙壁一字儿排开，他编的书目分类可使我信手抽出书来。"书橱"背上摆了各色盆花，迎着窗外的和风丽日，欣欣向荣。屋子坐北朝南，他说"风水"是最好的。不管风水吧，至少当窗的景观是这一批小区房屋中最好之一。远处是青山绿树，近处是各型玲珑的房屋，屋前院子里四季花木扶疏。一到晚上，那远远近近的灯光令你着迷，静悄悄的小镇，就像属于你一个人的了。

我的"书房"，就是如此令我满意，尽管它是如此的简陋。

说实在的，我始终未曾有过一间真正的书房。但过去每间简陋的书房，都使我留下一段温馨的怀念。

刚到台湾时，行囊中只有《唐宋名家词选》一部小书，和一本手抄的"心爱诗词选"（此书后来被一位爱书贼窃去，至为心痛）。工作安定以后，才在重庆南路、南昌街，省吃俭用地添购一些书。开始写作以后，文友赠书渐增，心灵天地也拓宽了。

但那时我的书房，上即是办公大楼底层，不满四迭的一间宿舍，书桌是一张有靠手的藤椅，上加一块他自己刨制的光滑木板。木板是万能的，移来移去当餐桌、当缝纫桌，也当书桌。书柜是三层木架，饰以绿帘。在那方寸的木板上，我有过泉涌的灵感，写下不少篇章。在楼上的办公室里，我也理出一角，在夜晚可以上来静静地看书写稿。白天，即使是嘈杂的谈话声或打字机声中，我仍可抽空阅读。二十多年的公务员生涯，我就在忙碌的工作中，不忘旧业、培养兴趣。在我心中，一直有一间"自己的书房"。我总尽量保有"亭子小如斗，我心宽似天"的境界，我从来没有羡慕别人富丽堂皇的房屋。

不敢说自己是淡泊，但能如此安于现状，不能不感谢童年时代那位认不得几个大字的阿荣伯。是他给我建造了第一间书房。在那里面，我很满足地感到方寸之地，便是自己的天地。在那里面，使我早早养成易于满足的性格。

那时，乡间房屋虽大而松散，族里来往的亲戚多，好像每间屋子都有人住，总有人进进出出。我从小是个喜欢有个自己角落的人，而老师教我读书的书房又是那么的冰冷严肃。于是巧手的阿荣伯，就为我在楼上罕有人到的走马廊的一角，用木板隔出一间小小的房间。有一面倚着栏杆，可以远眺青山溪流与绿野平畴。阳光空气既好，又少蚊蝇来袭，有时小鸟飞来，停在栏杆上，友善地和我对望片时又悠然飞走。阿荣伯教我以小米喂它们以后，它们都停到我手背上来了。

房间里有一张小木桌，一张小木凳，一只矮木箱，里面藏的是老师不许看的小说，与小朋友交换来的香烟画片，还有阿荣伯的木炭画（那是他用木炭在粗纸上描的关公、张飞。是他最敬佩的两位"神佛"。他说赵子龙太年轻了，画不好。关公和张飞的胡子很好画。）我坐在里面，为的是逃学、偷看小说、吃花生糖、炒米糕、桔子。那都是趁母亲不备时偷来的，装在一个盒子里慢慢地吃。阿荣伯给我的是田里拔来的嫩番薯，嫩萝卜，都是母亲不许生吃的。阿荣伯说吃点泥土才会百病消除，长大得更快。

小书房曾一度被父亲命令拆除，阿荣伯再为建造。我那时还不到十岁，因母亲的忧郁感染了我，常使我觉得做人好苦，而萌逃世之念。阿荣伯说："把心思放在一样事情上，定一个心愿去做就快乐了。"

他的话很有道理，我就专心看小说，也背书，比在老师教我读书的真正书房里专心得多。因为这是我喜欢的地方，使我有遗世独立之感。

　　我长大了，要出门求学，不能永远待在那间小书房里。可是小书房一直是我留恋记挂的。多少年后回到家乡，赶紧跑到楼上走马廊的一角看看，木板屋尚未拆除，里面小桌小凳都已不知去向，木箱仍在，里面还剩了一本《西游记》。我呆呆地站在那里，小时候的情景一幕幕想起来。木板小屋是阿荣伯的手艺，是他为我建造的书房。我的童年在此度过。阿荣伯教我的话，我也仍牢记心头。我虽不能再坐在这里面读书，但这间书房将永远在我心中。

　　今天，我清清静静地坐在书桌边，抬眼望窗外艳阳下的好风景，童年时代的第一间书房便涌现心头。它启示我如何排除忧患，知足常乐。

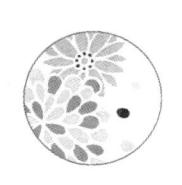

读书琐忆

我自幼因先父与塾师管教至严,从启蒙开始,读书必正襟危坐,面前焚一炷香,眼观鼻、鼻观心,苦读苦背。桌面上放十粒生胡豆,读一遍,挪一粒豆子到另一边。读完十遍就捧着书到老师面前背。有的只读三五遍就琅琅地会背,有的念了十遍仍背得七颠八倒。老师生气,我越发心不在焉。肚子又饿,索性把生胡豆偷偷吃了,宁可跪在蒲团上受罚。眼看着袅袅的香烟,心中发誓,此生绝不做读书人,何况长工阿荣伯说过:"女子无才便是德。"他一个大男人,只认得几个白眼字(家乡话形容少而且不重要之意),他不也过着快快乐乐的生活吗?

但后来眼看五叔婆不会记账,连存折上的数目字也不认得,一点辛辛苦苦的钱都被她侄子冒领去花光,只有哭的份儿。又看母亲颤抖的手给父亲写信,总埋怨词不达意,十分辛苦。父亲的来信,潦潦草草,都请老师或我念给她听,母亲劝我一定要用功。我才发愤读书,要做个"才女",替母亲争一口气。

古书读来有的铿锵有味,有的拗口又严肃,字既认多了,就想看小说。小说是老师不许看的"闲书",当然只能偷着看,偷看小说的滋味,不用说比读正经书好千万倍。我就把书橱中所有的小说,一部部偷出来，躲在远离正屋的谷仓后面去看。此处人迹罕到，又有阳光又有风。天气冷了，我发现厢房楼上走马廊的一角更隐蔽。阿荣伯为我用旧木板就墙角隔出一间小屋，屋内一桌一椅。小屋三面木板，一面临栏杆，坐在里面，可以放眼看蓝天白云，绿野平畴。晚上点上菜油灯，看《西游记》入迷时忘了睡觉。母亲怕我眼睛受损，我说栏杆外碧绿稻田，比坐在书房里面对墙壁熏炉烟好多了。我没有变成四眼田鸡，就幸得有此绿色调剂。

小书房被父亲发现，勒令阿荣伯拆除后，我却发现一个更隐蔽的安全处所。那是花厅背面廊下长年摆着的一顶轿子。三面是绿呢遮盖，前面是可卷放的绿竹帘。我捧着书静静地坐在里面看，绝不会有人发现。万一听到脚步声，就把竹帘放下，格外有一份与世隔绝的安全感。

我也常带左邻右舍的小游伴，轮流地两三人挤在轿子里，听我说书讲古。轿子原是父亲进城时坐的，后来有了小火轮，轿子就没用了，一直放在花厅走廊角落里，成了我们的世外桃源。游伴们想听我说大书，只要说一声："我们进城去。"就是钻进轿子的暗号。

在那顶轿子书房里，我还真看了不少小说呢。直到现在，我对于自己读书的地方，并不要求如何宽敞讲究，任是多么简陋狭窄的房子，一卷在手，我都能怡然自得，也许是童年时代的心理影响吧。

进了中学以后，高中的语文老师王善业先生，对我阅读的指导，心智的发现至多。他知道我已经看了好几遍《红楼梦》，就教我读王国维《〈红楼梦〉评论》。由小说探讨人生问题、心性问题。知道我在家曾读过《左传》《孟子》《史记》等书，就介绍我看朱自清先生《古书的精读与略读》，指导我如何吸取消化。那时中学生的课外书刊有限，而汗牛充栋的旧文学书籍，又不知如何取舍。他劝我读书不必贪多，贪多嚼不烂，徒费光阴。读一本必要有一本的心得，读书感想可写在纸上，他都仔细批阅。他说"如是图书馆借来的书，自己喜爱的章句当抄录下来，如果是自己的书，尽管在书上加圈点批评。所以会读书的人，不但人受书的益处，书也受人的益处。这就叫作'我自注书书注我'了。"他知道女生都爱背诗词，他说诗词是文学的，哲学的，也是艺术音乐的，多读对人生当另有体认。他看我们有时受哀伤的诗词感染，弄得痴痴呆呆的，就叫我们放下书本，带大家去湖滨散步，在照眼的湖光山色中讲历史掌故，名人轶事，笑语琅琅，顿使人心胸开朗。他说读书与交友像游山玩水一般，应该是最轻松愉快的。

高中三年，得王老师指导至多，也培养起我阅读的兴趣，与精读的习惯。后来抗战期间，避寇山中，颇能专心读书，勤作笔记。也曾手抄喜爱的诗词数册，可惜于渡海来台时，行囊简单，匆遽中都未能带出，使我一生遗憾不尽。现在年事日长，许多读过的书，都不能记忆，顿觉腹笥枯竭，悔恨无已。

大学中文系夏瞿禅老师对学生读书的指点，与中学时王老师不谋而合。他也主张读书不必贪多，而要能选择，能吸收。以饮茶为喻，要每一口水里有茶香，而不是烂嚼茶叶。人生年寿有限，总要有几部最心爱的书，可以一生受用不尽。有如一个人总要有一二知己，可以托生死共患难。经他启发以后，常感读一本心爱之书，书中人会伸手与你相握，彼此莫逆于心，真有上接古人，远交海外的快乐。

最记得他引古人之言云："案头书要少，心头书要多。"此话对我警惕最多。年来总觉案头书愈来愈多，心头书愈来愈少。这也许是忙碌的现代人同样有的感慨。爱书人总是贪多地买书，加上每日涌来的报刊，总觉时间精力不足，许多好文章错过，心中怅惘不已。

回想当年初离学校，投入社会，越发感到"书到用时方恨少"。而碌碌大半生，直忙到退休，虽已还我自由闲身，但十余年来，也未曾真正"补读生来未读书"。如今已感岁月无多，面对爆发的出版物，浩瀚的书海，只有就着自己的兴趣，与有限的精力时间，严加选择了。

我倒是想起袁子才的两句诗："双目时将秋水洗，一生不受古人欺。"我想将第二句的"古"字改为"世"字。因他那时只有古书，今日出版物如此丰富，真得有一双秋水洗过的慧眼来选择了。

所谓慧眼，也非天赋，而是由于阅读经验的累积。分辨何者是不可不读之书，何者是可供浏览之书，何者是糟粕，弃之可也。如此则可以集中心力，吸取真正名著的真知灼见，拓展胸襟，培养气质，使自己成为一个快乐的读书人。

清代名士张心斋说："少年读书，如隙中窥月。中年读书，如庭中赏月。老年读书，如台上望月。"把三种不同境界，比喻得非常有情趣。隙中窥月，充满了好奇心，迫切希望领略月下世界的整体景象。庭中赏月，则胸中自有尺度，与中天明月，有一份莫逆于心的知己之感。台上望月，则由入乎其中，而出乎其外，以客观的心怀，明澈的慧眼，透视人生景象。无论是赞叹，是欣赏，都是一份安详的享受了。

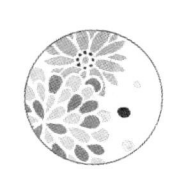

四十年来的写作

四十年来,我一直兢兢业业地没有放下笔,一来是由于写作是一份旨趣,放弃了会感到空虚。二来则是希望写作鞭策自己日新又新,至少使心灵与思维保持敏感清新。所以写作与读书是我的终生寄托,在这方面的锲而不舍,只是历程而不是成果。我无论怎样忙乱或心情欠佳时,一投入写作,烦忧就会丢诸九霄云外。虽然文章里有喜有悲,那是忘我的悲喜,是超越于尘缘之外的悲喜,即使流泪也是快乐的。

我的作品,从构思到完成,过程是相当辛苦的。对自己来说,也是一种快乐的煎熬。也许有人认为写散文不比写小说,小说要安排故事,穿插情节,描绘人物,呈现主题。散文则是直抒胸臆,正如胡适之先生说的"我手写我口"。但文章究竟不同于口语,不能不下一番修饰工夫。古语说:"言而不文,行之不远。"我们读古今名家散文,无不字字珠玑。我是念文学的,也爱诗词。在一篇稿子写完以后,总要来回读好几遍,检查上下文语气是否贯穿,全文前后是否呼应,是否有矛盾。遇有句中声音太接近的字或重复的字,总要尽量修改,尽量做到"文从字顺"。我不喜欢玩文字游戏,或故作惊人之笔。认为"平易"并不是"平淡""平庸",要写到平易,才是工夫。

写作是快乐的煎熬，也是苦乐参半。当一篇稿子写到一半，突然思路不通，卡住了，那真是懊丧万分。只好废笔而起，外出散步或做家务、手工，整个把它忘掉，回头来再提笔。如仍继续不下去，就把稿子撕去，相信人人都有此经验。我不是天才，很少能有一气呵成的文章，总是涂涂改改，抄了再抄。尽管再抄的字迹仍一样不成形不成体，而文章却渐渐成形成体了，到此时，心头的快乐无比。

童年时代虽读过古书，但都是有口无心的背诵。直到高中大学以后，经几位恩师指点，才真正体会其中奥妙。尤其是《左传》《史记》中的许多篇章，读一遍有一遍的领悟，觉得现代学者的许多文学理论，种种的主义等等，都包含在我国古典巨著之中了。此二书对散文小说之创作，可取法之处不胜枚举。至于历代大家诗词，选若干篇自己所喜爱的，时时默念背诵，则有陶冶性灵，拓展胸襟之功。于哀伤忧患中使我振奋，引导我走上人生正路。默诵诗词真有如信徒们的祈祷一般。

奥尔科特的《小妇人》一系列三本小说，我一直爱不释手。这是我中学英文课本，老师讲解时对于我们的为文为人，启发至多，至理名言，念念在心。三书的英文平易而美妙，写平凡的家庭亲子之情，安贫乐道的高洁情操，一片厚道朴质的气氛，洋溢全书。故事的穿插，人物的描绘，亦极为自然生动。作者于无技巧中见技巧，功力实不逊于其他许多名著。《小男儿》则是极好的儿童文学，老少咸宜。我喜爱这三部书远胜于《咆哮山庄》与《傲慢与偏见》。我是不研究西洋文学理论的人，读小说只凭一己的爱好与直觉而欣赏，《约翰·克利斯朵夫》写主人翁在"善与恶"，"成功与失败"，"享乐与苦难"之间的颠簸挣扎，深刻万分。细读一部好的名著小说，获益岂止在写作技巧上的领悟而已。

我在司法界工作达廿六年之久，有一度曾任刑庭记录书记官之职。面对社会的丑恶面，对人情世事与人性也更多一层认识。幸运的是获得一二位仁慈老法官的指点诲谕，又忆起先父母与恩师慈悲为怀的教诲，愈加希望能以文学的力量，转社会的戾气为祥和，转人世的烦恼为菩提。所以廿六年的漫长岁月，不但没有消磨我的志气，反给我更多的历练。我访问了监狱里的受刑人，有许多受刑人还和我通信倾谈悔过自新的心情，使我编写教化教材，更具信心。我深感监狱受刑人教化教育工作，比正常的学校教育，要付出更多的耐心与爱心。我也曾以法官与受刑人的题材，写过几篇短篇小说，也是一份"哀矜勿喜"的深刻体验。

我最爱的书是《左传》《楚辞》《史记》，杜甫、白居易诗，苏东坡、辛弃疾词，王阳明的《传习录》。小说最爱《红楼梦》《聊斋》，西洋小说最爱《约翰·克利斯朵夫》《简·爱》《黑奴吁天录》《小妇人》《好妻子》《小男儿》《红字》《块肉余生记》（即《大卫·科波菲尔》）等。

我没有写过多少部儿童文学作品，《卖牛记》《老鞋匠与狗》是我的即兴之作。此外还有《琦君寄小读者》（即《鞋子告状》一书）、《琦君说童年》。我不谈儿童文学的写作技巧，只是写出使儿童们会受感动的两个真实故事。没有幻想与虚构，没有渲染。此外大多写儿时生活的回忆，小读者们都很喜欢。我写作时，就回到儿时的心情，实实在在地写出当时的情景，因此现在的孩子们与老年人（当时的孩子）都喜欢看。我在写的时候，自己当年那个傻傻的样子就在眼前，所以并不觉得是在写回忆，只觉得自己又变成孩子了。如今虽已年逾七旬，但从不去想自己的年龄，可说是真正的"忘年"，只想到自己还有好多书要读，好多文章想写。遗憾的是时间不够，而且看过的书，查过的英文生字，转身即忘。因此奉劝年轻朋友，千万爱惜光阴，趁年轻记忆强时多读书多吸收，在成长中慢慢消化。培养辨识力、思考力，知道如何取舍。所谓的"智慧"，我认为并非天生而是培养的。天赋予我们都是同样的脑筋，看你是否肯运用，肯思考，否则脑筋就长锈了。

青年人喜欢新奇是好事，但一味追逐新奇，模仿新奇，而不凭自己深切的感受而写，纵然可以取宠于一时，也不是永久的。我国古典文学宝藏无穷，可以由浅入深，慢慢地读，慢慢地培植起深厚根基，然后或同时涉猎西方名著与文学理论。对中西文学之异同，心中自有尺度，就不至一味"崇"洋，或一味"泥"古了。朋友们都说我的散文中人物有小说的味道，但仅仅有"味道"是不够的。小说必须着意安排，强调，虚构，穿插，而我记忆中的人物实在太鲜活，太真实，我不忍心着意描绘，生怕他（她）愠怒而远离了我。还有些我想起来就不愉快的、曾给我极大痛苦的人物，我又没有一支凶狠的笔，一颗报复的心去写他（她）们。因为恩师与先母对我说过："时时要有佛家怜悯心肠，不要着一分憎恨。"由于这种矛盾心理，我笔下也产生不出反派角色，因此我永远只能写温厚善良人物。

但近年来，我时时有想写小说的意念。我想起《小妇人》里除了马叔婆有点古怪脾气以外，不都是善良到极点的人物吗？而且到了"看山又是山"的今日，正该调转笔来，于散文之外，再写点小说以自娱了。我在写第一篇小说《姐夫》，被《文坛》创刊号以第一篇刊出时，就曾对自己许下愿心，我要写篇长长的好小说，悠悠几十年飞逝而去，这篇小说在哪里呢？我对自己又如何交代呢？岁月不居，不知道上天留给我的还有几年？我真的还能写吗？而那个时代的人性，那些人物的悲欢离合，和彼此之间的倾轧，他们的爱与恨，不写出来，岂不都将被我埋没了吗。

再尝试写小说，固然是另一种挑战，我又怕注定会失败。因为愈看新秀的作品，我愈迷茫，小说究竟应当怎样落笔。我终于想起恩师的教诲："任何文章都可以读，都可以写，但求不失却自我。"那么还是照着自我既定的方针，写自己熟悉的人物，不要去关心什么主义或理论了。

中国古典诗词，蕴藏至丰，多读、多体会，自可以引发兴趣。不一定懂得技法与音韵平仄，只要于朗诵时心中有一分意境和美的感受就有益了。现代诗我虽不懂，但现代诗人多半于旧诗词有深厚素养。新诗想象之丰，比拟之鲜活，遣词炼句之精，多读可有助于散文之凝练。我喜欢将西洋名著翻译与原文对照起来细读。这并不是偷懒，而是可以体会译者对原著领悟之深刻，和他翻译时一字不苟之苦心。因而对两种不同语文在思想感情上之精妙表达方式，有了贯通，于其中可获得无穷乐趣。这也是一种进修英文与练习写作的方法。

我始终认为，创作上一个最重要的字就是"诚"。"诚"就是真挚的感情，正确的思想。古语也说"修辞立其诚，不诚无物。"没有真切的感受，只是在文字上玩技巧，终落得空疏无内容。秉一个"诚"字而写，便是至情至性的好文章。

其实写什么内容都无关系，只要是自己的深切感受。一花一木，一粒沙子中都可见大千世界。只要不是为文造情，只要不写梦呓似的叫人看了如堕五里雾中的文句。能寓情于事，寓理于情的，都是有可读性的好文章。

至于缅怀旧事之作，必须要对现实人生有所启迪，不能一味怀旧，否则那真变成"今之古人"，一点时代意识都没有的陈腐人物了。

三更有梦书当枕
——我的读书回忆

我五岁正式由家庭教师教我"读书"——认方块字。起先一天认五个，觉得很容易。后来加到十个、十五个，越来越多，也越来越快。而且老师故意把字颠三倒四地让我认，认错了就打手心。我才知道读书原来是这么苦的一回事，就时常装病逃学，母亲说老师性子很急，想一下把我教成个才女，我知道以后一定受不了，不由得想逃到后山庵堂里当尼姑。母亲笑着告诉我尼姑也要认字念经的，而且吃得很苦，还要上山砍柴，我只好忍着眼泪再认下去。不久又开始学描红。老师说："你好好地描，我给你买故事书。"故事书有什么用？我又看不懂，我也不想看，因为读书是这么苦的事。

最疼我的老长工阿荣伯会画"毛笔画"，就是拿我用门牙咬扁了的描红笔，在黄标纸上画各色各样的人物。最精彩的一次是画了个戏台上的武生，背上八面旗子飘舞着，怀里抱个小孩，他说是"赵子龙救阿斗"，从香烟洋片上描下来的。他翻过洋片，背面密密麻麻的字，阿荣伯点着一个字一个字地念，有的字我已经认识，他念错了，我给他改正，有的我也不认识。不管怎样，阿荣伯总讲得有头有尾。他说："小春，快认字吧，认得多了就会读这些故事了，这里面有趣得很呢！你认识了再来教我。"

　　为了要当他的老师，也为了能看懂故事，我对认字发生了兴趣。我也开始收集香烟洋片。那时的香烟种类有大英牌、太联珠、大长城等等。每种包装里都有一张彩色洋片。各自印的不同的故事：《封神榜》《三国演义》《西游记》《二十四孝》都有。而且编了号，但要收齐一套是很难的。一位大我十岁左右的堂叔，读书方面是天才，还写得一手好魏碑——老师却就是气他不学好，不用功。他喜欢偷酒喝、偷烟抽，尤其喜欢偷吃母亲晒的鸭肫肝。因此我喊他肫肝叔。他讲"三国"讲得真好听，又会唱京戏，讲着讲着就唱起来，边唱边做，刘备就是刘备，张飞就是张飞。连阿荣伯都心甘情愿偷偷从储藏室里打酒给他喝。我就从父亲那儿偷加力克香烟给他抽。他有洋片都给我。我的洋片愈积愈多，故事愈听愈多，字也愈认愈多了。在老师面前，哪怕他把方块字颠来倒去，我都能确确实实地认得。老师称赞我"天分"很高，提前开始教"书"，他买来一本有插图的儿童故事书，第一天教的是司马光的故事，司马光急中生智，用大石头打碎水缸，救出将要淹死的小朋友。图画上一个孩子的头伸出在破缸外面，还有水奔流出来。司马光张手竖眉像个英雄，那印象至今记得。很快的，我把全本故事书看完了，仍旧很多字不认识，句子也都是文言，不过可以猜。不久，老师又要教诗："一去二三里，烟村四五家，亭台六七座，八九十枝花。"诗原来还可以数数呢。后来肫肝叔又教我一首："一片两片三四片，五片六片七八片。九片十片无数片，飞入梅花都不见。"似乎说是苏老泉作的，我也不知道苏老泉是谁，肫肝叔说苏老泉年岁很大才开始用功读书，后来成为大文豪，所以读书用不着读得太早，读得太早了反而变成死脑筋，以后就读不通了。他说老师就是一辈子读不通的死脑筋，只配当私塾老师。他说这话时刚巧老师走进来，一个栗子敲在他头顶上，我又怕又好笑，就装出毕恭毕敬的用功样子。可是肫肝叔的话对我影响很深，我后来读书总读不进去，总等着像苏老泉似的，忽然开窍的那一天。

八岁开始读四书，《论语》每节背，《孟子》只选其中几段来背。老师先讲孟子幼年故事，使我对孟子先有点好感，但孟子长大以后，讲了那么多大道理我仍然不懂。肫肝叔真是天才，没看他读书，他却全会背。老师不在时，他解说给我听："孟子见了梁惠王，惠王问他你咳嗽呀？（王曰叟）你老远跑来，是因为鲤鱼骨卡住啦？（亦将有以利吾国乎？故乡土音'吾''鱼'同音。）孟子说不是的，我是想喝杯二仁汤（亦有仁义而已矣）。"他大声地讲，我大声地笑，这一段很快就会背了。老师还教了一篇《铁他尼邮船遇险记》。他讲邮船撞上冰山将要沉没了，船长从从容容地指挥老弱先上救生艇，等所有乘客安全离去时，船长和船员已不及逃生，船渐渐下沉，那时全船灯火通明，天上繁星点点，船长带领大家高唱赞美诗，歌声荡漾在辽阔的海空中。老师讲完就用他特有的声调朗诵给我听，念到最后两句："慈爱之神乎，吾将临汝矣。"老师的声调变得苍凉而低沉，所以这两句句子我牢牢记得，遇到自己有什么事好像很伤心的时候，就也用苍凉的声音，低低地念起："慈爱之神乎，吾将临汝矣。"的确有一种登彼岸的感觉。总之，我还是非常感激老师的，他实在讲得很好，由这篇文章，使我对文言文及古文慢慢发生了兴趣，后来他又讲了一个老卖艺人和猴子的故事给我听，命我用文言文写了一篇《义猴记》，写得文情并茂。内容是说一个孤孤单单的老卖艺人，与猴子相依为命。有一天猴子忽然逃走了，躲在树顶上，卖艺人伤心地哭泣着，只是忏悔自己亏待了猴子，没有使它过得快乐幸福，猴子听着也哭了，跳下来跪在地上拜，从此永不再逃，老人也取消了它颈上的锁链。后来老人死了，邻居帮着埋葬他，棺木下土时，猴子也跳入墓穴中殉主了。我写到这里，眼泪一滴滴落下来，落在纸上，不知怎的，竟是越哭越伤心，仿佛那个老人就是我自己，又好像我就是那只跳进墓穴的猴子。确实是动了真感情的，照现在的说法，大概就是所谓的"移情作用"吧。老师虽没有新脑筋，倒也不是肫肝叔说的那样死脑筋，他教导我读书和作文，确实有一套方法。可惜他盯得太紧，罚得太严，教起《女诫》《论语》时那副神圣的样子，我就打哆嗦。有一次，一段《左传》实在背不出来。我就学母亲捂着肚子装"胃气痛"，老师说我是偷吃了生胡豆，肚子里气胀，就在抽屉里找药丸。翘胡子仁丹跟蟑螂屎、断头的蜡烛和在一起，怎么咽得下去，我连忙打个嗝说好了好了。其实老师很疼我。他长斋礼佛，佛堂前每天一杯净水，一定留给我喝，说喝了长生不老，百病消除。加上母亲的那一杯，所以我每天清早得喝两杯面上漂着香灰的净水，然后爬在蒲团上拜了佛，才开始读书。老师从父亲大书橱中取出来的古书冒着浓浓的樟脑味，给人一种回到古代的感觉。记得那部诗经的字体非常非常的大，纸张非常非常的细而白。我特别喜欢。可惜我背的时候常常把次序颠倒，因为每篇好几节都只差几个字，背错了就在蒲团上罚跪，跪完一支香。起初我抽抽噎噎地哭，后来也不哭了，闻着香烟味沉沉地想睡觉，就伸手在口袋里数胡豆，数一百遍总该起来了吧。肫肝叔说得不错，人来此世界只为受苦，我已开始受苦了。不由得又念起那句文章："慈爱之神乎，吾将临汝矣！"晚上告诉母亲，母亲说："你不可以这样调皮。你要用功读书，我还指望你将来替我争口气。"我知道她为的是我喊二妈的那个人。二妈是父亲在杭州做大官时娶回的如花美眷，这件事着实伤了母亲的心，也使我的童年蒙上一层阴影。现在事隔将近半个世纪，二妈也去世整二十年，回想起她对我的种种，倒也并不完全出于恶意。有件事还不能不感激她，就是我能够有机会看那么多小说，正是由于她，她刚回故乡时，因杭州人言语不通，就整天躲在房里看小说，父亲给她买了不知多少小说，都用玻璃橱锁在他自己书房里，钥匙挂在二妈腋下叮叮当当地响。我看了那些书好羡慕，却是拿不到手，老师也不许我看"闲书"。有一天，肚肝叔设法打开书橱，他自己取了《西厢记》《聊斋志异》等等，给我取了《七侠五义》《儿女英雄传》，我们就躲在谷仓后面，边啃生番薯边看，看不懂的字问肚肝叔，为了怕二妈发现，我们得快快地看。因此我一知半解，不像肚肝叔过目不忘，讲得头头是道，但无论如何，我们一部部换着看，背着老师，倒也增长了不少"学问"。在同村的小朋友面前，我是个有肚才的"读书人"。他们想认字的都奉我为小老师，真是过足了瘾，可见"好为人师"是人之天性。阿荣伯为我在他看守橘园的一幢小屋里，安排了条凳和长木板桌，那儿人迹罕到，我和小朋友们可以摆家家酒，也可以上课读书。我教起书来好认真，完全是一副铁面无私的样子，我的教材就是儿童故事书和那一套套的香烟洋片，我讲了故事再讲背后的"文章"，挑几个生字用墨炭写在木板上，学着老师教我的口气，有板有眼。还要他们念，念不出来真的就打手心，我清清楚楚记得有一次硬是把一个长工的女儿打哭了，她母亲向我母亲告状说我欺侮她，还起了一场小小的风波，我心里那份委屈，久久不能忘记。因此也体会到，每当老师教我时，我实在应该用心听讲，才不辜负当老师的一片苦心。

二妈双十年华，却也吃斋拜佛，照说应该和我母亲合得来，但她们各拜各的佛，连两尊如来佛都摆出各不相让，各逞威严的样子。二妈用杭州口音念白衣咒、心经，非常好听。我印象最深的是她看小说也一句句大声地念出来，她看《天雨花》《燕山外史》等等，念一句,顿一顿,我站在一边听呆了。她回脸瞪着我问:"你在这儿干什么?"我很自然地说:"听你念书呀。"她大声说:"小孩子不能看这些书。"我心想我并没有看,是你在看呀!但也懒得分辩,回瞪她一眼就走开了。但不幸的是有一天被她发现《红楼梦》不见了,她确定是我偷的,更糟的是父亲又发现书房里少了几幅名画,几部碑帖,两案并发,肫肝叔和我都受了严重的拷问。肫肝叔一切都承认了,一副视死如归的样子。他说拿碑帖是为了临摹,父亲当场叫他写字,他拿起笔一挥而就,写的是"南无阿弥陀佛"六个大字,露着一脸的得意。没想到父亲居然点了几下头说:"字倒是有天分,你以后索性从写字上下功夫。"肫肝叔奉命唯谨,父亲就叫他抄《金刚经》,抄朱伯庐先生治家格言。于是二妈的矛头转向我,低声地说:"小春,你应当专心读圣贤书,这种小说不是你应当看的。"她的声音温和里透着一股斩钉截铁的力量,这股力量是父亲给她的。从那时起,我就怕了她,也有点恨她。但是看闲书的欲望却愈来愈强烈,我怀着一分报复的心理,去看大人们不许看的书。《清宫十三朝》《七剑十三侠》《春明外史》《施公案》《彭公案》……越看越觉得闲书比《左传》《孟子》有趣多了。老师看我昏昏沉沉的样子,索性开了书禁,每天指定我看几回《三国演义》,几回《东周列国志》,命我学《东莱博议》写人物史事评论,这下又苦了我了。肫肝叔却是文章洋洋洒洒,有一天他自动写一篇曹孟德论,把曹操捧上天,说刘备是个"德之贼也"的乡愿,父亲和老师看了都连连点头。他得意地对我说,写议论文一定要有与众不同的见解,才可以出奇制胜。但我对议论文总是没兴趣的,因此古文中的议论文也不喜欢读。我背得最熟的是李白的《春夜宴桃李园序》,刘禹锡的《陋室铭》和欧阳修的《醉翁亭记》。好像自己也有飘然物外之慨。

幸好这时我的另一位在上海念大学的二堂叔暑假回来了。他带回好多杂志和新书。大部分都是横着排印的，看了好不习惯，内容也不懂，他说那都是他学"政治经济"的专门书，他送给我一本《爱的教育》和一本《安徒生童话集》，我说我早已读大人的书了，还看童话。他说童话是最好的文学作品之一种，无论大人孩子都应当看。他并且用"官话"念给我听。他说"官话"就是人人能懂的普通话，叫我作文也要用这种普通话写，才能够想说什么就写什么，写得出真心话。老师不赞成他的说法，老师说一定要在十几岁时把文言文基础打好，年纪大点再写白话文，不然以后永不会写文言文了。我觉得老师的话也有道理，比如我读林琴南的《茶花女轶事》《浮生六记》《玉梨魂》《黛玉笔记》等，那种句子虽然不像说话，但也很感动人，而且可以摇头摆尾地念，念到眼泪流满面为止。二叔虽然主张写白话文，他自己古文根基却很好。他又送我苏曼殊的《断鸿零雁记》，害我读得涕泪交流。这些"爱情"书，都是背着父亲和老师看的。我那时的兴趣早已从"除暴安良"的武侠转移到"海枯石烂"的言情了。十二岁的女孩子，就学着《黛玉笔记》的笔调，写了篇《碎心记》。放在抽屉里被老师看到了，他摆着一脸的严肃说："文章还可以，只是小小年纪，不可以写这种悲苦衰烂的句子，会影响你的福分的。"其实我写的是母亲的心情，写得自认为非常哀怨动人。二叔也夸我写得好，说我以后可以写小说，不过要用白话文写。他叫我把他的故事写下来。原来他心里有一段非常罗曼蒂克的爱情。他喜欢侍候二妈的丫头阿玉。阿玉见了他，低垂着眼帘含有说不完的情意，肫肝叔也喜欢她，她理也不理他，肫肝叔说："她是应当喜欢二哥的，我不配。"从这一点看，肫肝叔是个心地很好的人。我教阿玉认字读书，二叔也买了整套的伟人故事书送她。肫肝叔说："还是让她读二十四孝吧！

那样她才能死心塌地侍候二嫂,读新书她就会不甘心,她就会哭的。"他说得一点不错,阿玉一直忍,也一直哭,后来哭着被嫁给了船夫,全家就在一条乌篷船上飘飘荡荡,二叔对她的爱情也没个了结。在当时,他俩那种脉脉含情的样子看了真叫人心碎。我打算学郁达夫《迟桂花》的笔调来写,但后来进了中学,学算术,学英文。看闲书、写闲文的心情反而没有了。

我到杭州考取中学以后,吃斋念佛的老师觉得心愿已了,就出家当和尚去了。我心头去了一层读古书的压迫感,反而对古书起了好感。寒暑假,就在父亲书橱中,随意取出一本本线装书来翻翻,闻到那股樟脑味,很思念老师。父亲要我有系统地读四史。《古文辞类纂》和《十八家诗钞》由他选了给我读。可是我只能按着自己的兴趣背诵,父亲有点失望,他说我将来绝不是个做学问的人,这一点是不幸而言中了。

从学校图书馆中,我借来很多小说和散文,尤其是翻译小说。父亲对朱自清、俞平伯的文章很欣赏,可是小说仍不赞成我多看。我倒也用不着像小时候那么躲着他偷看。那时中学课业不像现在繁重,课余有的是时间,我看了巴金、老舍、茅盾等人的小说,西洋小说中,我最爱罗曼·罗兰的《约翰·克利斯朵夫》,反复看了几遍,奥尔科特的《小妇人》是当英文课本念的,我们又指定看《好妻子》《小男儿》的原文,因为文字较浅。其他如《简·爱》《傲慢与偏见》《悲惨世界》,亦使我爱不释手。尤其是《小妇人》和《简·爱》,我感到写小说并不难,只要有一颗充满"爱"的心。记得当时还摹仿名家笔法,写了一个中篇小说"三姐妹",大姐忧郁如林黛玉,日记都是文言文的,二姐是叛逆女性,三妹天真无邪,写得情文并茂,自谓熔《红楼梦》《小妇人》和《海滨故人》于一炉,此文如在,倒真是我的处女作呢。二妈向我借去《茶花女》和庐隐的《象牙戒指》，又一句句地念出声来，念完了偏又说："如今的新派小说真啰唆，形容句子一大堆，又没个回目。"这么说着，却又向我再借，有时还看得眼圈儿红红的。在看小说上，我们倒成了朋友。我把这话告诉母亲，母亲深陷的眼神定定地看着我半晌说："你们彼此能谈得来，我也放心不少。"母亲脸上表情很复杂，好像欣慰，又好像失落了什么。我心里很难过，我觉得圣贤书和罗曼蒂克的爱情至上主义很难协调，因此我把《红楼梦》看了又看，觉得书中人个个值得同情。对自己的家庭，我也作如是观，因此我一时豁达，一时矛盾，一时同情母亲，一时同情二妈。后来读了王国维的《〈红楼梦〉评论》，好像又进入另一种境界，想探讨人生问题、心性问题。教我国文的王老师叫我看《宋儒学案》、王阳明《传习录》、胡适《中国哲学史大纲》。可是对我来说，这些书都太深了，倒是《传习录》平易近人。那时启发心智的书不及现在这么丰硕，我本是个不喜爱看理论书的人，父亲恨不得我把家中藏书都读了，我却毫无头绪地东翻翻西摸摸。先读《庄子》，读不懂了放下来再抽出《楚辞》来念，念着《离骚》和《九歌》时，不禁学着家庭老师凄怆的音调低声吟诵起来，热泪涔涔而下，觉得人生会少离多，十分悲苦。心中脑中一团乱丝理不清，我写信给故乡的二叔和肫肝叔，他们的回信各不相同。二叔劝我读唐诗宋词，寄给我一本纳兰的《饮水词》，吴蘋香的《香南云北庐词》与李清照的《漱玉词》，叫我细读。他说诗词是图画的，音乐的，哲学的，多读了对一切自能融会贯通。肫肝叔却叫我读《庄子》，读佛经，他介绍我看《景德传灯录》、《佛说四十二章经》、《心经浅说》。那阵子，我变得痴痴呆呆，无限虚无感、孤独感，觉得自己是个哲人，没有人了解我。王老师发现我在钻牛角尖，叫我暂时放下所有的书本，连小说也别看，撒开地玩。他时常带我们湖滨散步。西湖风光四时不同，每处景物都有历史掌故，他风趣的讲解和爽朗的笑声，使我心胸开朗了不少。他说读书、交朋友、游山玩水三者应融为一体，才是完整的人生。所谓人生哲学当在日常生活中去体会寻求，不要为空洞的理论所困扰。他说"三更有梦书当枕，千里怀人月在峰"就是三者合一的境界。高中三年，王老师对我的启迪很多。他指导我速读和精读的方式，如何做笔记，如何背诵，如何捕捉写作的灵感。我渐渐感到生命很充实，自己在成长，成长中，大自然、朋友、书本是最好的伴侣。

父亲爱读书、藏书，也爱搜集版本、碑帖和名家字画。杭州住宅书房中，有日本影印《大藏经》、《四史精华》、《四库全书》珍本、《三希堂》、《淳化阁法帖》，和许多善本名家诗文集。父亲每年夏天都去别墅云居山庄避暑，所以山上也有一部分他自己特别喜爱的书。放暑假后，我就上山陪他散步读书。别墅是三间朴素的小平房，绕屋是葱茏的细竹。四周十余亩空地一半是果园，一半种山薯玉蜀黍。山顶有一座小小茅亭，每天清晨我们在亭中行深呼吸，东方彩霞映照着烟波缥缈的钱塘江，左边是沉睡的西子湖。父亲晚年怀着避世的心情上山静养。勉励我要好好利用藏书，爱惜藏书，不要学不肖子弟，把先人的藏书字画都卖了。父亲说这话是很沉痛的，因为我是长女，妹妹才五岁，家中没有应门五尺的男童。所以我当时曾立誓要保存好父亲在杭州和故乡两地的全部藏书。没想到抗战军兴，父亲带了全家回故乡，杭州沦于敌手，全部书画就无法照顾了。

避乱故乡，父亲忧时伤事，健康一日不如一日，幸得故乡的书斋中，另有一套藏书，商务影印的《大藏经》《四部丛刊》《二十四史》《十三经注疏》……大伏天里，在城里工作的二叔特别回来帮我晒书，肫肝叔也来了，他还是那副吊儿郎当的样子，头发稀稀疏疏的，竟已像个老头子了。二叔则显得越发深沉了。父亲见了他很高兴，叫他帮着我把书房整理出来。父亲的书房在正屋右首边，隔一道青石大屏风。一幢单独平房内分三间，最外面一间摆着红木镶云母石面的长桌，以备赏画之用。进圆洞门另一长房间是书房，一边一张油木榻床，父亲看书倦了在此休息，右首套房是经堂，是父亲诵经静坐之处，书橱里是藏经。《四部丛刊》以及木板善本专集等，则放在外书房中，这一座书城已足够使二叔和我留恋了。肚肝叔在山中捡来一些松树的内皮，就着自然的笔碌拼成"听雨轩"三字，贴在圆洞门上，父亲看到了也点头赞许。经堂的落地门外是小院落，种着茂盛的水竹，风雨掠过，竹浪翻腾。在我的记忆里，好像这个小院落中，一直下着雨。也许是父亲和我都偏爱雨，喜欢在雨天到经堂里，燃起一炉檀香，隔着窗儿欣赏万竿烟雨图。

　　父亲病中喜读杜甫书，大概是国难家愁，心境与少陵相似。因此影响我于学诗之初，就偏爱杜诗。我第一首律诗"怀西湖友人"就是由父亲改定的，记得当中四句是："三年湖海灯前梦，万古沧桑劫后棋。故国云山应未改，西湖笻屐倘相期。"

　　父亲兴来时也作诗，可惜他的诗稿，于离乱中不及带出，现在还记得几首，有一首记友人来访的诗："具黍但园蔬，虚邀有愧予。倾杯迎故旧，备箸恕清疏。老至交情笃，乱来村里墟。瓯江幸地僻，还喜暂安居。"虽未见功力，却是款切自然。我们父女听雨轩中岁月，还算过得悠闲。

　　二叔于星期假日，一定下乡陪父亲作上下古今谈。他读的新理论书比父亲多，我更不敢望其项背。他每于书橱中取出一部书，略略翻阅，便能述其梗概。他告诉我无论读古书新书，都要能抓住重点，先看作者自序与目录，略读即可，不必逐字逐句推敲。如有兴趣，可摘录与自己相同及相反意见,并加批注,最好用活页,以所读书性质归类,不做笔记亦可,于书页上下空白处批注。纯文学书如诗歌散文,则可任意圈点。他说会读书的人,不但人受书的益处,书亦受人的益处。此话我时时牢记在心。和大学时夏老师的话不约而同。他诗词背得很多,用工楷抄了一本诗词选,题为《诗词我爱录》。后来我也学他把自己心爱诗词抄一本《诗词我爱录》。此抄本曾带来台湾,不意竟在办公室抽屉中不知被何人盗去,十分痛心。

他和父亲谈哲学、宋明理学,说来头头是道,连佛经他都看了不少。他并不赞成我年纪轻轻的就读佛经,却写了佛经上四句给我作座右铭:"一切众生,莫不有心,凡有心者,皆当成佛。"他说:佛经道理深奥,总括起来也就是"我心即佛"四字。"佛"即是最高之智慧。宋明理学无论是程朱、陆王,都未跳出这个道理。只是治学方法不同而已。他说肫肝叔虽也看佛经,却是自恃聪明,走火入魔,十分可惜。那时肫肝叔已不幸染上不良嗜好,处处躲着我父亲,见了二叔也是自惭形秽,默无一言。对我却始终推心置腹,他给我看他自叹的诗,记得其中四句是"因无骨相饥寒定,只合生涯冷淡休。羞向鸡虫计得失,那堪儿女足酸愁"。我看了也只有叹息。父亲去世时,他于无穷悔恨中,作了一首挽联:"涕泪负恩深。忆十年诲谕谆谆,总为当时爱我切。人天悲路绝。对四壁图书浩浩,方知今日哭兄迟。"至今忆及,犹感怆然。这两位叔叔一样有极高天分,一样地读了很多书。却是气质如此迥异,人生观如此不同。这疑问,我到今天都时时在心。

父亲逝世后,我又单身负笈沪上继续学业,大学的中文系主任夏承焘老师对我在读书方法上,另有一番指引。他说读书要"乐读",不要"苦读"。如何是"乐读"呢,第一要去除"得失之心"的障碍，随心浏览，当以欣赏之心而不必以研究之心去读。过目之书，记得固然好，记不得也无妨。《四史》及《资治通鉴》先以轻松心情阅读，古人著书时之浑然气运当于整体中得之。少年时代记忆力强，自然可以记得许多，本不必强记，不记得的必然是你所不喜欢的，忘掉也罢。遇第一二次看到有类似故事或人物时自然有印象。读哲学及文学批评书时，贵在领悟，更不必强记。他说了个有趣的比喻：你若读到有兴会之处，书中那一段，那几行就会跳出来向你握手，彼此莫逆于心。遇有和你相反意见时，你就和他心平气和辩论一番，所以书即友，友亦书。诗词也不要死死背诵，更不必记某诗作者谁属，张冠李戴亦无妨，一心纯在欣赏。遇有心爱作品，反复吟诵，一次有一次的领会，一次有一次的境界。吟诵多了自然会背，背多了自然会作，且不至局限于某一人之风格。全就个人性格发展，写出流露自己真性情的作品。

他教学生以轻松的行所无事之态度读书，自己却是以极认真严肃态度做学问。他作了许多诗人、词人的年谱，对白石道人研究尤为深入。我也帮忙他整理许多资料，总觉研究工作很枯燥，他说是年龄境界未到，不必勉强。性格兴趣不相近，也不必勉强。

大学四年中，得夏老师"乐读"的启示，培养了读书的兴趣，也增加了写作的信心。卒业后避乱穷乡，举目无亲，心情孤寂，幸居近省立联高，就向图书馆借来西洋哲学书及翻译小说多种阅读。我写信给夏老师报告读书心得，也诉了一些内心的悲苦，他来信告诉我说："近读迭更司《块肉余生》一书，反复沉醉，哀乐不能自主。自唯平生过目万卷，总不及此书感人之深。如有英文原本，甚盼汝重温数遍，定能益汝神智，富汝心灵，不仅文字之娱而已。"他也正在读歌德书。每节录其中警语相勉："人乍各在烦恼中过活，但必须极肯定人生，乃能承受一切幻灭转变，不为所动，随时赋予环境以新意义，新追求，超脱命运，不为命运所玩侮。"他又说："若无烦恼便无禅，望你以微笑之智慧，化烦恼为菩提，以磨刮出心性之光辉。"他指示我读西洋哲学之余，应当回过来再读《老子》。篇幅不多，反复读之，自能背诵。老子卒业后再读《庄子》，并命于万有文库中找出西塞罗文录来读其中说老一篇，颇多佳喻。

我写给他自己习作的词。他说："文字同清空，但仍须从沉着一路做去。"他叫我不要伤春，不要叹年长，人之境界，当随年而长。他引僧肇《物不迁论》中句"旋岚偃岳而常静，江河竞注而不流"以勉励。他说："年来悟得作诗作词，断不能但从文字上着力。放翁云：还来书外有工夫。愿与希真共勉之。"他的来信，每一句话都像名山古刹中的木鱼清磬之音，时时敲击心头，助我领悟人生至理。曾记当年在沪上时，杭州陷于日寇，他曾有词咏孤山云："湖山信美，莫告诉梅花，人间何世。独鹤招来，共临清镜照憔悴。"不知他面对日后生活的种种困境，清镜中更是怎样一副白发衰颜呢？

抗战后半期，我虽与恩师不曾同处一地，而书信往还，他对我读书为人为学，启迪实多。在那一段宁静的岁月中，我也确实读了一些书。但愈读愈感到在浩瀚书海中自身知识的贫乏，和分寸光阴的可贵。

胜利还乡，第一件事就是叩见恩师，并请他指点如何重整残缺的图书。因家园曾一度陷于日寇，听雨轩被日机炸毁一角，一部分藏书化为灰烬。复员回杭州，检点寓所与云居山庄两处的存书，许多善本诗文集都已散失，藏经和碑帖亦已残缺不齐。这都是无法重补的书，实令人痛心。统计永嘉与杭州两处余书不及原来三分之一。追念父亲当年的托付之重，我乃尽力把《四部丛刊》《四部备要》及四库全书珍本等丛书中缺失者买来补齐，重新整理书房，且供上佛堂，也是对先人的一点纪念。没想到三十八年仓促中家人安危都成问题，故乡与杭州两处藏书，竟然无法抢救。眼睁睁看着先人余业，将被摧毁，于万分沉痛的心情之下，只得把杭州的藏书全部捐赠浙江大学图书馆，故乡的书全部捐赠籀园图书馆（孙仲容先生读书馆）。希望借了公家力量，保留一二，亦足以告慰先父在天之灵。我当时仓皇离开杭州，行囊简便，自己特别心爱的几部书和父亲生前批注圈点过的书，都无法携带。只得郑重托付恩师，希望有一天能重见恩师，也领回硕果仅存的几部书。

　　二十多年来，我也陆陆续续买了不少自己喜爱的书，加上朋友们赠送的著作，我也拥有好几书橱的书了。但是想起大陆故乡和杭州两处数遭兵劫的万册藏书，焉得不令人魂牵梦萦。偶然在旧书摊上买到一部尘灰满面的线装书就视同至宝，获得一部原版影印的古书，就为之悠然神往。披览之际，就会想起童年时代打着呵欠背《左传》《孟子》时的苦况，怀念起所有爱护我的长辈和老师。尤其是当我回忆陪父亲背杜诗闲话家常时的情景，就好像坐在冬日午后的太阳里，虽然是那么暖烘烘的，却总觉光线愈来愈微弱了。太阳落下去明天还会上升，长辈去了就是去了，逝去的光阴也永不再回来。春日迟迟中，我坐在小小书房里，凌凌乱乱地追忆往事，凌凌乱乱地写，竟是再也理不出一个头绪来。我只后悔半生以来，没有用功读书，没有认真做学问。生怕渐渐地连后悔的心情都淡去，只剩余一丝丝怅惘，那才是真正的悲哀呢！

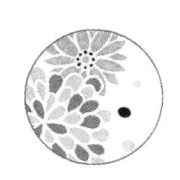

留予他年说梦痕

十岁时,家庭教师教我背千家诗,背得我直打哈欠。他屡次问我长大了要当个什么,我总心不在焉地回答说:"当诗人。"他又生气地说:"岂止是诗人,还要会写古文,写字,像碑帖那样好的字,这叫作文学家。"

"文学家"这个名字使我畏惧,那要吃多少苦?太难了,我宁可做厨子,做裁缝师傅。烧菜和缝衣比背古文、背诗有趣多了。

父亲从北平回来,拿起我的作文簿,边看边摇头,显然的他不满意我的"文章"。我在一旁垂手而立,呼吸迫促而低微,手心冒着汗。老师坐在对面,定着眼神咧着嘴,脸上的笑纹都像是用毛笔勾出来似的,一动也不会动。大拇指使劲拨着十八罗汉的小圈念佛珠,啪嗒啪嗒地响。我心里忽浮起一阵获得报复的快感。暗地里想:"你平日管教我那么凶。今天你在爸爸面前,怎么一双眼睛瞪得像死鱼。"父亲沉着声音问他:"她写给我的信,都是你替她改过的吗?"他点点头说:"略微改几个字,她写信比作文好,写给她哥哥的信更好。"提起哥哥,父亲把眉头一皱,我顿时想起那篇为哥哥写的祭文,满纸的"呜呼吾兄","悲乎","痛哉";老师在后面批了"峡猿蜀宇,凄断人肠"八个字。我自己也认为写得不错,因为我每次用读祭文的音调读起来时，鼻子就酸酸地想哭。老师不让我把祭文给爸爸看，怕引起他伤感，如今他又偏偏提哥哥。父亲严肃地对我说："你要用功读书，爸爸只你一个孩子了。"他的眼里滚动着泪水，我也忍不住抽噎起来，他又摸摸我的头对老师说："你还是先教他做记事抒情的文章吧，议论文慢点做。"

父亲的话是有道理的，此后凡是我喜欢的题目，做起来就特别流畅。"文学家"三个字又时常在我心中跳动。像曹大家，庄姜、李清照那样的女文学家，多体面、多令人仰慕。可是无论如何，背书与学字总是苦事儿，我宁愿偷看小说。

我家书橱里的旧小说虽多，但橱门是锁着的，隔着一层玻璃，可望而不可即。跟我一同读书的小叔叔，诡计多端弄来一把钥匙，打开橱门，我就取之不尽地偷看起来。读了《玉梨魂》与《断鸿零雁记》，还躺在被窝里，边想边流泪。在上海念大学的堂叔又寄来几本《瓯江青年》与旧的《东方杂志》，对我说这里面的文章才是新式白话文，才有新思想，叫我别死啃古文，别用文言作文，文言文写不出心里想说的话。我有点半信半疑，读《瓯江青年》倒是越读越有味，《东方杂志》却是好多看不懂。堂叔的信和杂志，不小心被老师发现了，他大为震怒地说："你，走路都还不会就想飞。"信被撕得粉碎，丢进了字纸篓。我在心里发誓："我就偏偏要写白话文，我要求爸爸送我去女学堂，我不要跟你念古文。"

老师没有十分接受父亲的劝告，他仍时常要我写议论文："楚项羽论"、"衣食住三者并重说"、"说钓"，我咬着笔管，搜索枯肠，总是以"人生在世"、"岂不悲哉"交了卷。我暗地里却写了好几篇白话文，寄给堂叔看。他给我圈，给我改，赞我文情并茂。有一次，我写了一篇"白绣球"，内容是哭哥哥的。这株绣球树是哥哥与我未分离前，一同看阿荣伯种的。绣球长大了每年开花，哥哥却远在北平不能回来。今年绣球开得特别茂盛，哥哥却去世了，白绣球花仿佛是有意给哥哥穿素的。我写了许多回忆，许多想哥哥的话，愈写愈悲伤，泪水都一滴滴地落在纸张上，母亲看我边写边哭，还当我累了，叫我休息一下。我藏起文章不给她看到，只寄给堂叔看。他来信说我写得太感动人，他都流泪了。叫我把这篇文章给父亲看，我却仍不敢。一则怕父亲伤心，二则怕他看了白话文会生气。这篇"杰作"，就一直被保存在书箧里，带到杭州。

十二岁到了杭州，老师要出家修道，向父亲提出辞馆。我心里茫茫然的，有点恋恋不舍他的走，又有点庆幸自己以后可以"放生"了：我家住所的斜对面正是一所有名的"女学堂"。我在阳台上眼望着短衣黑裙的"学堂生"，在翠绿的草坪上拍手戏逐，好不羡慕。正巧父亲一位好友孙老伯自北平来我家，他是燕京大学的某系主任，我想他是洋学堂教授，一定喜欢白话文，就把那篇"白绣球"的杰作拿给他看，并要求他劝父亲许我去上女学堂。他看了连连点头，把我的心愿告诉了父亲。父亲摇摇头说："不行，我要她跟马一浮老先生做弟子。"孙老伯说："马一浮是研究佛学的，你要女儿当尼姑吗？"我在边上忽然哇的一声哭起来，父亲沉着脸，无动于衷的样子。我眼泪汪汪地望着孙老伯，仿佛前途的命运就系在他的一句话上了。第二天，父亲在饭桌上忽然对老师说："你未出家以前，给小春补习一下算术与党义，让她试试看考中学。"我一听，兴奋得饭都咽不下。"爸爸，您真好。"我心里喊着。

两个月的填鸭，我居然考取了斜对面那个女学堂，从此我也是短衣黑裙的女学生。老师走后，我再不用关在家里啃古书了。

在学校里，为了表现自己的学问，白话文里故意夹些文言字眼，都被老师划去了，我气不过，就正式写了篇洋洋洒洒的"古文"，老师反又大加圈点，批上"凤毛麟角，弥足珍贵"八个大字，我得意得飘飘然，被目为班上的"国文大将"。壁报上时常出现我的"大作"，我想当"文学家"的欲望，又油然而生。可是寄到《浙江青年》的稿子总被退回来，我又灰心了。

进了高中以后，老师鼓励我把一篇小狗的故事再寄去投稿，"包你会登。"他跷起大拇指说。果然，那篇文章登出来了，还寄了两元四角的稿费。闪亮的银元呀，我居然拿稿费了，我把四角钱买了一支红心"自来铅笔"送老师，两块银元放在口袋里叮叮当当地响，神气得要命。

我又写了一篇回忆童年时家乡涨大水的情景，寄去投稿，又被登出来了，稿费是三块，涨价啦。那篇文章我至今仍记得一些，我写的是："河里涨大水，稻田都被淹没了，漆黑的夜里，妈妈带着我坐乌篷船在水上漂，不知要漂到哪里。船底滑过稻子尖，发出沙沙的声音，妈妈嘴里直念着阿弥陀佛，我却疲倦得想睡觉。朦胧中，忽然想起哥哥寄给我的大英牌香烟画片不知是不是还在身边，赶紧伸手在袋里一摸，都在呢，拿出来闭着眼睛数一遍，一张不少，又放回贴身小口袋里，才安心睡着了。"老师说我句句能从印象上着笔，且描绘出儿时心态，所以好。由于他的鼓励与指点，我阅读与学习写作的兴趣更浓厚了。可是在中学六年，我的"国学"完全丢开了，这是使父亲非常失望的一点。高中毕业，他又旧事重提：要我拜马一浮先生为弟子。我又急得哭了。

我的志愿是考北平燕京大学外文系，洋就索性洋到底。可是父亲的答复是"绝对不许"。他一则不放心我远离，二则不许我丢开"国粹"学"蟹行文字"。我偷偷写信给燕京的孙老伯，第二次为我做说客,好容易说动了父亲,折中办法是念杭州之江,必定要念中国文学系。因为国文系有一位夏承焘先生,是父亲赏识的国学大师,他是浙东大词人之一,父亲这才放心了。

之江也是教会学校,一样的洋里洋气,寥寥可数的几个国文系学生,男生一定穿长褂子,女生一定是直头发。在秀丽的秦望山麓,雄伟的钱塘江畔,独来独往,被目为非怪物即老古董。夏老师呢,一个平顶头,一袭长衫,一口浓重的永嘉乡音,带着一群得意门生,在六和塔下的小竹屋里吃完了"片儿汤",又一路步行到九溪十八涧。沏一壶龙井清茶,两碟子花生米与豆腐干,他就吟起词来:"短策暂辞奔竞场,同来此地乞清凉。若能杯水如名淡,应信村茶比酒香。无一语,答秋光,愁边征雁忽成行。中年只有看山感,西北栏杆半夕阳。"

他飘逸的风范和淡泊崇高的性格,可从这首词里看得出来。他对学生不仅以言教,以身教,更以日常生活教。随他散一次步,游一次名胜,访一次朋友,都可于默默中获得作文与做人方面无穷的启迪。他看去很随和,有时却很固执。一首词要你改上十几遍,一字不妥,定要你自己去寻求。他说做学问写文章都一样,"先难而后获"。别人改的不是你自己的灵感,你必须寻找那唯一贴切的字眼。

他说灵感像猫,"觅时偏不得,不寻还自来"。是强求不得的。有一天傍晚,我随他在林中散步,他吟了两句诗:"松林细语风吹去,明日寻来尽是诗。"他说:"松林中细语,被风吹去,似了无痕迹,但心中那一刹那间美的感受,却慢慢酝酿成为诗,成为文,绝不是勉强得来的。"这是他作诗为文的态度,也是他行云流水似的风格。他说话不多,但每句话,都像名山古刹中的木鱼清磬,一声声飘落在你心田里,隽永而耐人寻思。

大学四年,我鲁钝的资质并未学得什么,而夏老师春风化雨的熏陶，却使我领会了人生的乐趣，不在争名逐利，而在读书写作，以及工作过程中的那一份欢愉的感受。

"留予他年说梦痕，一花一木耐温存。"这是他的词，他说人生固然短暂，而生活却是壮美的。生涯中的一花一木，一喜一悲都当以温存的心，细细体味。哪怕当时是痛苦与烦恼，而过后思量，将可以化痛苦为信念，转烦恼为菩提。使你有更多的智慧与勇气，面对现实。

别老师后，他的词与他的诲谕时时在心。抗战期间，我尝尽了生离死别之苦，避乱穷乡，又经历了许多惊险，在工作中，我也领略到人间炎凉与温暖的滋味。我渐渐地长成了，我懂得，人要挣扎着生活下去是多么不容易，却是多么值得赞美。我也懂得如何以温存的心，体味生涯中的一花一木所给予我的一喜一悲。

记得逃避山中时，正值隆冬季节，整个山城被封闭在两尺厚的皑皑积雪中，我处身其间，像冻结在水晶球中的玩偶，有一种凝固的安全感。静谧、寂寞而安详。在那一段日子，我终日沉醉在壮美的感受里，我读了些书，也点点滴滴地写了一些追忆旧事的篇章。

胜利后回到杭州，我去萝苑拜会夏老师，我们穿过松林幽径，走向孤山放鹤亭，那时正是骤雨初霁的仲夏傍晚，湖水湖风，凉送襟袖，我们在亭中坐下来，看湖面上亭亭的风荷，跳跃着晶莹的水珠，在心旷神怡中，他看着我请他批改的几篇短文，点点头微笑着，拿出钢笔在封面上题了"留予他年说梦痕"的那句话。

卖水红菱的小姑娘来了，我们买了一掬，慢慢儿剥着，在暮霭苍茫中回到萝苑。

湖堤散步的情景，一晃眼已经是十多年前的事了。来台湾时，仓促中不及带出那些未经整理的凌乱稿件。那些事，在我心中也一直是非常凌乱。生活安定下来以后，我才又重新一件件的追忆，重新琐琐碎碎，片片段段地写。写下许多童年的故事，写下我对亲人师友的怀念，也写下我在台湾的生活感想。这些，也许会被认为是个人廉价的感伤，鸡毛蒜皮不值一提的身边琐事，或老生常谈却自以为了不起的人生哲学。对这些批评，我都坦然置之，我是因为心里有一份情绪在激荡，不得不写时才写。每回我写到我的父母家人与师友，我都禁不住热泪盈眶。我忘不了他们对我的关爱，我也珍惜自己对他们的这一份情。像树木花草似的，谁能没有一个根呢？我常常想，我若能忘掉亲人师友，忘掉童年，忘掉故乡，我若能不再哭，不再笑，我宁愿搁下笔，此生永不再写，然而，这怎么可能呢？

　　人到了中年，应该更坚强，更经受得起了，但我有时却非常脆弱。我会因看见一条负荷过重的老牛，蹒跚地迈过我身边而为它黯然良久。我会呆呆地守着一只为觅食而失群的蚂蚁而代它彷徨焦急。我更会因听到寺庙的木鱼钟磬之声，殡仪馆的哀乐，甚至逢年过节看见热闹的舞龙灯、跑旱船、划龙船而泫然欲泣。面对着姹紫嫣红的春日，或月凉似水的秋夜，我想念的是故乡矮墙外碧绿的稻田，与庭院中雅淡的木樨花香。我相信，心灵如此敏感的，该不止我一个人吧！

　　我是沉醉在个人的哀乐中吗？我是在逃避现实吗？不，不是的。虽然日历纸一天天飞过去不会再回头，但我总得望着前面，前面还有一大段路得走。我总希望以壮健的身心回到故乡，在先人的庐墓边安居下来，享受壮阔的山水田园之美，呼吸芬芳静谧的空气。我要与梦寐中曾几度相见的人们，真正地紧握着手，畅叙别后离情。我渴望着那一天，难道那一天会遥远吗？不会吧。

　　"留予他年说梦痕，一花一木耐温存。"那微带悲怆的声调不时在我心头萦绕。为了他年的印证，我以这支秃笔，留下了阑斑的梦痕，也付印了这本小书。

书名"烟愁"，这是集中的一篇。我对这两个字有一份偏爱。淡淡的哀愁，像轻烟似的，萦绕着，也散开了。那不象征虚无缥缈，更不象征幻灭，却给我一种踏踏实实的，永恒之美的感受。

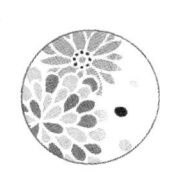

云居书屋

在杭州城隍山旁边的云居山上,有着翠绿如烟的修竹。修竹丛中,露出红瓦砖墙的一幢小房子,就是我父亲退休后读书养病的小别墅,父亲名之谓"云居书屋"。那不是什么富丽的建筑,只是朴素的三间小平房。可爱的是绕屋的葱茏松柏与四季不绝的姹紫嫣红。屋的四周一共有十八亩空地,父亲把一半辟为果园,种了水蜜桃与李子;另一半种山薯与玉蜀黍;外面再围上一圈青翠的水竹。让幽篁隔绝了烦嚣的尘世。

一年里,除了冬天,父亲大部分时间住在山上;夏天,更是我们全家上山避暑的季节了。累累的水蜜桃与李子,鲜甜欲醉;新出土的山薯与玉蜀黍,比市上买的更是可口。如果不为了学校开学,我真愿意一直伴着父亲,在朗朗的读书声中,享受无尽的慈爱,和田园的情趣。

山顶有一座小小的茅亭,每天清晨,父亲与我站在亭子里行深呼吸,东方的云层由紫绛而渐转粉红,云彩下映照着烟波渺渺的钱塘江。凝眸久望,虽看不见点点帆影,可是它带给你新的理想,新的梦。父亲曾为我讲钱镠王射潮的故事,引起我浩然的意兴。左边是沉睡的西子湖,在淡淡的晨雾里益显得娇媚而慵懒。父亲望着日出,感慨地对我说："在山中才充分享受着一天的乐趣，生命似乎也长得多，可是每见'白日依山尽'，又使人分外感到一天太容易过去了。岁月不居，望你努力读书，培养学问，我已耄耋，这满屋的藏书，就完全交给你了。"这几句话，深深地铭刻在我心头，一晃眼竟过去二十年了。

父亲爱读书、藏书、也爱搜集版本、碑帖与名家字画。记得我们有一次回故乡，带了一部从日本买来的藏经回家，在埠头起岸时，雇了许多脚夫来抬箱子，脚夫问箱里是什么，父亲只简单地回答他们说："是经。"脚夫不由得一个个伸着舌头说："这么多金子呀！"我才大笑着告诉他们："是佛经，不是黄金。"可是在他们眼里，衣锦荣归的父亲是应该有这许多金子的。

故乡的藏书阁里，除了《藏经》以外，还有《四部丛刊》《二十四史》《十三经注疏》《淳化阁法帖》，以及许多善本唐宋名家诗文专集，《宋明学案》，元明清戏曲小说等等，父亲自己最喜欢的是诗文，所以许多诗集文集，都是经他自己圈点过的。他最爱的是一部苏东坡写的诗，与弘一法师写的金刚经，无论在故乡或杭州，他都是随身带着的。其他还有不少幅名人字画。如改七乡仇十洲唐寅的仕女，赵子昂的马，祝枝山的竹，彭玉麟的梅花，康有为翁同龢樊樊山沈曾植的字，虽不见得都是真迹，可是闲来展玩，自有一份悠然的情趣。

在杭州，父亲又买了商务印书馆刊印的《藏经》《四库全书珍本》《彊村丛书》《四史精华》，中华书局刊印的《四部备要》以及其他诗集文集多种，朋友又送了他一部《三希堂》。他把一部分最心爱的书移藏在云居书屋，每年夏天都要搬出来仔细地晒一次，洒上樟脑粉，然后，有条不紊地排列在书橱里。

父亲有一位对金石有研究的朋友，常来与父亲研究书画的真伪，并为父亲刻了一个"云居书屋藏"的图章。父亲命我在每册书的首页盖上这个章，我却常发现里面也有某某楼藏书的印章，便捧去问父亲那书的来源。

"谁知道呢？"父亲感慨地说，"总是谁家不肖子弟，无以为生，把先人的心爱遗物，随便拿来卖了。小春，你要牢牢记住，这都是我的心爱之物，也是我唯一遗留给你的，你要珍重看待啊！"父亲沉痛的语调，曾使我心中数日不安，我暗自发誓："无论如何流离颠沛，我绝不抛弃保管这些书籍的责任。"

不久抗战军兴，举家避乱故乡，父亲于次年病逝。当病势沉重时，他对我说："局势如此，你是个女孩子，而且学业未成，兵荒马乱中，怕保不了杭州与永嘉两处的藏书，如万一有大变，永嘉的藏书就捐赠籀园图书馆吧！"（籀园在永嘉城里，是瑞安孙仲容先生读书处，藏书数万卷，后改为图书馆。）我咽着眼泪领受了他的遗言，可是内心又怎么舍得这样做呢？负笈上海，第一年暑假回家晒书，与叔叔一同整编书目。那时杭州沦于敌手，云居书屋的书根本无法照顾。嗣后永嘉又不幸两次陷敌，我在上海因港口封闭无法回乡，曾屡次函告庶母，无论如何，要将父亲的藏书运置安全处所，庶母来信说："最要紧的是你父亲的灵柩要运到山中祠堂里，其次是红木家具与衣物，书籍实在无法搬运了。"我得到此信忧急万分，关山阻隔，着急又有何用。敌军撤退以后，我回到故乡，家园已满目疮痍，书斋被敌机炸毁一角，一部分藏书已化为灰烬，《淳化阁帖》被窃数本，只有放在外厅的《廿四史》尚得安然无恙。我和叔叔将残书一一整理，为了纪念先人，也就愈加爱惜这些残缺的书籍。我选出其中经父亲圈点过的几部诗文集，另放一个书箱，胜利以后随身带到杭州。到了杭州，第一件事就是开启书橱，啊！所有的书统统颠倒混乱不堪，也不知其中缺少了多少。次日又赶到云居书屋。谁知父亲最心爱的几部书，竟已被看管房子的工人称斤论两地卖掉。果园中的桃李树，大部分亦被砍去，问他说是日人盘踞时糟蹋的。目睹此种情景，令人心痛不已。我把第二批的残书整理在几只箱子里，运回城中寓所。寓所书斋中混乱无绪的书籍，《三希堂》缺了一半，《藏经》少去一册，木板善本完整的只有《昭明文选》《佩文韵府》《十八家诗钞》《李义山诗集》。而《东坡诗文集》《白香山诗集》《李杜诗集》《彊村丛书》等都不知去向。《四史精华》与《左传》各剩下十余本。《四部全书》珍本存余的比《四部备要》多。我一算杭州永嘉两处的书，总共存余的不及原来三分之一。丛书方面，因限于经济能力，只选比较重要的重新买来补齐。善本书无法购补，《藏经》与《四库全书》珍本因商务停止刊印无法再补。自己又买了几部词集——分类编目，收藏在父亲书房中。藏经放在三楼，供如来佛一尊，作为庶母念佛的经堂。

  我那时因几处兼职工作甚忙，竟很少读书的时间。偶尔得闲，坐在书房中，望着父亲的照片与这些仅有的图书，想起历年来的变故沧桑，不胜感慨唏嘘。我又何曾想到将来会连这一点点书籍亦无力保存呢？

  三十八年春，烽火已逼近大江以北，庶母在荒乱中忙着将贵重的毛皮衣饰细软，装成十只大皮箱，托朋友先运台湾。而对于浩劫后仅存的图书，却一点也无法顾及。我闻讯匆匆从苏州赶回，此时京沪杭一带，人心鼎沸。家中没有一个强壮的男人，帮我们策划进退。一筹莫展中，想起了父亲临终的遗言："如逢大变，你保不了这些书籍，就把它捐给图书馆吧！"我自恨不能于危急中安顿家庭，自己再图撤退，回首当日与图书共存亡的誓言，不禁放声痛哭。只得与浙大校长商议，将全部图书捐赠浙大图书馆，一则是先人遗业，不忍任其散乱，借着公家的力量，或可保存一二。二则万幸将来能保存的话，不仅为先人留永久纪念，亦使大专学生们多一些参考研读的资料。如此决定以后，第二天浙大就放来专车三辆，将藏经与书籍运去。我对着空空的四壁，不由得潸然泪下。我又特地将父亲圈注过的几部书郑重地捧给夏老师，托他代为保管。因为那时我除了一身衣服，与一只小提箱外，已什么都不能带了。到了上海，我又赶寄一封信给在永嘉的叔叔，请他将留存故乡的书籍，都捐赠籀园图书馆，免失散流落。如此处理虽感万分不忍，可是于无可如何中，也算履行了父亲的遗言了。

现在回忆当年对着琳琅满目的书卷，为父亲漫研珠墨，圈点诗书的乐趣，此生永不可再得，我悼念先人，也痛心于两次因浩劫而失去的图书。

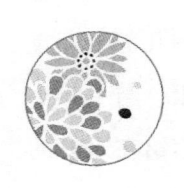

读书记趣

读友人寄赠新著,竟日忘倦。年事日长,愈喜爱朴质无华、表达真性情的文章。他们有的以豪迈挥洒之笔,直抒胸臆。有的诙谐雅谑,于莞尔中道出世态人情。此中乐趣,有如与良朋晤对,一盏清茗,两心相契。辛弃疾说:"我见君来,顿觉吾庐、溪山美哉。"读好书亦复如此。

王鼎钧先生的《开放的人生》,如点滴清泉,凉沁心脾,于长夏中有消暑疗郁之功。亮轩的《石头人语》,使你感觉自己反成了点头的顽石,领悟至多。刘静娟的《心底有根弦》,于清新、优美、流畅、自然、幽默的笔触中,透露出无限温厚的情怀。孩子的天真娇憨,社会人生的百态,被她描摹得如此生动,都由于一个出发点:"爱。"因此每一篇都怦然拨动你的心弦,铿然有声。

想起先父早年读书,常于终篇后题诗志感。他读的是古人书,作的是金声玉振的律绝或古风。我虽学中国文学,而以限于禀赋,且生性疏懒,年来很少作诗填词。可是这几天忽然发了"诗兴"也不禁"平平仄仄"地做起填字游戏来。对于《开放的人生》,我写了如下的四首绝句,固未足以道出该书的妙境,只当是读后感,并以博鼎钧先生一粲。

一、彩笔缤纷似吐霞，鼎公才思早名家。人间自有长生诀，一粒金丹一盏茶。

二、隽语谐言不我欺，春风翦翦雨丝丝。文章本是千秋业，纸贵洛阳未足奇。

三、论文煮酒欲忘年，一卷人生开放篇。多少玄机凭尔会，人人心底有清泉。

四、明月清风豁达襟，拈花笑语度金针。书生亦有匡时策，来往梯航共此心。

亮轩的《石头人语》，妙语如珠，发人深省，我亦戏题一绝：

谈笑从容发聩聋，石头妙语胜生公。晓清谱出热门曲，多少闲情烟酒中。

亮轩的太太陶晓清是热门歌曲专家。朋友介绍时，只要说是晓清的先生，便无人不知。太太"热门"，夫以妻荣，附志以博一笑。

日前又在报上看到亮轩的散文《话醉》，乘兴再写一首，虽是绝句体裁，却可谓之醉醉歌：

读罢亮轩话醉篇，凭窗真欲醉中眠。若能一醉千愁解，抛却南华学醉仙。

诗成后尚未寄发，适亮轩翩然而至。取出玲珑小石一枚，中间细细的一线空心，穿透两端，而石不碎，实是难得。石的半边有浅浅的绿色,他说细孔是小螃蟹寄居之处,浅绿色是海苔痕迹。如此说来,这枚小小石头,可称是"通灵宝石"了。亮轩是在一位朋发刘先生家看到,把玩之下,爱不释手。其实这枚小石,原是画家庄喆从海滩捡来一大把中的一块,画家出去时,带走了最喜欢的,剩下的由刘先生取去,随随便便地堆在一个盘子里,却被亮轩发现了这似平凡而颇具特色的一块,便向朋友要了来,濡笔于石的背面,记其来历,并云:"念天地之过客,终不若此石之长久,愿有缘者俱可得而把玩之。"因而把此石转赠给我们。这一份友谊与雅兴,令人心感,因再赋一绝,以志其事:

通灵何幸遇知音,隐约苔痕剔透心。纵是虚怀宁可转,感君翰墨志前因。

诗云:"我心匪石,不可转也。"顽石当有它顽强的性格,尽管谦冲,岂可随波而转,这也许正是友人赠石之深意吧!

静娟的《心底有根弦》,篇篇都有非常多的可读性,见出她对周遭事物观察细腻,体会深刻,涉略广泛,以日常琐事人情,发为文章。因她是位年轻的女性作家,故我以一首词,将特别喜爱的篇章,隐括其中,并于句末附记篇名及大意。

临江仙

好雨丝丝凝碧树(《下了一阵雨》,写雨后清新气象,别具境界),离愁别绪频牵(《离愁离絮》写弟弟出外,姊弟惜别依依),娇儿童语似喷泉(《家有童话》写幼儿妙语,令人莞尔)。春晖多温暖(《卸不下的担子》写慈母之爱),心底有鸣弦(《心底有根弦》主题篇，写一位比丘尼风范和对它的怀思，情意真挚感人）。解语八哥归绿野（《公寓里的八哥》写对小动物的爱），灯前文思涓涓。小兄小弟各争先（哥哥要考弟弟，弟弟要做哥哥），公车驰骋里，慧眼看人间（《公车世界》写公车中百态，幽默风趣）。

此词只聊表我对该书的爱好，诚不足以当大雅君子之一粲也。

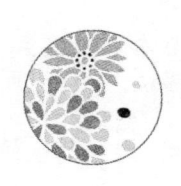

旧日情怀

一张玲珑的琴几,一本封面破旧然而印刷精美的原版《小妇人》,是一位美国邻居搬家时将它丢弃、被我如获至宝似的接收过来的,却给我简陋的书房平添一分温馨与情趣。

我在小几正中摆一钵翠绿的兰草,围绕着它的是心爱的小摆饰——小动物、小花瓶、小娃娃……都是我离台时小心翼翼地包好收在一只八宝箱里随身带来的。八宝箱里小玩意无穷无尽,琴几太小,我只能每隔几天调一批。调换时,一样样地摩挲把玩,一样样地追忆——这是家传宝物,这是一位好友送的,这是小读者寄来的,这是学生特地为我做的,这是我自己买的……每一样都有一段亲切的来历,心头感到好温暖。

在台北时,我有个玻璃橱专摆小玩意,干女儿称它为"寂寞橱窗",意思是说:感到寂寞时,对着橱窗观赏就不寂寞了。现在客居生活简单,没有买橱子。不妨就把这张琴几布置成一座"儿童乐园",让自己的心灵徜徉其间,忘忧,亦忘年。

琴几下有两根交叉的横档,我摆了几大本最有纪念性的照相本。太古老了,有点不敢去触摸它们,尤其是一个人的时候。只有在老伴儿兴致来时,才与他一同翻开来,一张张细看,细数如烟往事。有好友来时，也偶然抽出一本与他们共赏。可是那许许多多由照片引起的刻骨铭心的记忆与感受，又岂是别人能体会得到、分享得着的呢？

书桌的一角，就摆着那本我极为喜爱的《小妇人》。我喜爱这本小说，不仅因为它是一部名著，作者以平易优美之笔，写出人间无限亲情友爱，包含着至高无上的伦理道德观；更因为它是我初中时代英文课里所采用的读本，我对它有着一分不寻常的感情与记忆。抗战期间，转徙流离，行囊中除了论孟与《庄子》之外，英文书就只有这部《小妇人》与续集《好妻子》。我时常翻开来重温旧课，一面回味着当年在课堂里，慈爱的美籍老师施德邻授课的情景。整个心灵沉浸在她春风化雨般的谆谆教诲中，对于实际生活上的许多挫折与艰辛，都感到比较容易承担了。

施老师每回都以抑扬顿挫的声调，带领我们朗诵书中最美最感人的篇章，并要我们轮流扮演书中不同角色，背诵对话、在每月的全校英文表演会上，全班同学都要充分准备，兴奋地等待着抽签上台表演。她用种种活泼生动的方法，启发我们的心智，训练我们的说话能力，培养我们的文法基础。当她讲到忘我之境时，我们都觉得她就是书中慈爱的"马区夫人"，我们就是围绕在她膝下的一群顽皮女孩。

《小妇人》的译者是郑晓沧先生。他的第三个爱女郑珊珊也是我们同学，比我们低一班。她娴静怕羞，弹一手好钢琴，可是体质文弱多病，我们都觉得她有点像《小妇人》里的三妹佩丝。不幸的巧合竟是，她也像佩丝一样，因病早逝了。我们虽不同班，但对她印象深刻，都感到非常伤悼。学校为她举行追思礼拜那天，郑晓沧先生来了。他含着眼泪，对大家致辞说："珊珊的性情非常温驯沉静，对文学与音乐极为爱好，小小年纪，已能协助我整理文稿，代我抄文章，她是我最最好的朋友和帮手。我在翻译《小妇人》至佩丝之死时曾废笔而起，心中似有不祥预感。没想到她真的与佩丝一样，早早离开我了。"当他讲到他们父女相知之深、相依之切时，已泣不成声，我们也都泪如雨下。最后，郑先生却以低沉肯定的语音说："请大家不要再悲伤，因为珊珊在人间虽只有短短的几十年，却活得很幸福、很快乐。如今她先蒙主召回去，我们一家终将重聚。在天国里，大家都会再相聚的。"

他用手帕抹去眼泪，跨下讲台时，我看到他两鬓花白，步履蹒跚。在哀伤的圣乐中，我不由得茫然地想："天国究竟在哪里？我们真的能和珊珊再见吗？"

由于郑珊珊的去世，我们更多了一分对生死离别的体认。在读《小妇人》时，对于三妹佩丝的早逝，与二姊乔对佩丝超乎手足之情的知己之感，也格外地感动了。

升高中以后，施老师虽不再教我们英文，却时时勉励我们要多多重读这本好书。对我来说，《小妇人》《好妻子》与续集《小男儿》始终是我最最心爱的书，也是我忧患苦难中的良伴。大学毕业回到故乡，避乱山区，此书却不幸遗失了，我就像失去一个可以朝夕倾诉的好友似的。幸好在一座高中图书馆中找到一本，花了半个月时间全部抄下来，这样的抄本应该是比原版更值得珍惜的，到台湾时也已带了出来。没想到在法院服务时，放在办公室抽屉中忘了上锁，有一天竟不翼而飞了。与它同时失踪的是我另一本手抄的《诗词我爱录》。这几十年来，每一想起，心头都嗒然如有所失。是哪个"爱书人"如此不谅，偷去我的两种海内孤本呢？

现在，我又有一本《小妇人》原版书了。它愈是古朴陈旧，愈是牵引我的旧日情怀。每晚临睡以前，我都捧着这本书，抚摸一阵，再翻开来随意阅读，随心朗诵。施老师慈祥的笑容与语音就会在我耳边响起，我又回到天真无邪的中学生时代。半生忧患，都抛诸脑后，然后怀着温暖、感谢与宽恕的心情，酣然入梦。

夜深一枕梦回，床头的台灯还亮着。哦，这台灯又是老古董，式样古朴，铜质的灯台非常扎实，它是一位阔别三十年、在海外重逢的老友送的。她原是一直把它收在地下室里，如今送给我用。灯罩破了两个小孔，朋友是位国画名家，她随兴补上一对翩跹飞舞的蝴蝶。真有匠心，也助我于梦中化作忘忧的蝴蝶了。

现在我的书房兼卧室已充满温馨可爱的旧物了。捡来的小琴几，它虽不是我使用过的，可是它扎实又小巧，使我一见如故。我奇怪邻居这一对年轻夫妇何以毫不爱惜地将它丢弃。可能是他们老祖母的吧。美国的年轻一代总追求新，房子、家具、汽车，时常换新，他们不重视长辈的纪念品。有一次，我在车房大拍卖中，看到连贴有老长辈的相片本都摆出来卖了，看了令人心酸。我不由得凝视这张小琴几与下面的一沓贴相簿。有一天，我自己无能力处理它们时，它们将会有怎样的归宿呢？想到此，不由自笑"人生不满百，常怀千岁忧"的可怜。

我总是这般的难忘旧日情，觉得旧衣好穿，旧物好用，正如陈酒好喝，老朋友最可谈心。这种恋旧情怀，在今日现实的工商业时代，岂不也是"一肚子的不合时宜"？

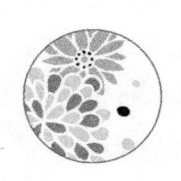

泪珠与珍珠

我读高一时的英文课本,是奥尔科特的《小妇人》,读到其中马区夫人对女儿们说的两句话:"眼因流多泪水而愈益清明,心因饱经忧患而愈益温厚。"全班同学都读了又读,感到有无限启示。其实,我们那时的少女情怀,并未能体会什么是忧患,只是喜爱文学句子本身的美。

又有一次,读谢冰心的散文,非常欣赏"雨后的青山,好像泪洗过的良心"。觉得她的比喻实在清新鲜活。记得国文老师还特别加以解说:"雨后的青山是有颜色、有形象的,而良心是摸不着、看不见的。聪明的作者,却拿抽象的良心,来比拟具象的青山,真是妙极了。"经他一点醒,我们就尽量在诗词中找具象与抽象对比的例子,觉得非常有趣,也觉得在作文的描写方面,多了一层领悟。

不知愁的少女,最喜欢的总是写泪与愁的诗。有一次看到白居易新乐府中的诗句:"莫染红素丝,徒夸好颜色。我有双泪珠,知君穿不得。莫近烘炉火,炎气徒相逼。我有鬓边霜,知君消不得。"大家都喜欢得颠来倒去地背。老师说:"白居易固然比喻得很巧妙,却不及杜甫有四句诗,既写实,却更深刻沉痛,境界尤高。那就是:莫自使眼枯,收汝泪纵横。眼枯即见骨,天地总无情。"

他又问我们："眼泪是滚滚而下的，怎么会横流呢？"我抢先地回答："因为老人的脸上满布皱纹，所以泪水就沿着皱纹横流起来，是描写泪多的意思。"大家听了都笑，老师也颔首微笑说："你懂得就好。但多少人能体会老泪横流的悲伤呢？"

人生必于忧患备尝之余，才能体会杜老"眼枯见骨"的哀痛。如今海峡两岸政策开放。在当年返乡探亲热潮中，能得骨肉团聚，相拥而哭，任老泪横流，一抒数十年阔别的郁结，已算万幸。恐怕更伤心的是当时家园荒芜，庐墓难寻，乡邻们一个个尘满面，鬓如霜。那才要叹"未老莫还乡，还乡须断肠"。这也就是探亲文学中，为何有那么多眼泪吧。

说起"眼枯"，一半也是老年人的生理现象。一向自诩"男儿有泪不轻弹"的外子，现在也得向眼科医生那儿借助于"人造泪"以滋润干燥的眼球。欲思老泪横流而不可得，真是可悲。

记得儿子幼年时，我常常为他的冥顽不灵气得掉眼泪。儿子还奇怪地问："妈妈，你为什么哭呀？"他爸爸说："妈妈不是哭，是一粒沙子掉进她眼睛里，一定要用泪水把沙子冲出来。"孩子傻愣愣地摸摸我满是泪痕的脸，他哪里知道，他就是那一粒沙子呢？

想想自己幼年时的淘气捣蛋，又何尝不是母亲眼中催泪的沙子呢？

沙子进入眼睛，非要泪水才能把它冲洗出来，难怪奥尔科特说："眼因流多泪水而愈益清明"了。

记得有两句诗说："玫瑰花瓣上颤抖的露珠，是天使的眼泪吗？"想象得很美。然而我还是最爱阿拉伯诗人所编的故事："天使的眼泪，落入正在张壳赏月的牡蛎体内，变成一粒珍珠。"其实是牡蛎为了努力排除体内的沙子，分泌液体，将沙子包围起来，反而形成一粒圆润的珍珠。可见生命在奋斗历程中，是多么艰苦？这一粒珍珠，又未始不是牡蛎的泪珠呢？

最近听一位画家介绍岭南画派的一张名画，是一尊流泪的观音，坐在深山岩石上。他解说因慈悲的观音，愿为世人负担所有的痛苦与罪孽，所以她一直流着眼泪。

眼泪不为一己的悲痛而是为芸芸众生而流，佛的慈悲真不能不令人流下感激的泪。

基督徒在虔诚祈祷时，想到耶稣为背负人间罪恶，钉死在十字架上，滴血而死的情景，信徒们常常感激得涕泪交流。那时，他们满怀感恩的心，是最最纯洁真挚的。这也就是奥尔科特说的："眼因流多泪水而愈益清明"的境界吧！

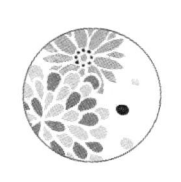

中年读书

最近收到一位好友女儿的信，畅谈她于百忙中挤出时间读书的快乐。她说：中年读书，感觉上和少年时代读书完全不同。现在读书不但能深入地欣赏，也懂得以自身生活糅合在一起来体验。读到会心之处，真个是乐以忘忧，好似与作者促膝谈心，握手言欢。她只恨时间太少，不能反复咀嚼。

我觉得像她这样一位有三个孩子又兼一份沉重工作的职业妇女与母亲，能每天读书又深入思考的，实在不多。她不但有系统地读中外名著，还浏览国内各种报刊，遇到我们彼此都有兴趣的文章，就在通信或电话中共同讨论，乐也无穷。

她还选修了一年的西洋文选，体会每本名著的特色，对于卡夫卡的《变形记》，认为是想象之极致，也可看出二十世纪许多作品与科幻小说都深受其影响 她问我中国旧文学中富幻想的小说有些什么？我只想到《镜花缘》《西游记》与《聊斋》。我自己比较喜欢《聊斋》，不仅那些人鬼的恋情道尽了人世的苍凉，而作者对人情世态讽刺的冷笔尤引人深思。

这位朋友求知欲非常强，永远有"学如不及"的遗憾，套句现代语，真是时时在求"自我突破"，古语就是"苟日新，日日新，又日新"。暑假里,她去学摄影,七星期的课,每周三天,每天三小时,她自况为"拼命三郎",可是发现自己的摄影作品总有一份"朦胧之美",原来是三年来未验光的近视眼镜度数已不对,近视减低,开始老花远视了。

这就是她中年读书之乐。我真是深为她求知的精神所感动。说来惭愧,她还称我一声"老师",因为三十多年前,她曾经一度是我的私"塾"学生。一个十五岁的小姑娘,每星期两个晚上,背着沉重的书包,带着两个弟弟,一同到我家来读古文。在我那间透风漏雨的违章建筑里,对着那三张纯真朴实又聪颖的脸,我不知道自己的讲解能对他们有多少启发。但他们对我的信赖和给我的温暖,至今时时在心。也由于他们对读古书的诚恳态度和浓厚兴趣,引发我愿于法院工作之余,再兼一份教职的念头。

时光怎么如此快就飞逝了。他们姐弟三人,自高中而大学而出国深造而成家立业。如今这个背书包的小女孩,竟也已入中年,而且在锲而不舍地读书,在深深体会"中年读书"之乐。

而我呢？年已古稀,应该是第二个读书历程的开始了。可是看看这位年轻的学生,不免为自己的懒散感到惭愧。张心斋说:"中年读书如庭中赏月,老年读书如台上望月。"我却不知道能否有这份毅力与智慧,登上高台,一赏澄明清澈的月色,予心灵以忘我的启示呢！